La Reine Des Éléments

La Nouvelle Génération

PAR LES AUTEURES À SUCCÈS USA TODAY

Lexi C. Foss & J.R. Thorn

La Reine des Éléments : la Nouvelle Génération

Copyright © 2022 Lexi C. Foss & J. R. Thorn

Tous droits réservés.

Traduction de l'anglais au français : Marie Bigard

Édité par Feathers and Footprints et Sophie Salaün

Conception de la couverture : Covers by Juan

Cover Photography: Wander Aguiar

Cover Models: Joli, Pat, Forest, Alex, Camden, & Philippe

Publié par : Ninja Newt Publishing

Édition imprimée

eBook ISBN : 978-1-68530-109-5

Paperback ISBN : 978-1-68530-110-1

À toutes les femmes qui ont vécu une grossesse, qui auraient souhaité que leur mari soit plus serviable et qui ont fantasmé sur une équipe d'hommes solidaires et sexy. Ce livre est pour vous.
Et à nos maris, qui se sont occupés de tout au quotidien pendant que nous jouions avec les faë.

LA REINE DES ÉLÉMENTS

LA NOUVELLE GÉNÉRATION

Tout ce que je veux pour Noël, c'est sentir mes jambes.
Parce que mes compagnons m'ont brisée.

Après des années d'adoration et d'amour, et beaucoup de moments intimes partagés, mes compagnons ont une demande spéciale pour les fêtes.

Un petit bébé faë.

Comme une idiote, j'ai accepté, mais je suis incapable de décider qui sera le père. Alors mes compagnons ont trouvé une solution. Une série d'épreuves déterminera qui passera à l'acte ; notamment une épreuve dans la chambre à coucher qui me fait me demander si mes parties intimes sont vraiment prêtes pour ça. Parce que tout de suite ? Je ne sens plus mes jambes.

Sauf qu'un seul regard sur mes compagnons m'a fait céder.

Le simple fait de les imaginer dans le rôle de papas me fait tout simplement fondre.

Même si cela ne pourrait pas tomber plus mal. Mon rêve d'ouvrir une Académie Faë Interroyaumes est à portée de main. Puis ma grossesse arrive avec un sacré rebondissement.

Je vais devoir compter sur mes gars plus que jamais pour me sortir de ce pétrin.

Souhaitez bonne chance à mes compagnons. Ils vont en avoir besoin. Parce qu'une faë enceinte ayant le contrôle sur les cinq éléments est un défi comme ils n'en ont jamais relevé.

Quelque chose me dit que nous allons vivre des fêtes de fin d'année inoubliables.

Note des auteures : *La Reine des Éléments* : *la Nouvelle Génération,* est un roman indépendant de type « pourquoi choisir » avec une fin heureuse. Il met en scène des personnages du monde de *La Reine des Éléments*, mais peut être lu sans connaissance préalable de la trilogie.

Chers lecteurs,

La Reine des Éléments : Livre Quatre est une romance paranormale autonome de type harem inversé. L'histoire se concentre sur les personnages de l'univers de *La Reine des Éléments* et comprend quelques apparitions de personnages provenant de *La Reine des Faë de Minuit* et de *l'Académie des Faë du Destin*.

Bien que cette histoire contienne des éléments de l'univers faë, elle a lieu dans le futur et ne nécessite pas la connaissance des livres précédents. Elle se déroule également après les événements des autres séries : elle n'est pas simultanée et arrive donc après la conclusion de ces histoires.

L'histoire a pour cadre les fêtes de fin d'année et contient des scènes torrides et des rebondissements émotionnels, le tout saupoudré d'une petite pincée de politique faë. Il y a aussi quelques scènes garçon-garçon-fille, l'accent étant mis sur le côté garçon-garçon. Le cercle de compagnons de Claire s'est rapproché au fil des ans... ;)

Bonne lecture !

Jen & Lexi

PARTIE I

DES BONBONS OU UN SORT ! DONNEZ-NOUS QUELQUE
CHOSE DE BON À MANGER.

PROLOGUE
CYRUS

Mon activité préférée, c'était le sexe avec Claire. Mais il y avait quelque chose de beau et pur dans le simple fait de la tenir après l'amour et de la regarder dormir dans cet état d'intense béatitude.

Je sentais à travers les liens qu'Exos et Titus partageaient mon avis. Même Vox et Sol étaient satisfaits, bien qu'ils soient ailleurs pour le moment, en train de préparer une surprise pour notre Claire.

Notre petite demi-humaine adorait les fêtes et nous

voulions que cette année soit encore plus spéciale pour elle. Nous avions une idée en tête, et nous espérions tous qu'elle l'apprécierait et l'accepterait.

Un enfant.

Nous en avions discuté à voix basse au sein du cercle des compagnons, mais nous n'étions pas allés au bout de l'idée. Et nous voulions commencer les préparatifs dès maintenant.

Ce qui nécessitait que notre petite reine soit d'humeur favorable.

D'où la partie de jambes en l'air intense que Titus, Exos et moi venions de lui offrir.

Je croisai le regard saphir de mon frère par-dessus son épaule et notai son expression complice. Titus était perdu entre les jambes de Claire, se servant de sa cuisse comme oreiller. Mais quand je baissai les yeux, je vis que ses iris vert foncé pleins de braises brillaient d'excitation.

Nous avions une proposition à faire.

Une que nous espérions que notre compagne accepterait.

Demain, pensai-je. *Demain, nous lui dirons ce que nous avons en tête.*

Alors les épreuves pourraient commencer…

CLAIRE

Des citrouilles.

   Mes compagnons ont sculpté des citrouilles !

Je les fixai avec étonnement, surprise que Sol ait permis à Vox de profaner ainsi l'une des créations de la Terre. La seule et unique fois où je lui avais parlé des festivités d'Halloween, il avait été profondément outré avant de se lancer dans une diatribe sur le fait que les humains n'avaient aucun respect pour la Terre et ses qualités.

— *D'abord, vous coupez des arbres et décorez leurs cadavres avec des ficelles et des ornements criards pour le Festivus d'hiver, ou Noël, peu importe le nom que vous lui donnez. Et maintenant, tu me dis qu'ils* éviscèrent *des citrouilles et qu'ils enfoncent un* couteau *dans la coquille sacrée ? Pourquoi, au nom des cinq sources, faire une chose pareille ?*

Et cela avait effectivement mis fin à notre discussion sur les traditions d'Halloween.

Mais voilà qu'il se tenait devant moi, avec entre les mains une grosse citrouille-lanterne orange.

Vox se tenait à ses côtés et brandissait une création très différente. Sa sculpture à lui ressemblait à une cloche, et je me demandai brièvement s'il avait confondu les décorations de Noël avec les traditions d'Halloween. Mais je souris tout de même d'un air niais.

— Elles sont parfaites, dis-je, enchantée par les décorations.

Je voulais quelque chose qui rassemblerait aujourd'hui les différents royaumes faë, et cela conviendrait certainement. Parce que nous avions tous une chose en commun : le Monde des Humains. Alors, pourquoi ne pas s'inspirer de certaines de leurs traditions amusantes pour donner le ton et mettre tout le monde d'accord ?

— Nous avons autre chose à te montrer, murmura Vox de sa voix légèrement rauque qui me faisait toujours chavirer.

Mon faë de l'Air avait tout simplement un don pour les sons, et j'aurais pu jurer qu'il utilisait les vents autour de nous pour les accentuer. Il était devenu encore plus puissant au fil des ans, car ses connexions à la source et à moi-même faisaient ressortir son ascendance royale et renforçaient ses liens avec notre élément commun.

Même maintenant, je voyais son pouvoir qui s'enroulait autour de ses longues mèches brunes. Il n'avait pas attaché ses cheveux dans son habituelle queue de guerrier aujourd'hui, mais les avait plutôt laissé retomber librement sur ses fortes épaules.

— Oui, renchérit Sol avant de se racler la gorge. Nous avons, euh… nous avons aussi décoré ton bureau.

— Vraiment ? m'exclamai-je avec surprise.

Ils hochèrent tous deux la tête.

— Tu veux voir ? demanda Vox.

— Avons-nous le temps ?

Nous étions censés nous rendre dans la zone neutre du Monde des Humains afin d'y rencontrer les autres faë pour la réunion annuelle du Conseil Faë Interroyaumes, quelque chose qui avait été établi au cours de ces dernières années.

— Nous avons deux heures devant nous, répondit Vox. Nous avons tout le temps.

— Et ce sera une bonne distraction, ajouta Sol avec un regard entendu.

Tous mes compagnons sentaient le stress qui bouillonnait en moi, tout comme je les sentais envoyer de l'énergie apaisante dans ma direction. Mais ce n'était pas tous les jours que j'avais une proposition à faire à l'espèce faë tout entière.

Leur idée de distraction tombait à pic et je hochai la tête.

— J'aimerais beaucoup voir ça. Mais ne me mettez pas en retard.

Vox renifla avec dédain et ses yeux noirs cerclés d'argent brillèrent d'un air entendu. Il n'était jamais en retard, comme il me le rappelait avec ce regard.

— D'accord, montrez-moi, dis-je, ma curiosité piquée au vif.

J'avais commencé à ajouter des objets à mon bureau lors de chaque fête il y a environ deux ans. De simples rappels subtils de ma vie d'avant. Même si j'adorais mes faë et leurs festivités, j'étais souvent nostalgique des traditions de mon passé. J'avais grandi avec mes grands-parents humains dans l'Ohio et nous avions toujours célébré Halloween, Thanksgiving, Noël et une myriade d'autres fêtes.

Les choses n'étaient pas pareilles ici.

Ce qui ne voulait pas dire qu'elles étaient mauvaises.

Juste… différentes.

Sol et Vox déposèrent leurs citrouilles sur le perron de notre maison à l'Académie des Faë Élémentaires, puis m'escortèrent jusqu'au cœur du campus, où se trouvait mon bureau.

Plusieurs faë nous saluèrent en chemin. Tout le monde semblait joyeux et ravi dans ce temps automnal, et la douceur du climat me rappelait aussi les automnes de mon enfance.

Sauf qu'ici les arbres ne changeaient pas comme ils le faisaient dans l'Ohio. Au contraire, leur verdure perdurait. Il ne neigeait jamais vraiment non plus sur les terrains de l'Académie. Les éléments permettaient à la nature de prospérer et le cercle de vie était très différent de celui du Monde des Humains.

Je sentis une pointe de nostalgie tirailler ma poitrine, quelque chose qui semblait se produire chaque année à cette saison. Au fil du temps, j'avais appris à l'ignorer, mais je rêvais encore d'arbres enneigés, de lumières de Noël et même du père Noël.

C'était un peu ridicule, oui.

Mais certaines expériences d'enfance restaient gravées en moi.

— Bon, ferme les yeux, ordonna Vox en me conduisant à la porte de mon bureau. Ne triche pas.

— Je ne triche pas, répondis-je.

— Mais bien sûr ! ironisa Sol d'un timbre grave qui était une caresse pour mes sens.

Il approcha son corps large et musclé derrière moi. Sol était le plus costaud et le plus grand de mes compagnons. Ses mains vinrent se poser sur mes hanches.

— Ne crois pas que j'ai oublié la fois où tu avais les yeux bandés.

— Tu ne m'avais pas demandé si je pouvais voir à travers, lui rappelai-je alors que mes entrailles se réchauffaient au souvenir du jeu de privation sensorielle mené avec Vox et Sol.

Mon compagnon Terrestre était le roc de notre cercle de compagnons. Sa domination était une force tranquille, quelque chose qui n'appartenait qu'à lui. Alors que Vox était mon compagnon philosophe et sage. Il réfléchissait toujours à tout et s'avérait souvent être la voix de la raison dont j'avais besoin.

— Arrête avec tes excuses, grommela-t-il contre mon oreille alors que son odeur terreuse était comme une cape de réconfort drapée autour de mes épaules. Tu savais ce que nous attendions de toi, petite fleur. Et tu as triché.

— Je n'appellerais pas ça tricher. J'aurais su qui était qui de toute façon.

Ils avaient voulu jouer à un jeu sexuel qui m'obligeait à deviner qui était en moi.

La circonférence de Sol le trahissait toujours, tout comme la grande longueur de Vox.

Après tout, tout chez eux était unique. Même leurs langues et leur manière de me toucher. Sol se retenait toujours, de peur que sa forte carrure ne m'écrase, et Vox préférait les caresses sensuelles et les baisers portés par le vent.

Et voilà que je me retrouvais à serrer les cuisses. Parce que maintenant j'avais envie de sexe.

Et lorsque Sol pressa sa poitrine contre mon dos et

enroula ma taille de ses bras, quelque chose me dit que ç'avait été son intention.

— On va devoir rejouer pour en être sûr, susurra-t-il au creux de mon oreille.

— Mais les décorations d'abord, insista Vox. Allez, ferme les yeux, Claire.

Son ton autoritaire envoya un frisson le long de mon échine et mes entrailles se réchauffèrent à nouveau à la promesse de ce qui allait suivre.

Mes compagnons aimaient jouer.

Et moi aussi, j'aimais ça.

Je fermai les yeux et me laissai aller dans les bras de Sol. Mes oreilles pointues, auxquelles je n'étais pas encore totalement habituée, tressaillirent lorsque la porte s'ouvrit. Puis de subtils effluves de feuillages me parvinrent.

Sol avait créé quelque chose. Mon affinité pour la terre s'anima avec force, essayant d'identifier la substance inconnue. Ce n'était pas d'origine faë élémentaire. Ce n'était pas d'origine humaine non plus. C'était quelque chose de nouveau.

Mes lèvres se retroussèrent alors que j'essayais de déterminer les racines. Mais Sol me poussa en avant de son grand corps planté dans mon dos et me força à entrer dans mon bureau.

Je perçus le scintillement de lumière au travers de mes paupières fermées et la porte se referma derrière nous avec un doux chuintement.

— Très bien, annonça Vox. Tu peux regarder maintenant.

J'ouvris les yeux avec précaution, nerveuse, puis les écarquillai immédiatement à la vue de mon bureau entièrement transformé.

Un arbre était enraciné à côté de mon bureau et ses branches semblables à des lianes remontaient jusqu'à mon plafond et s'enroulaient autour des moulures de mes murs. Des feuilles jaune, rouge et orange décoraient les branches et leur éclat personnifiait les couleurs de l'automne. Une brise tournoyait en permanence, répandant un parfum de ma vie d'avant dans tout mon bureau.

— Oh, c'est magni…

Je sursautai lorsqu'une chose squelettique apparut soudain dans le coin, semblant flotter sur la brise tel un corps fantomatique.

J'ouvris grand les yeux.

— Qu'est-ce que c'est que ça ?

Vox et Sol suivirent mon regard. Vox fronça les sourcils et expliqua :

— C'est censé être un squelette. Pour Halloween. Exos l'a créé en utilisant la magie de l'Esprit. Est-ce qu'il s'est trompé ?

Je clignai des yeux, perplexe.

— Il a utilisé… ?

Je m'interrompis, car, oui, je sentais à présent la trace de son élément dans la structure même du squelette, qui lui ordonnait de disparaître et de réapparaître au hasard.

Un tour d'Halloween.

— Oh, m'exclamai-je avec un sourire ravi. C'est très malin.

Je tournai à nouveau mon regard vers l'arbre.

— Et cet arbre est fantastique. Qu'est-ce que c'est ?

J'appuyai ma paume sur l'écorce, lui demandant de me parler, mais il ne fit que me murmurer le nom de Sol.

— Disons que je l'ai plus ou moins inventé. Tu m'avais parlé une fois des cycles de feuilles des arbres humains, mais les nôtres ne font pas ça. J'ai donc créé un arbre avec des feuilles ayant naturellement les couleurs de ton automne. Il ressemblera toujours à ça. Je suppose que nous pouvons l'appeler un chêne d'automne ?

— Un chêne d'automne, répétai-je alors que mon cœur battait la chamade dans ma poitrine. Oui. Oh, Sol, merci !

Je me retournai dans ses bras pour l'embrasser, mais sursautai lorsque j'aperçus les lanternes-citrouilles accrochées autour de ma porte. Je restai bouche bée devant les flammes bien réelles qui illuminaient l'intérieur des mini citrouilles préalablement évidées. Elles étaient toutes reliées par des filins d'Eau imprégnés d'Esprit et d'Air.

— Waouh, lâchai-je dans un souffle, ébahie par la magnifique utilisation des éléments.

— Est-ce que ça te plaît ? me demanda doucement Vox tout en pressant sa poitrine contre mon dos, me prenant alors en sandwich entre lui et Sol.

— C'était l'idée de Vox, dit mon compagnon Terrestre avec une note d'agacement dans la voix. Il m'a forcé à créer toutes ces citrouilles, juste pour que Titus les éviscère.

— Et on va en faire une tarte, ajouta Vox avec enthousiasme. River nous a donné une recette à essayer. J'ai déjà commencé le processus à la maison.

— Une tarte à la citrouille, m'émerveillai-je sans pouvoir retenir l'excitation dans ma voix. Est-ce que… est-ce qu'on va fêter Thanksgiving cette année ?

Nous ne l'avions jamais vraiment célébré auparavant.

— On y pense, répondit Sol en tendant la main pour enrouler une de mes mèches blondes autour de son doigt. Mais on veut d'abord se concentrer sur Halloween.

— Oui, Halloween en priorité, murmura Vox en pressant ses lèvres contre mon cou. Cela va être un Halloween très mémorable.

Je plissai le front.

— Qu'est-ce que vous voulez dire ? Les Faë ne fêtent pas Halloween.

— Cela ne veut pas dire que nous ne pouvons pas,

chuchota mon compagnon de l'Air tout contre mon oreille avant de me mordiller le lobe. Est-ce que tes décorations te plaisent, Claire ?

— Je les adore.

J'essayai de me retourner pour lui faire face, mais ses mains se posèrent sur mes hanches, me forçant à rester en place.

Les doigts de Sol glissèrent de mes cheveux jusqu'à ma joue et il prit ma mâchoire dans sa main de géant avec une tendresse qui n'appartenait qu'à lui.

— Est-ce qu'on a fait les choses correctement, petite fleur ?

Le squelette fantomatique choisit ce moment pour apparaître dans un bruissement avant de s'évanouir dans un mur. Les joues commençaient à me brûler à force de sourire.

— Tout est parfait, dis-je avec sincérité. Mais je ne comprends pas pourquoi vous avez fait ça.

— Est-ce qu'on ne peut pas faire quelque chose de gentil pour notre compagne ? demanda Vox alors que ses lèvres traçaient la colonne de mon cou.

— Vous faites toujours des choses gentilles pour moi, répondis-je en me laissant aller contre la paume de Sol et en allongeant un peu plus ma gorge pour la bouche de Vox.

— Dans ce cas, cela ne devrait pas être une surprise, répondit Vox.

— Mais c'est beaucoup plus que ce que nous faisons habituellement.

L'année dernière, j'avais juste mis une citrouille sur mon bureau. Puis, peu de temps après, j'avais fait un peu d'excès en matière de décorations de Noël parce que j'avais besoin d'une petite dose d'humanité. J'avais l'intention de recommencer cette année, et le fait d'être entourée de restes automnaux ne faisait que me rendre plus enthousiaste à l'idée de jouer avec des décorations d'hiver et de pimenter nos maisons avec la joie des fêtes.

C'était l'avantage d'avoir plusieurs endroits où loger : cela me donnait d'autant plus d'espaces à décorer.

— Peut-être qu'on veut que cette année soit encore plus spéciale, murmura Vox tout en ramenant sa bouche contre mon oreille. Notre cercle de compagnons va bientôt fêter ses cinq ans.

— Oui, convint Sol alors que son regard terreux suivait le mouvement de son pouce qui traçait une ligne sur ma lèvre inférieure. Considère cela comme une sorte de cadeau pour notre anniversaire.

— Un cadeau en avance, chuchota Vox d'un ton qui me donna la chair de poule.

Je me laissai fondre entre eux, leurs caresses séductrices me berçant d'un sentiment de paix que seuls mes compagnons pouvaient inspirer. Ils faisaient tout ça pour me mettre à l'aise, pour s'assurer que j'étais entièrement détendue pour la réunion du Conseil Faë Interroyaumes.

Ce n'était qu'une des nombreuses raisons pour laquelle je les aimais.

Ils savaient toujours ce dont j'avais besoin, car leur intuition était directement liée à leur capacité à lire mes pensées et vice-versa. Mais je sentais qu'ils me cachaient quelque chose. Une sorte de grosse surprise.

Cependant, je ne posai pas de questions, car je voulais profiter pleinement de ce qu'ils me réservaient.

Sol récompensa ma complaisance d'un baiser, sa langue s'insérant lentement dans ma bouche pour dominer lentement la mienne d'une manière approfondie et puissante qui lui était propre.

Vox me mordilla l'épaule tout en relevant ma robe et la soie me chatouilla les cuisses au passage.

— Encore une fois, elle ne porte pas de sous-vêtement, déclara-t-il en révélant mes hanches.

— Vilaine Claire, dit Sol avant de capturer ma bouche à nouveau, ne me laissant pas le temps de répondre.

Vous n'arrêtez pas de déchirer mes sous-vêtements, murmurai-je dans leurs esprits. *C'est beaucoup plus économique d'être toute nue en dessous.*

— Mmm, on ne se plaint pas, déclara Vox en aplatissant sa main contre ma cuisse avant de la glisser vers mon ventre.

Il me touchait toujours comme ça : de manière précise et savante.

Tout comme Sol maintenait son emprise possessive sur moi et que sa main glissait de ma joue à ma nuque pour m'incliner afin de recevoir plus complètement son baiser.

Je m'abandonnai à eux, les laissant me guider dans l'acte sensuel dont nos corps avaient tous envie.

Vox glissa deux doigts en moi et j'entendis son grognement chaud contre mon cou.

— Merde, Claire. J'ai envie de toi.

— C'est exactement ce que je veux que tu fasses, répondit Sol en effleurant ma lèvre inférieure de ses dents. Je veux que tu t'enfonces jusqu'à la garde dans sa douce chaleur pendant qu'elle me prend avec sa magnifique bouche.

Ses mots crus si visuels firent que mon sang se mit à bouillonner.

Au fil des ans, Sol s'était vraiment affirmé, prenant les choses en main là quand il le voulait tout en m'offrant toujours la sécurité et la chaleur dont j'avais besoin.

Il était mon roc, littéralement.

Je l'embrassai à nouveau et mon âme s'enflamma dans un brasier de désir lorsque Vox ajouta un troisième doigt.

Sol me caressa les épaules, puis il fit glisser les bretelles de ma robe le long de mes bras jusqu'à mes poignets, exposant avec succès ma poitrine nue. Il laissa échapper un faible murmure d'approbation avant d'attraper mes deux seins à pleines mains et de les caresser avec sensualité. Je me cambrai contre lui, gémissant son nom, puis laissant retomber la tension de mon corps dans un grognement à cause de la stimulation de Vox entre mes jambes.

— Oh, nom d'une faë, soufflai-je en tremblant face à la pression qui augmentait dans mon bas-ventre.

Sauf que mes compagnons ne m'autorisèrent pas à atteindre le septième ciel. Ils me retournèrent et me plaquèrent contre mon bureau, mes mamelons raidis protestant contre le bois.

Je jetai un coup d'œil par-dessus mon épaule avec l'intention de me plaindre, mais les mots me quittèrent à la vue de Vox qui dézippait son pantalon noir et de son regard fiévreux qui restait fixé sur l'espace entre mes jambes.

Son excitation me déstabilisait toujours.

Tous mes compagnons avaient cet effet.

Y compris Sol, qui contourna le bureau pour venir ouvrir son pantalon juste devant moi. Ses doigts effleurèrent ma mâchoire avant de se glisser dans mes cheveux. Ses yeux mordorés croisèrent les miens pour évaluer mon acceptation.

Ce qu'il vit dans mes traits dut faire office de confirmation, car il poussa plus loin ses doigts dans mes cheveux et les emmêla autour de mes mèches. Il me tira un petit peu sur le côté, alignant mon visage sur son aine, tandis que Vox se glissait entre mes jambes derrière moi.

J'étais reconnaissante du bureau sous moi. Il me permettait de me stabiliser et me garantissait la solidité dont j'avais besoin pour rendre cela possible.

— Ouvre la bouche, petite fleur, dit Sol d'un ton plus doux qu'un véritable ordre.

Sa circonférence avait toujours été un défi pour moi à prendre en bouche, un défi que j'adorais relever. Et c'était exactement ce que je lui laissai entendre en soutenant son regard tout en m'humidifiant les lèvres de ma langue.

Vox attrapa mes hanches et sa queue se pressa contre mon entrée alors que Sol se glissait dans ma bouche.

Leurs coups de reins étaient doux au début, et la régularité de leur rythme laissait entrevoir leur tendresse pour moi. Mais au fur et à mesure que nos désirs s'intensifiaient, leurs mouvements se firent plus rapides et plus durs, et Sol heurtait le fond de ma gorge tandis que Vox me pilonnait avec force.

C'était salace. Torride. *Magnifique.*

Mes sens étaient en feu à cause des éléments automnaux environnants, tous créés par mes compagnons pour mon plaisir personnel.

Vox envoya une vague de vent autour de mon corps stimulé et son affinité effleura mon clitoris d'un baiser aérien qui fit s'envoler mon âme vers les nuages. Sol m'ancra alors avec son membre tandis que son essence terreuse coulait dans ma gorge en prélude à ce qui allait suivre.

Je gémis et tressaillis entre eux deux, submergée par notre connexion. Je sentais notre cercle de compagnons qui s'animait dans mon cœur et caressait chacune de mes terminaisons nerveuses.

Cyrus, Exos et Titus étaient tous bien conscients de ce qui se passait en ce moment, et je percevais leur intrigue collective. Titus envoyait des baisers enflammés à mon esprit, me rappelant les coups chauds de sa langue contre mon clitoris la nuit dernière. Cyrus murmurait des pensées glacées emplies de promesse froide, m'obligeant à me souvenir de la glace qu'il avait utilisée pour contrer la langue de Titus. Les sensations contraires m'avaient rendue folle.

Et l'âme d'Exos caressait la mienne tandis que sa forme spirituelle rejoignait l'essence d'Air de Vox contre mon centre sensible. Je criai.

Ils étaient tous en moi, même si seuls Sol et Vox se trouvaient dans la pièce. Mais je nous sentais tous jouer ensemble, nous rapprochant toujours plus près d'un orgasme, qui, je le savais, allait me briser en deux.

Sol donna un coup de reins et s'enfonça encore plus profondément dans ma gorge, me forçant à avaler plus de lui. J'enroulai ma main autour de sa base et le caressai en rythme avec ma bouche.

Les mains de Vox étaient comme des marques au fer rouge contre mes hanches, sa grande longueur frappant cet endroit au fond de moi qui générait le plus addictif des plaisirs.

Il savait exactement quel angle adopter et ses coups de boutoir successifs me rapprochaient de plus en plus près… encore plus près… toujours plus près…

Je les sentais juste derrière moi, leurs plaisirs augmentant à mesure du mien, et nous dansions ensemble sur un plan d'existence élémentaire que seul notre cercle de compagnons comprenait.

Puis soudain, une vague de puissance s'abattit sur nous tous : Cyrus avait envoyé une poussée sensuelle qui nous propulsa tous trois par-dessus bord dans un état extatique imprégné d'amour et de passion.

Sol lâcha un juron entremêlé du nom de Cyrus.

Vox gémit.

Et je hurlai autour du sexe qui se déchargeait dans ma gorge.

C'était intense, bouleversant et parfait, et je flottais sur un nuage délirant dont je ne voulais jamais revenir.

J'avalai tout ce que Sol m'offrit. Absorbai chaque goutte de Vox entre mes jambes. Puis m'effondrai sur le bureau.

Le parfum terreux des feuilles d'automne agrémentait mon existence d'une délicieuse douceur, m'embrasant de l'intérieur et me laissant béatement satisfaite entre mes deux compagnons.

Vox se pencha pour m'embrasser l'épaule et Sol effleura ma joue de ses jointures avant de se déloger soigneusement de ma bouche

J'ai besoin d'une sieste, pensai-je en les regardant.

Ils gloussèrent en guise de réponse, puis Sol se mit à genoux devant moi pour appuyer son nez sur le mien.

— Tu pourras faire une sieste pendant notre trajet vers le Monde des Humains. Je vais te porter.

Je hochai la tête et mes paupières s'affaissaient déjà.

Puis je me souvins de ce que je devais faire une fois là-bas et poussai un gémissement. Gémissement qui se transforma en agréable soupir lorsque Vox sortit d'entre mes jambes. Chaque partie de moi se mit à picoter, mon corps se préparant déjà à recommencer.

Toutes ces années passées à satisfaire cinq compagnons m'avaient préconditionnée à accepter des orgasmes multiples.

Ce n'était pas une mauvaise vie.

Mais cela devenait problématique quand on avait un emploi du temps comme aujourd'hui, car cela ne laissait pas de temps à plus de sexe.

Tu es insatiable, petite reine, dit Cyrus dans mon esprit.

Arrête de lire dans mes pensées, répondis-je.

Nous lisons ton Esprit, corrigea Exos. *Tu es pratiquement en*

train de te tortiller dans le royaume de l'Esprit, suppliant qu'on te saute à nouveau.

Je me demande bien pourquoi, répliquai-je.

Aucune idée, dit Cyrus d'un ton incarnant l'innocence même.

C'est ça, ironisai-je en frissonnant alors que Vox faisait remonter ses doigts à l'arrière de mes cuisses.

— Retourne-toi, Claire, dit-il. On va te nettoyer avec nos bouches.

Sol sourit, clairement enchanté par cette idée.

— Oui, retourne-toi, petite fleur. Je vais commencer par tes seins.

Profite, chuchota Cyrus dans mon esprit avant de disparaître alors que Vox et Sol prenaient possession de mon corps, me retournant sur le dos et me dévorant comme ils l'avaient promis.

Lorsqu'ils eurent fini, je ne me souvenais même plus de mon nom.

Et ce n'était pas du tout un problème.

Car qui a besoin d'un nom, de toute façon ?

CYRUS

— *E*h bien, notre plan semble se dérouler à merveille, observai-je d'un ton badin.

— Elle est généralement plutôt consentante après une bonne partie de jambes en l'air, convint Titus en glissant ses mains dans les poches de son pantalon de ville.

Il avait choisi de porter un pantalon noir et une chemise dont il avait remonté les manches jusqu'aux coudes. Pas de cravate. C'était la définition d'une tenue professionnelle selon le faë du Feu.

Mon avis différait du sien, ma garde-robe contenant plus d'une douzaine de costumes pour des occasions comme celle-ci. Exos avait un style similaire. C'est pourquoi nous portions tous deux des costumes trois-pièces.

— Est-ce que tout est en place pour ce soir ? demanda mon demi-frère.

Son regard saphir était d'un bleu beaucoup plus profond que mes propres iris couleur de glace. Mais nous avions les mêmes cheveux blonds, hérités de notre mère faë de l'Esprit.

— Ouaip, répondit Titus.

Il était l'image même de l'aisance, avec ses cheveux auburn balayés par le vent et son sourire décontracté.

— J'ai les clés du chalet, River m'a aidé à remplir le frigo avec de la nourriture humaine qui lui plaira et nous avons mis les deux lits king-size dans le salon et les avons collés. Tout est prêt.

Je hochai la tête.

— Excellent. Maintenant, il ne nous reste plus qu'à convaincre notre petite reine d'accepter les épreuves.

— Espérons que cette réunion se passe bien, répondit Exos d'un air intense. Nous avons besoin qu'elle soit de bonne humeur et facile à convaincre.

— Quelques orgasmes pourraient aider, enchaîna Titus.

— Pas si elle n'est pas disposée à les accepter, rétorqua Exos. Cette idée est très importante pour elle. Cela compte aussi beaucoup pour nous et pour notre progéniture potentielle.

— Nous sommes tous conscients de ce qui est en jeu, murmurai-je. Alors, voyons qui nous pouvons amadouer pour être sûrs que notre compagne rencontre le succès.

— Je préférerais simplement mettre le feu à l'opposition, grimaça Titus.

— Appelons ça notre plan de secours, d'accord ? suggérai-je.

Le faë du Feu poussa un long soupir.

— Très bien. Je vais d'abord essayer la voie diplomatique. Mais si quelqu'un s'oppose à Claire aujourd'hui, je le brûle.

J'envisageai brièvement de lui faire remarquer que cela mènerait certainement à une bataille de pouvoirs faë dans le Monde des Humains, ce qui serait très mauvais, mais me ravisai et ne dis rien.

Titus ferait ce qu'il voulait, avec ou sans notre consentement.

Essayer de le convaincre du contraire était une tâche futile.

Je me contentai donc de hausser les épaules et me remis à surveiller la foule.

La réunion avait lieu sur un terrain neutre au Groenland. C'était un territoire protégé maintenu par le Conseil Faë Interroyaumes. Les mortels n'avaient aucune idée de l'existence de cette civilisation, car le tout était dissimulé grâce à une myriade de magies faë.

Pour l'œil du mortel, ce territoire ressemblait à un glacier inhabitable. Mais dès qu'un faë traversait la frontière enchantée, une ville chaleureuse et colorée se révélait.

Les faë ne choisissaient pas tous de rester dans leurs royaumes respectifs (c'était d'ailleurs un développement récent encouragé par divers événements), et plusieurs d'entre eux avaient choisi de résider ici.

Je n'étais pas certain des chiffres de la population actuelle, mais elle continuait à augmenter.

Nous nous trouvions au centre de la ville, près du hall

principal, là où le Conseil Faë Interroyaumes choisissait de se réunir chaque année. Notre compagne voulait créer ici une école pour ceux qui avaient des capacités interespèces, ceux que l'on appelait aussi « abominations ».

Beaucoup de faë étaient contre la reproduction interespèces à cause des événements de notre passé, mais Claire était déterminée à corriger cette perception. Elle avait plusieurs alliés puissants, notamment le soutien des Faë de Minuit et des Faë du Destin.

Claire pensait que si les abominations et les Halfelines avaient été plus acceptés par la société, son accession au trône aurait été plus facile, car elle aurait été accueillie à bras ouverts et aurait reçu la formation dont elle avait eu besoin.

Ses alliés au sein des royaumes des Faë de Minuit et des Faë du Destin étaient également motivés par des raisons personnelles, la plupart ayant subi leurs propres épreuves au cours de leur existence.

Claire avait d'abord présenté son idée à leurs dirigeants respectifs et s'était servi de leurs remarques et conseils pour affiner sa présentation d'aujourd'hui. Et j'avais vraiment hâte de voir ma compagne en action.

Quand on parle du loup, pensai-je en souriant alors qu'elle entrait dans le grand hall entourée de Sol et Vox.

Elle se dirigea droit vers moi et je vis que ses yeux bleus contenaient une touche de la panique que je sentais aussi rayonner dans son esprit. J'envoyai immédiatement une caresse rassurante à travers notre lien, faisant de mon mieux pour calmer ses nerfs.

— Est-ce que tu as la lettre ? me demanda-t-elle en guise de salutation.

— Tu crois que j'oublierais ? répliquai-je en haussant un sourcil.

— Cyrus.

— Claire.

Elle me dévisageait d'un air outré, mais je soutins son regard. Ma petite reine avait besoin de feu, et si cela signifiait que je devais l'énerver, eh bien, allons-y.

La lettre qu'elle voulait était la demande officielle des Faë Élémentaires pour créer l'Académie Faë Interroyaumes. J'en avais une autre, très similaire, provenant des Faë de Minuit. Les Faë du Destin étaient un peu plus compliqués, car leurs territoires étaient divisés entre des leaders Alpha qui régnaient à égalité avec leurs Omégas, ce qui voulait dire que Gina ne parlerait qu'au nom de sa région. Elle conférerait avec les autres Omégas par la suite. Bien qu'à mon avis, aucun d'entre eux n'oserait défier une Oméga vénérée comme Gina.

Tous les autres royaumes auraient besoin d'un accord similaire ou bien devraient renoncer à leur participation à l'école.

S'il te plaît, ne fais pas ça, chuchota Claire dans mes pensées. *J'ai besoin que tu me soutiennes, pas que l'on se dispute.*

Ce dont tu as besoin, c'est de te rappeler qui tu es, répliquai-je à travers notre lien mental. *Tu es une reine, Claire. Alors, relève la tête et montre-leur ton cou royal. Peut-être même que je te récompenserai d'un baiser.*

Elle me jeta un regard sévère.

Je me contentai de hausser les sourcils.

Est-ce que je me comportais comme un crétin ? Oui. Est-ce que ça la distrayait de son stress ? Oui aussi.

Elle s'approcha de moi pour fouiller les poches de ma veste, à la recherche de la lettre. Ses mains parcouraient mon torse et je ne pus retenir un sourire amusé.

— Où est-elle ? exigea-t-elle avec un soupçon d'hystérie dans le regard.

Je me saisis de son menton et croisai son regard.

— Respire, lui dis-je. *Ne laisse personne voir ta panique,*

Claire. Tu dois te présenter à cette réunion et agir comme si la pièce t'appartenait. Ton idée est brillante. Approprie-la-toi, merde !

Je vis ses narines se dilater. *Et comment je fais ça, si tu as laissé la lettre à la maison ?*

Je ne l'ai pas laissée à la maison, petite reine. Je l'ai gardée bien au chaud, comme tu me l'as demandé, et je la présenterai lorsque tu le demanderas durant la réunion. Je lâchai son menton et pris sa joue dans ma main. *D'où te vient toute cette anxiété, Claire ? De quoi as-tu peur ?*

Qu'ils détestent cette idée, me murmura-t-elle. *Que… qu'ils ne m'acceptent pas. Moi ou l'école. Et c'est exactement ce que je ne veux pas qu'il arrive à quelqu'un d'autre dans ma situation.*

Je pressai mes lèvres contre les siennes pour cacher les larmes qui commençaient à emplir ses yeux. Elle avait besoin de ce moment pour rassembler ses forces. Je lui fournis donc ce dont elle avait besoin avec ma bouche pendant que les autres resserraient les rangs autour de nous afin de s'assurer que personne ne voyait la nervosité de notre reine au sujet de cette proposition.

Cela signifiait beaucoup pour elle sur un plan personnel, et cela la rendait plus émotive. Je comprenais. Mais j'avais besoin qu'elle se rende compte que les reines ne s'inclinaient devant personne.

— Tu vas te rendre dans cette pièce et leur montrer que tu es une vraie reine, lui dis-je doucement. Je n'accepterai rien de moins de toi, Claire.

Elle déglutit.

— Et s'ils détestent l'idée ?

— Alors tu les feras changer d'avis.

Ses yeux bleus scintillèrent et ses larmes se transformèrent en quelque chose de plus passionné.

— Je n'accepterai pas de réponse négative, dit-elle lentement. Je leur fais dire oui.

— Exactement, répondis-je. Ils n'ont pas le droit de dire non.

— Ils n'ont pas le droit de dire non, répéta-t-elle en hochant la tête. D'accord.

— D'accord, fis-je en écho tout en pressant à nouveau mes lèvres contre les siennes. Tu vas être extraordinaire, petite reine. Et nous sommes tous là pour toi si tu as besoin de nous.

— Merci, murmura-t-elle alors qu'un peu de couleur ravivait son teint pâle. Je peux le faire.

Elle n'était plus embarrassée, mais excitée.

— Je sais que tu peux, renchéris-je. Montre-leur de quoi tu es capable. Et si quelqu'un te met des bâtons dans les roues, Titus leur mettra le feu.

— Cela va sans dire, dit-il en hochant la tête derrière elle.

Claire gloussa.

— Ce n'est pas très diplomatique.

Le faë du Feu leva les yeux au ciel.

— Nom d'une faë, tu parles exactement comme Cyrus et Exos.

— Personnellement, je prends cela comme un compliment, répondit mon frère qui étudiait notre compagne avec un regard saphir empli d'approbation.

Je la relâchai, car je savais ce qu'il voulait, puis le regardai l'entraîner dans un baiser rassurant. Titus l'attrapa ensuite, puis Sol, et enfin Vox, laissant notre petite reine à bout de souffle.

Mais elle semblait prête à faire un carnage.

—Je suis prête, dit-elle.

—Je sais, répondis-je. Ouvre la voie, petite reine.

TITUS

Claire avait l'air d'une déesse alors qu'elle répondait aux questions depuis le bout de table, sa stature posée et confiante, son expression jubilatoire.

Ma compagne était une leader née, tout comme Exos et Cyrus, qui se tenaient à ses côtés.

Je restais en retrait, à observer tout le monde et à surveiller l'humeur de Claire grâce à notre lien. Toute cette histoire de conseil n'était pas pour moi. Je préférais gérer la discorde avec mes poings, pas avec des mots, et cela s'avérait donc être une bonne chose que Claire ait des compagnons comme Exos, Cyrus et Vox. Cela rétablissait l'équilibre.

— Je n'aime pas la façon dont ce faë Métamorphe se comporte avec notre compagne, grommela Sol à mes côtés tout en gardant les yeux rivés sur le type aux cheveux éclatants qui parlait à Claire.

— C'est un paon, répondit Vox. C'est dans sa nature de se pavaner comme ça.

— Eh bien, s'il continue à fanfaronner, il va bientôt se retrouver déplumé, lui répondit Sol en marmonnant. D'ailleurs, ce n'est pas ça que River a dit de cuisiner pour la fête du Merci ?

— Il a dit qu'il nous fallait une dinde, rectifia Vox. Et je crois que ça s'appelle la journée des Remerciements.

— Très bien, la journée des Remerciements. Mais quelle est la différence entre un paon et une dinde ? demanda Sol.

—Je… je ne sais pas.

Vox regarda par-dessus l'épaule du grand gars pour croiser mon regard.

— Quelle est la différence entre un paon et une dinde ? Ce sont tous les deux des oiseaux, non ?

— Comment tu veux que je le sache ?

Je n'étais pas le chef cuisinier de notre cercle de compagnons. Et je ne connaissais absolument rien à la nourriture humaine.

— On va devoir demander à River, dit Vox.

— Ou bien on pourrait arracher les plumes de ce métamorphe dragueur et le faire rôtir, marmonna Sol en fusillant de son regard terreux l'homme habillé de couleurs vives qui rejetait en arrière sa tête à plumes dans un éclat de rire.

Je me mordis les lèvres.

— Au moins, il a l'air d'apprécier les idées de Claire.

Contrairement à plusieurs des autres membres du conseil faë présents dans la pièce.

La notion d'une Académie Faë Interroyaumes suscitait beaucoup de passions contradictoires. Certains étaient ouverts à l'idée. D'autres pensaient que cela ne ferait qu'exacerber les problèmes liés aux abominations.

Et puis il y avait ceux qui avaient choisi de zapper complètement la réunion : à savoir, les Faë de l'Enfer.

Je n'oublierais jamais le jour où Cyrus et Exos avaient expliqué les différents royaumes à Claire et sa réaction horrifiée en apprenant l'existence de faë-démons.

— Vous m'avez dit que les démons n'existaient pas ! s'était-elle indignée. Et les loups-garous non plus. Vous… vous m'avez dit que c'étaient des affabulations d'humains.

— Techniquement, les démons et les loups-garous n'existent pas, donc on n'a pas vraiment menti, avait répondu Exos sur ce ton de quasi-sainteté qu'il semblait affectionner.

— Oui, les termes appropriés pour les désigner sont Faë de l'Enfer et Faë Métamorphes, avait ajouté Cyrus.

Claire leur avait jeté un regard noir, puis elle était sortie pour se libérer d'un tas phénoménal d'éléments, ce qui nous avait tous laissés bouche bée devant ses talents. Ensuite, elle était revenue avec beaucoup de questions.

Cependant, après avoir appris le penchant des Faë de l'Enfer à kidnapper des faë pour leurs épreuves d'épouse, elle ne s'était pas montrée empressée de les rencontrer. Je m'étais donc dit que c'était une bonne chose qu'ils continuent de manquer les réunions.

Sauf qu'elle avait requis leur présence ici aujourd'hui. Elle avait mentionné l'idée qu'ils apprécieraient l'école puisque leur race de faë avait été créée à la suite d'une série d'abominations. Elle pensait aussi qu'ils pourraient aider à l'organisation des programmes de l'école et avait ajouté qu'un peu de collaboration entre les différents royaumes aiderait à alléger la colère notoire envers les autres faë.

C'était un point de vue optimiste, et je l'admirais de défendre cette perspective. Mais cela ne se concrétiserait jamais. Les Faë de l'Enfer n'avaient aucun intérêt à se réconcilier avec les royaumes qui les avaient pratiquement jetés aux enfers, d'où leur nom.

Sol se raidit à mes côtés lorsque deux Faë du Paradoxe s'approchèrent de Claire, leurs épées lumineuses à la hanche. Exos serra la main de l'un d'entre eux, son expression stoïque et royale. Cyrus fit de même.

— Je n'ai jamais aimé les trafiquants de temps, marmonnai-je d'un ton en accord avec l'attitude agressive de Sol. Ce sont de vrais sournois.

Ces épées sur leurs hanches étaient des artefacts qui leur permettaient de modifier les lignes temporelles, et ce, sans que personne autour d'eux ne s'en aperçoive. Qui pouvait dire combien de réalités avaient été altérées sous leur commandement ? Rien que cette pensée me donnait des frissons. Et pour un faë du Feu, c'était quelque chose.

— Ils vont certainement exiger quelque chose en échange de leur implication, dit Vox d'une voix diplomatique. Mais ils adorent conclure des marchés.

Eh bien, c'était un point de vue sur leur espèce. Un point de vue bien plus positif que le mien.

Après que les Faë du Paradoxe eurent terminé, un autre clan de Faë Métamorphes s'approcha. Chaque type d'animal avait son propre conseiller ou sa propre conseillère, et la plupart semblaient être représentés.

La discussion se poursuivait et chaque royaume faë exprimait tour à tour ses questions et ses inquiétudes. Seuls quelques-uns acceptèrent verbalement l'idée. D'autres avaient besoin de plus de temps pour réfléchir ou souhaitaient en discuter avec leurs propres Conseils.

Une fois la réunion finie, Claire rayonnait d'excitation et ses joues avaient pris une belle teinte rosée qui me rappelait les papillons d'esprit qu'elle aimait faire apparaître.

Je lui souris, impatient de la ramener au chalet que nous avions aménagé pour la semaine. Elle n'avait aucune idée de la surprise qui l'attendait... Mais d'abord, nous devions manger.

Une partie de moi mourait d'envie de sauter les civilités du repas et de passer directement au dessert. Mais Claire allait avoir besoin de forces pour notre première épreuve.

En supposant qu'elle accepte notre proposition.

Mon estomac était noué d'anticipation. Une partie du plaisir allait résider dans le fait de la convaincre de nous laisser participer aux jeux que nous avions prévus. Et la récompense serait de voir son ventre s'arrondir d'un petit bébé faë.

Claire était déjà splendide, mais il y avait quelque chose de tellement torride à l'idée qu'elle soit enceinte de notre enfant. Elle ferait une mère magnifique. J'avais hâte de voir ça.

J'espérais juste qu'elle dirait oui.

Nous l'espérions tous.

Il avait été difficile de lui cacher nos projets, principalement parce qu'elle était liée à chacun de nous par la pensée. Mais nous avions miraculeusement réussi. Peut-être tout simplement parce qu'elle avait été très absorbée par ses projets pour l'Académie Faë Interroyaumes.

Elle me jeta un regard en coin. Ses yeux bleus scintillaient d'une telle joie que mon cœur se serra. Puis ses lèvres esquissèrent un petit sourire complice alors qu'elle envoyait quelques flammes danser au bout de mes doigts. Je lui rendis la pareille avec une caresse dans le cou qui la fit frissonner.

Tu as l'air d'avoir faim, dit-elle dans mon esprit.

J'ai toujours faim, ma belle, répondis-je d'une voix pleine de sous-entendus. *Tu veux être mon entrée ?*

Je pense que dessert serait plus approprié.

Tu m'as ôté les mots de la bouche, rétorquai-je, parce que je venais juste de penser quelque chose de similaire il y a quelques secondes à peine. *J'ai hâte de te dévorer plus tard, Claire.*

De même, compagnon de feu, murmura-t-elle en me soufflant un baiser de feu qui se posa juste sur la commissure de mes lèvres. J'envoyai une ligne de flammes sur sa lèvre inférieure en réponse, mais Exos se pencha pour la lécher de sa langue.

Rabat-joie, pensai-je en levant les yeux au ciel.

Il me fit un clin d'œil, puis l'embrassa à nouveau avant de se retourner pour mener le groupe.

C'était l'heure du dîner.

Puis viendrait… le dessert.

CLAIRE

’air glacé soufflait avec fureur sur l’extérieur des fenêtres du restaurant, démontrant la vraie nature de cette partie du Groenland. Pourtant, à l’intérieur, nous étions bien au chaud et complètement à l’abri des éléments.

Une ville faë tout entière était en train de se construire sous ce dôme magique. Nous nous trouvions à la périphérie, dans le pub le plus proche de la sortie. Ce que j’aimais bien dans cet endroit, c’était la nourriture : ils avaient l'habitude de servir toutes les différentes espèces de faë.

Et c'est pourquoi je me retrouvais face à un bol de pâtes bolognaises.

C'était de la nourriture étiquetée cuisine faë de Minuit, car ces êtres vampiriques avaient tendance à fréquenter le Monde des Humains pour des petites collations sanguinolentes. D'après ce que j'avais compris de leur culture, ils avaient adopté au sein de leur monde la plupart des aliments humains, car c'était tout ce qu'ils mangeaient.

Ce qui m'allait très bien.

Et j'arrosai aussi le tout avec une eau-de-vie de lutin, parce que bon, miam.

Mes compagnons avaient tous choisi des plats de type élémentaire, tandis que les Faë du Destin à notre table avaient opté pour des plats similaires au mien.

Autour de nous se trouvaient de multiples tablées de faë de toutes sortes.

J'adorais ce sentiment d'unité entre les royaumes. Cela me faisait espérer que cette Académie Faë Interroyaumes pourrait vraiment voir le jour.

Une étincelle de magie de faë de l'Hiver me chatouilla le nez, attirant une fois de plus mon attention sur les fenêtres. La magie faë m'étonnait encore et toujours, d'autant plus que je sentais en ce moment l'essence bourdonner sur ma peau tel un fil sous haute tension.

Les vagues laissèrent derrière elles un baiser étrange qui me rappelait ma magie aquatique. Un tourbillon de glace se mit à danser sur le bout de mes doigts en réponse, auquel Cyrus répondit avec un filet de sa propre puissance.

Je ne pus m'empêcher de sourire, car la sensation faisait directement appel à mon âme.

Tu aimes ça, petite reine ? me demanda-t-il alors que ses yeux bleu glacier croisaient les miens par-dessus la table.

Je répondis en augmentant le débit d'eau au bout de mes doigts, mais tressaillis lorsqu'il égala ma vitesse et prit le contrôle de l'eau grâce à ses propres liens avec la source. Il était le Roi Aquatique après tout, ce qui lui conférait un pouvoir illimité en ce qui concernait son élément.

Il était assis à côté de son cousin Kalt, qui était actuellement en stage en tant que dignitaire dans l'un des autres royaumes faë.

Les Faë de l'Hiver, pensai-je en jetant un coup d'œil à l'extérieur pour la cinquième ou sixième fois ce soir. Ils étaient à l'origine de la magie ici au Groenland, car ils utilisaient un pouvoir protecteur similaire au Pôle Nord.

Toutes ces histoires sur le père Noël et ses elfes ? Oui, elles se basaient sur des vérités. Cela m'avait abasourdie la première fois que j'en avais entendu parler, et je mourrais d'envie d'y aller un jour. Ils travaillaient en étroite collaboration avec les Faë Élémentaires, essentiellement car ils résidaient déjà en territoire neutre dans le Monde des Humains. Et ils étaient eux aussi plutôt gentils.

Kalt se pencha pour poser une autre question à Cyrus, que mon compagnon accueillit d'un signe de tête contemplatif avant de répondre.

Mon cœur se réchauffa à la vue de leur rapport mentor-mentoré. J'aimais beaucoup ce côté stimulant de mon compagnon Aquatique. Bien qu'il ne m'ait pas échappé qu'il était bien plus patient avec Kalt qu'avec moi.

— Oh, les épreuves ont donc commencé, dit Gina à mes côtés avec excitation.

L'eau qui tourbillonnait au bout de mes doigts se dissipa dans un nuage de brume tandis que Cyrus lançait un regard sévère à la Faë du Destin.

— Ne fais pas ça.

Ses doux yeux bleus clignèrent dans sa direction.

— Ne fais pas quoi ?

— Jouer avec le futur, répliqua-t-il d'un ton cinglant.

— Ce serait comme t'ordonner de ne pas céder à ton affinité pour l'eau, rétorqua-t-elle en fronçant les sourcils. Est-ce que ça veut dire que je suis en avance ? Parce que le chemin est plutôt bien tracé.

— En effet, convint doucement son compagnon, Zeke.

Les cheveux blonds de celui-ci flirtaient avec ses épaules à cause de la légère brise que Vox venait de faire apparaître à l'autre bout de la table.

— Mais je pense que nous sommes encore dans cette ligne temporelle, attrapeuse de rêves, reprit-il.

— Oh, s'exclama Gina en mordant ses lèvres charnues. Tu as raison.

— Quelles épreuves ? demandai-je, confuse devant son commentaire.

Bien sûr, je comprenais rarement ses déclarations étranges. Cette femme aimait parler par énigmes et ce n'était jamais très clair. Mais nous nous étions rapprochées ces dernières années, surtout grâce à nos idéaux politiques similaires.

Mais cela n'avait pas toujours été le cas. Lors de notre première rencontre, je ne l'avais pas du tout aimée. Déjà à l'époque, elle était tout aussi énigmatique, déclarant quelque chose à propos d'une pièce sombre qui n'avait pas lieu d'être. Une pièce sombre qui s'était avérée être beaucoup plus proche de nous qu'aucun de nous ne l'avait réalisé. Mais tout cela appartenait au passé désormais.

Ceci dit, j'avais détesté Gina à première vue à cause de son physique époustouflant et du fait qu'il était évident que Cyrus et Exos la connaissaient bien et depuis longtemps. Heureusement, il s'était avéré qu'ils n'étaient qu'amis.

Une amitié qui semblait compromise à cet instant, vu les regards noirs qu'ils lançaient tous deux à la Faë du Destin.

Zeke se racla la gorge.

— Ce n'est pas parce que je suis aveugle que je ne peux pas *voir*, dit-il. Ne regardez pas ma compagne comme ça.

— Bon. Qu'est-ce qui se passe ? Demandai-je. Pourquoi est-ce que vous êtes tous si tendus ? C'est quoi, ces épreuves à venir ? C'est à cause de l'école ?

Quelques faë à une table voisine suspendirent leur conversation, intrigués par le ton de ma voix, et je vis que leurs oreilles pointues étaient toutes orientées vers nous.

J'aurais voulu sourire et leur faire signe de regarder ailleurs, mais j'étais trop préoccupée par le commentaire énigmatique de Gina pour me concentrer sur des subtilités diplomatiques.

Kalt se racla la gorge.

— Je vais prendre une autre eau-de-vie de lutin.

Personne ne répondit, car tout le monde était trop occupé à dévisager mes compagnons et Gina.

— Euh… hasarda Aflora en guise de salut avant de lever les yeux vers le grand faë de Minuit à ses côtés, le gardien Zephyrus. Visiblement, nous sommes passés à côté de quelque chose d'important, ajouta-t-elle.

Aflora avait indiqué qu'elle nous rejoindrait un peu plus tard pour le dîner, après s'être occupée d'une tâche. Elle n'avait pas donné de détails, mais bon, elle le faisait rarement. La faë Royale Terrestre que j'avais connue autrefois s'était épanouie en une femme puissante, une reine dotée d'une magie particulière que beaucoup d'autres faë craignaient.

Mais elle était exactement la raison pour laquelle une Académie Faë Interroyaumes devait voir le jour, pour que nous puissions mieux comprendre les abominations et les accouplements de différents pouvoirs.

— Es-tu en train de causer des problèmes ? demanda

Aflora en arquant son sourcil bleu-noir en direction de Gina.

Ces deux-là avaient un passif. Une histoire à propos d'un café, je crois. Cela ne me surprenait donc pas qu'elle soupçonne immédiatement la Faë du Destin de jouer sur les mots. Son espèce était plutôt connue pour cela, après tout. Au moins, elle n'avait pas sorti son fameux jeu de cartes.

— Pourquoi tout le monde part toujours du principe que c'est moi qui suis à blâmer ? demanda Gina.

— Parce que c'est généralement le cas, lança une Faë du Paradoxe depuis le bar.

— Personne ne t'a demandé ton avis, Kali.

— Excuse-moi, mais tu viens de demander l'avis de tout le royaume, rétorqua-t-elle.

Gina souffla.

— Je n'ai fait que parler d'épreuves, marmonna-t-elle.

— D'épreuves ? répéta Aflora en plongeant ses yeux bleu céruléen dans ceux de Zephyrus.

Il haussa ses larges épaules.

— Aucune idée.

Il enroula son bras autour d'elle, puis se pencha pour lui murmurer quelque chose à l'oreille. Quoi qu'il lui ait dit, ses joues devinrent écarlates. Je ne connaissais pas bien le faë de Minuit, mais Cyrus et Exos appréciaient sa franchise. Il semblait que c'était aussi le cas d'Aflora, car ses yeux se mirent à briller à cause de ce qu'il avait dit.

J'arrêtai de les regarder et tournai la tête vers Gina.

— Explique-toi.

— Demande à tes compagnons, répondit-elle. Ils savent de quoi je parle.

— Est-ce que tu as vu qui gagne ? demanda soudainement Titus, ce qui déclencha un grognement de désapprobation de Cyrus. Oh, allez, tu te poses la même question que moi.

— Je ne veux pas savoir, enchérit Sol. Je veux jouer le jeu à la loyale.

— Quel jeu ? demandai-je. Mais de quoi vous parlez, bon sang ?

— Je n'ai pas besoin de Gina pour prédire le gagnant, répondit Cyrus qui gardait son regard fixé sur Titus. Nous savons déjà que ce sera moi.

— N'importe quoi, rétorqua Titus. Je t'ai battu l'autre soir. Elle a carrément hurlé plus fort quand c'était moi.

Je hoquetai.

— Titus !

Cyrus se contenta de glousser.

— Continue à te dire ça, Luciole.

— Répète ça pour voir, Enfoiré Royal !

— Luciole, répéta-t-il en souriant.

Titus fit mine de se lever, mais Sol posa sa main d'ours sur son épaule pour le rasseoir tandis que Vox poussait un long soupir.

Exos se contenta de secouer la tête.

— Nous voulons avoir un bébé, Claire, dit-il. Et nous avons conçu une série d'épreuves pour déterminer qui aura les honneurs.

Je restai interdite.

— Pardon… quoi ?

— Et voilà, il est temps pour moi d'y aller, dit Gina en s'éloignant de la table. De rien, au fait.

— Je suis presque sûr qu'aucun d'entre nous ne t'a remerciée, répondit Cyrus.

— Ouais, tu n'es carrément pas invitée à la fête du Merci, ajouta Sol.

— C'est la journée des Remerciements, corrigea Vox.

— Peu importe, répondit mon compagnon Terrestre en grognant. Elle n'est *pas* invitée.

— Vous parlez de Thanksgiving ? demanda Zephyrus.

— Thanksgiving ? répéta Sol a répété en fronçant ses sourcils sombres. Mais ça ne veut rien dire !

— Parce que la journée des Remerciements, c'est mieux, peut-être ? enchaîna Zephyrus.

— Sérieusement, je veux savoir qui gagne, dit Titus, ses yeux vert forêt posés sur Gina.

Il passa ses doigts dans ses cheveux roux et lui fit un beau sourire.

— C'est moi, n'est-ce pas ? ajouta-t-il.

Elle se contenta de sourire.

— Eh bien, c'était super. Je vous verrai tous le mois prochain à la fête de la nidification.

— Baby shower, dit Zeke tout en se levant à côté d'elle avec des mouvements fluides et royaux malgré sa cécité.

— Oui, tu as raison. Baby shower, convint-elle.

Non pas que je leur prêtais attention.

J'étais trop occupée à rester bouche bée sur mon siège à la table.

Sauf que, qu'est-ce qu'ils venaient de dire ?

— Une baby shower ? répétai-je d'une voix super aiguë.

— Oui, mais les faë appellent ça une fête de la nidification, répondit-elle tout en s'éloignant déjà avec son compagnon, sa main dans le creux de son dos. Oh, et tu vas avoir besoin que les Faë de l'Enfer te donnent leur accord. Je te suggère de rencontrer l'un des chiens de l'Enfer de Lucifer. Mais ne laisse pas Cyrus s'approcher d'eux. S'il éteint leurs flammes, ils n'accepteront pas ta proposition.

Elle fit un petit signe de la main, puis prit la direction de la sortie.

— Attends ! l'interpellai-je.

Mais elle m'ignora et s'éloigna avant que je puisse lui demander de quoi diable elle parlait. Je faillis lui courir après, mais elle avait déjà franchi les portes, disparaissant dans le désert enneigé. D'ici quelques secondes, elle serait dans un portail, en route vers l'endroit où elle voulait aller.

Pas étonnant qu'elle ait recommandé de manger au restaurant juste à côté de la frontière.

Elle savait ce qui allait se passer.

Maudite Faë du Destin !

— L'un de vous ferait mieux de commencer à m'expliquer ce qui se passe, exigeai-je, car je n'étais pas d'humeur à supporter plus de charades.

— Je l'ai déjà fait, répondit calmement Exos. Nous voulons avoir un bébé, Claire. Et plutôt que de te demander de choisir qui sera le premier père, nous avons conçu une série d'épreuves pour aider à déterminer un gagnant.

Je le regardai, bouche bée.

— Et si je ne veux pas de bébé ?

Il ne broncha pas et enchaîna directement :

— Dans ce cas, nous annulerons les épreuves.

Sauf que je sentis instantanément la douleur monter en flèche dans mes liens et l'inquiétude de mes compagnons à l'idée que je puisse refuser.

Même le regard cerclé d'argent de Vox avait un éclat inquiet.

Aflora s'éclaircit à nouveau la gorge.

— Euh, je pense que nous allons, euh, y aller…

Elle parla si doucement que je ne l'entendis presque pas. Et aussi impoli que cela pût être, je ne pouvais lui répondre. J'étais trop absorbée par les émotions qui se développaient dans mes liens.

Mon cercle de compagnons avait abordé le sujet des enfants plusieurs fois au cours des années.

Cyrus avait besoin d'un héritier pour le Royaume de l'Eau.

Exos avait également besoin d'un héritier pour le Royaume de l'Esprit.

Vox avait choisi une profession dans l'enseignement, car il aimait les études philosophiques, mais il avait aussi un faible pour les enfants et adorait les voir apprendre.

Sol voulait un petit à lui pour l'élever et le regarder grandir.

Et Titus, eh bien, il essayait de prétendre que pratiquer l'art de l'accouplement était tout ce qui l'intéressait, mais je percevais d'évidents signes d'excitation dans ses pensées lorsqu'il envisageait d'avoir un petit faë avec qui jouer au faëball.

Ils voulaient tous des enfants.

Pas nécessairement les leurs (sauf peut-être Exos et Cyrus, qui avaient des devoirs royaux à remplir), mais les autres voulaient simplement agrandir notre cercle avec de petits faë. Même mes deux compagnons royaux avaient envie de ça, et ce, malgré leurs obligations envers leurs trônes.

Pour chacun d'eux, cela allait au-delà d'une simple affaire de devoir.

Ils voulaient simplement créer la vie.

Ce qui était le plus grand cadeau donné aux Faë Élémentaires.

Malgré leur envie, je sentais qu'ils étaient prêts à attendre, si c'était ce que je désirais. Ils ne voulaient pas me pousser. Ils ne voulaient pas non plus me forcer à choisir. D'où les épreuves.

Je ne voyais pas les détails dans leurs pensées, leurs esprits bloquant l'accès à ce qu'ils avaient prévu.

Cependant, l'anticipation bourdonnait dans mes veines, et j'étais prête pour ce qu'ils m'avaient concocté.

— D'accord, dis-je lentement en regardant tour à tour chacun de mes compagnons. Parlez-moi un peu de ces épreuves.

CLAIRE

— *B*on, je vais avoir besoin que vous me réexpliquiez l'épreuve des orgasmes.

Ils avaient mentionné d'autres choses, mais c'était la compétition qui avait le plus éveillé mon intérêt.

Titus sourit.

— Tout est dans le nom… et nous avions l'intention de commencer ici, dès ce soir.

Il fit un geste vers le chalet dans lequel mes camarades m'avaient séquestrée, en Islande.

Après avoir payé la note au Faë Pub (oui, le nom était extrêmement original) et que Cyrus eut dit au revoir à son cousin, mes compagnons m'avaient téléportée au milieu des bois, là où un chalet attendait, avec un très grand lit à l'intérieur.

Je soupçonnais qu'ils avaient pris les lits des chambres adjacentes et les avaient simplement poussés l'un contre l'autre au centre de la pièce à vivre, car les draps étaient en désordre et la taille du matelas n'avait rien à voir avec ce que l'on trouvait habituellement dans le Monde des Humains.

Quoi qu'il en soit, cela faisait l'affaire.

Et j'avais vraiment envie de commencer l'épreuve des orgasmes... genre, tout de suite.

— Donc, vous allez simplement... voir combien d'orgasmes vous pouvez me soutirer pendant les cinq prochains jours.

Je ne voyais pas de problème dans cette logique. Pas du tout.

— Six jours, corrigea Titus. Nous avons décidé que le premier ne comptait pas à cause de l'excitation. Nous allons donc t'échauffer comme il faut pendant toute une journée, puis nous aurons chacun une période de vingt-quatre heures.

Je déglutis.

— Oh, d'accord, dis-je. Hum. Eh bien, on peut commencer tout de suite.

— Si impatiente, commenta Exos avec un sourire.

— Nous avons d'abord besoin que tu acceptes toutes les épreuves, petite reine, murmura Cyrus. Et nous devons aussi savoir si tu es vraiment d'accord avec ce qu'il en résultera. Es-tu prête à avoir un bébé avec nous ?

Les cinq hommes étudièrent ma réaction, mes compagnons faisant toujours passer mon confort avant le leur. Étais-je prête à avoir un bébé ? Je n'en étais pas sûre. Pouvait-on jamais l'être ?

Mais je savais au fond de mon cœur que mes compagnons seraient des pères formidables.

Ils m'aideraient à surmonter la grossesse, me protégeraient et m'aimeraient inconditionnellement. Je ressentais toutes ces vérités à travers notre lien, même si je les savais déjà.

Parce qu'ils avaient été là pour moi depuis le début, avant même que nous fussions complètement accouplés.

Tout ceci était notre destinée à tous les six, et si mes compagnons voulaient un bébé, alors moi aussi. Nous étions dans le même bateau, pour toujours et à jamais.

En plus, j'aimais bien l'idée de les rendre tous pères.

Ils feraient tous des papas faë super sexy.

Mais ce n'était pas la raison pour laquelle je voulais vraiment ça.

J'avais simplement l'impression que le moment était venu. Je ne l'avais pas vraiment remarqué avant, mais je le sentais désormais au fond de moi. Notre cercle de compagnons était prêt à créer une nouvelle vie.

— J'ai peur, admis-je. Parce que je ne sais pas vraiment à quoi m'attendre. Mais j'ai confiance en vous. Et si vous êtes tous prêts, alors moi aussi.

— Ne fais pas ça pour nous, Claire, répondit Exos en s'avançant pour prendre ma joue dans sa main. Il faut que ce soit parce que tu le veux vraiment, toi aussi.

— Je le veux, chuchotai-je en me laissant aller contre sa paume. Cela... cela me semble juste, naturel. Les Faë créent la vie. Je veux créer une vie avec vous tous.

Je savais que seul l'un d'entre eux pourrait réellement planter la graine, mais ce serait tout de même une expérience partagée. Parce que nous étions une unité.

Je leur ouvris mon cœur et mon esprit, à chacun

d'entre eux, leur permettant de ressentir mon acceptation et mon amour, et fondis sous les vagues d'adoration et de dévotion qu'ils m'envoyèrent en réponse.

Puis Exos captura ma bouche dans un baiser époustouflant qui déclencha la première épreuve. Le but était de me faciliter l'expérience, de rassasier mon esprit et mon corps et de me préparer aux plaisirs et aux douleurs à venir.

Avoir un enfant ne serait pas facile.

Nous le savions tous.

Tout ceci était une question de vénération, pour me prouver que mes compagnons veilleraient à tous mes besoins, qu'ils seraient là pour moi tout le long du chemin.

Ils voulaient aussi que je sois malléable et consentante.

Mais surtout, ils voulaient que je sente à quel point ils m'aimaient.

Je leur rendis leur ardeur à travers mon esprit, enveloppant chacun d'eux d'une vague d'amour venue du plus profond de mon être tout en m'abandonnant complètement au baiser d'Exos.

C'était une passion brûlante et ardente. Elle se transforma en un brasier lorsque Titus s'approcha de moi par-derrière pour me saisir les hanches. Les lèvres d'Exos volèrent vers mon cou et il dézippa ma veste, que Titus ôta de mes épaules avant de la faire glisser le long de mes bras.

Cyrus s'en empara et la jeta sur le côté. Puis il prit la place d'Exos, sa bouche réclamant la mienne tandis qu'il glissait ses mains sous mon pull. Je frissonnai à son contact frais, ma peau brûlante contre sa glace. Puis les paumes de Titus rencontrèrent mon dos nu et son pouce dessina une traînée de feu le long de ma colonne vertébrale.

Je gémis, l'assaut des pouvoirs élémentaires m'enflammant de l'intérieur et appelant mes propres affinités à la vie.

Mon pull fut soudain réduit en cendres, l'essence de Titus planant de manière possessive sur moi tandis qu'il faisait rôder ses pouvoirs ardents par-dessus mon jean.

Il trancha le tissu d'une lame flamboyante, détruisant mon pantalon qui se dispersa alors en une poignée de braises sur le sol.

Cyrus sourit contre ma bouche.

— C'est tellement pratique, Luciole.

Titus grogna et sa main quitta mon dos pour empoigner les cheveux blonds de Cyrus.

— Répète-moi ça, enfoiré. Répète. Moi. Ça.

— Luciole, railla Cyrus tout en souriant ironiquement devant l'expression que Titus lui adressait par-dessus mon épaule.

La tension sexuelle contenue dans leur jeu agressif me faisait serrer les cuisses. Ils jouaient parfois ensemble, mais seulement lorsque je me joignais à eux. Contrairement à Sol et Vox, qui partageaient parfois un lit. Cela ne me dérangeait pas, car je sentais toujours leur lien avec moi, et je me glissais souvent dans leurs draps pour les rejoindre après une séance de pelotage intense.

Nos liens étaient spéciaux, car nous nous aimions tous vraiment.

Même lorsque Cyrus et Titus faisaient semblant d'être en désaccord l'un avec l'autre.

J'enroulai mes bras autour de la taille de Cyrus tandis que Titus me ramenait plus près de lui, et je me retrouvai alors complètement en sandwich entre eux deux. Puis il attira la bouche de Cyrus vers la sienne et ils s'engagèrent tous deux dans un baiser sauvage et dur.

La dentelle de ma culotte fut instantanément trempée, leur démonstration virile presque suffisante pour me faire jouir sur place.

Sentir leurs corps durs de chaque côté de moi ne faisait qu'intensifier le moment.

Puis une main sur ma nuque me tira d'un coup sec vers une autre bouche affamée. *Sol*. Mon roc. Mon compagnon Terrestre. Je fondis à son contact tandis que Cyrus et Titus continuaient à lutter de chaque côté de moi.

C'était gratifiant, intense et beau. Cela m'ancrait dans la réalité de mon cercle.

Tant de passion et de chaleur.

L'un d'eux se mit à palper ma poitrine. *Titus.*

L'autre posa une main sur mon sexe. *Cyrus.*

Et ils continuaient à s'affronter avec leurs langues pendant que Sol me dévorait de la sienne.

Je gémis, enflammée par les sensations et désireuse d'en avoir plus.

Cyrus fit glisser ma culotte sur le côté, et je me demandai pourquoi j'avais pris la peine de mettre ce sous-vêtement, puis il plongea deux doigts en moi qu'il enfonça sans ménagement. Je criai, puis gémis pour en redemander.

Il me gratifia d'une autre poussée, son pouce glissant vers le haut pour effleurer mon clitoris. Un orgasme jaillit de moi comme pour répondre aux ordres de Cyrus, et mes genoux défaillirent tandis que de nouvelles flammes embrasaient mon corps.

Titus me rattrapa avec son bras autour de ma taille. Je sentais son érection prononcée s'enfoncer contre mes fesses. Mon front vint s'appuyer contre l'épaule de Cyrus, la paume de Sol toujours autour de ma nuque, tandis que mes hommes me soutenaient pendant que je me remettais du plaisir trop soudain.

— Voilà pourquoi on a besoin d'une journée d'échauffement, dit Titus.

— Oui, convint Cyrus. C'est trop facile.

J'avais vraiment envie de leur répondre quelque chose, mais je n'avais pas assez d'air dans mes poumons pour parler. Mon cerveau ne fonctionnait pas non plus assez bien pour trouver une réplique. Je me contentai donc d'un grognement qui fit glousser tous mes compagnons.

— Finis de la déshabiller, ordonna Cyrus.

Je sentis l'énergie ardente de Titus réchauffer mes seins, la dentelle se désintégrant en une seconde. Puis la même sensation voyagea jusqu'à mon monticule rasé et plus bas encore, me faisant sursauter et gémir.

— Elle est de nouveau prête, s'émerveilla-t-il.

Son pouvoir caressa mes lèvres humides, puis il utilisa son don pour incinérer ma culotte.

Sol tomba à genoux à côté de moi pour me retirer mes bottes et mes chaussettes avec des mains douces et sûres. Puis il fit remonter ses doigts le long de mon mollet jusqu'à ma cuisse avant d'enrouler sa main autour de l'arrière de ma jambe et de me tirer vers sa bouche affamée.

Un juron m'échappa lorsque sa langue rencontra mon clitoris. Mes jambes cédèrent à nouveau, mais Titus me rattrapa avec facilité. Cyrus s'écarta alors pour laisser la place à Vox. Je regardais celui-ci à travers des paupières lourdes, mon corps mou trop occupé à convulser sous les gratifications de Sol plus au sud.

Je m'attendais à ce que mon compagnon de l'Air m'embrasse, mais il plongea plutôt sa tête vers mes seins, aspirant un mamelon profondément dans sa bouche avant d'en effleurer doucement la pointe de ses dents.

J'emmêlai mes doigts dans ses longs cheveux noirs, le retenant contre moi alors qu'il me narguait de sa langue habile.

Sol semblait reproduire le rythme entre mes jambes, complètement en accord avec celui de Vox.

Puis Titus passa sa main entre mes jambes par-derrière

pour faire remonter une partie de ma moiteur vers mon autre trou. Je gémis lorsqu'il glissa un doigt à l'intérieur, m'étirant et me préparant pour la nuit à venir.

Ils allaient m'utiliser, tout comme j'allais les utiliser.

Et ensemble, nous ne formerions plus qu'un enchevêtrement de membres et de corps nus.

Pourtant, j'étais la seule à être nue en cet instant, tous mes compagnons étaient encore entièrement habillés.

Cela ne me convenait pas.

Je m'inspirai du jeu de Titus et détruis leurs tenues d'une simple pensée. Ou du moins, j'essayai. Cela fonctionna pour Vox et Sol, leurs vêtements disparaissant sous une vague de mon pouvoir. Leurs chaussures étant quelque part près de la porte, je les laissai tranquilles.

Mais mes autres compagnons avaient anticipé mon coup. Exos et Titus avaient créé un mur de leur propre feu pour protéger leurs habits, tandis que Cyrus m'avait contrée avec l'eau.

J'ouvris les yeux et réalisai que les deux rois me souriaient d'un air narquois, me mettant au défi d'essayer à nouveau.

Cela faisait office d'aphrodisiaque, intensifiant le moment et m'ensevelissant sous une avalanche de challenge et de mystère. Les bouches de Vox et Sol restaient collées sur moi et mes doigts emmêlés dans leurs doux cheveux les maintenaient exactement là où je les voulais, tandis que Titus me tenait pour être sûr que je reste immobile pour leurs bouches avides. Il augmenta sa pression là-bas derrière, me faisant crier de plaisir et de douleur, mon corps brûlant littéralement pour eux.

Je voulais qu'ils me remplissent, qu'ils m'emmènent au septième ciel et qu'on en revienne dans un tas de membres moites.

Mais je savais que ce n'était que le début.

Ils ne précipitaient jamais les choses, leurs bouches et caresses soigneuses et attentives du début à la fin.

Sol aspira mon clitoris profondément dans sa bouche tandis que Vox frôlait mon téton de ses dents. Puis Titus ajouta un autre doigt en moi, m'étirant délicieusement et m'échauffant pour une soirée de sexe.

Pourtant, trois de mes compagnons étaient toujours habillés et je devais y remédier. Mais, oh, je n'étais pas sûre de savoir comment. Pas avec la langue de Sol qui bougeait comme ça. Et Vox, *nom d'un faë*, ses lèvres… mmmh…

Titus gloussa contre mon oreille.

— Concentre-toi, ma belle, murmura-t-il tout en faisant des mouvements de ciseaux avec ses doigts. Tu vas tous devoir nous déshabiller si tu veux qu'on te saute.

— Ou alors Sol et Vox peuvent s'en charger pour vous, répondis-je en gémissant alors que mon corps en manque ondulait lascivement entre eux.

— Tu préfères que je saute Titus ? demanda Cyrus pour me narguer.

L'image mentale envoya une vague de chaleur dans mes veines.

Ils se chamaillaient toujours et la tension sexuelle entre eux était hors normes. Et l'idée de Cyrus en train de plier Titus en deux pour s'enfoncer en lui ? Oui, cela me faisait serrer les cuisses d'anticipation autour de Sol.

— J'espère que tu as apporté du lubrifiant, Luciole, murmura Cyrus alors que son regard glacé brillait d'intentions diaboliques.

— Cela n'arrivera pas, Enfoiré Royal, répondit Titus tout en effleurant ma gorge de ses dents. Mais tu peux me sucer quand tu veux.

—Je ne me mets à genoux que devant Claire, répliqua Cyrus avec chaleur. Cependant, j'envisagerais une position temporaire, si c'est ce qu'elle veut.

L'idée me fit gémir et je sentis mon orgasme qui montait, puis un coup de langue de Sol me fit chavirer. Et soudain je me retrouvai trop occupée à embrasser Vox pour discerner le haut du bas.

Mes compagnons me consumaient, comme ils le faisaient toujours. Ils faisaient soudain des suggestions torrides, puis me distrayaient la seconde d'après.

J'essayais de me concentrer sur une tâche, mais je n'eus le temps de rien que Titus me portait déjà jusqu'au lit.

— Écarte les jambes pour Sol, ordonna-t-il. On va voir si sa queue suffit à te satisfaire.

Leurs vêtements, pensai-je. *Je dois retirer leurs vêtements.*

C'était le jeu... le défi de ce soir... il s'agissait de voir si je pouvais me concentrer assez longtemps pour les déshabiller.

Et une fois que j'aurais gagné, ils me récompenseraient avec leurs corps.

Sol grimpa sur moi et je vis ses muscles onduler alors qu'il se penchait pour aspirer mon téton dans sa bouche avant de se glisser entre mes cuisses.

— Tellement mouillée, dit-il tout en mordillant son chemin jusqu'à ma mâchoire. Enroule tes tiges autour de moi, petite fleur.

Je l'enveloppai de mes cuisses et accrochai mes chevilles derrière ses fesses, l'incitant à venir plus près. Il comprit l'invitation et me remplit jusqu'à la garde, m'étirant délicieusement autour de lui. Je me cambrai, mes entrailles sensibles protestant contre l'invasion tout en le serrant avec chaleur, suppliant d'en avoir plus.

C'était un tel dilemme.

Mes compagnons m'avaient appris à recevoir des heures de plaisir, car ils étaient tous capables de me prendre encore et encore sans jamais se fatiguer.

Cela repoussait les limites de l'endurance, ce qui faisait que j'étais d'autant plus reconnaissante d'être à moitié faë.

Sol s'empara de ma bouche pour un baiser brûlant, son corps me baignant d'un parfum de terre mâtiné de fièvre et de sexe. La vitalité s'épanouit en moi, embrassant mon esprit et m'ancrant complètement dans le moment de son évidente revendication.

Sauf que je sentais le feu danser le long de mes bras, lui-même suivi d'un filet d'eau, et je me rappelai que mes autres compagnons attendaient.

Ils me narguaient.

Regardaient Sol me sauter.

Engageaient mes éléments et me forçaient à jouer leur jeu.

Je grognai alors qu'un cataclysme d'érotisme déchirait mon âme et appelait mes éléments à la surface.

L'Air.

L'Eau.

La Terre.

Le Feu.

L'Esprit.

Tous se mirent à danser dans la pièce, rampant le long des murs sous forme de véritables lianes décorées de papillons roses et de braises ardentes. L'eau tourbillonnait avec les flammes, dansant au même rythme que les hanches de Sol, et une vague de chaleur naquit dans mon bas-ventre alors qu'un autre orgasme mettait en péril ma capacité à respirer.

Puis soudain Vox était là, sa bouche sur la mienne, soufflant de l'air dans mes poumons et me revivifiant de son essence alors qu'il était allongé à côté de moi. Je sentais son excitation contre ma hanche et vis Sol tendre la main pour l'empoigner. Mon compagnon de l'Air tressaillit et un grognement fit vibrer sa langue contre la mienne.

Mes bras et de mes jambes se couvrirent de chair de poule, la luxure des deux hommes me submergeant de la meilleure façon qui fut.

Je les autorisai à prendre leur plaisir, me délectant de leur désir et le laissant m'étouffer sous un nuage d'extase.

Sol enfonça ses dents dans mon épaule tout en jouissant en moi, sa semence chaude me remplissant de son essence terreuse, tandis que Vox se déversait à mes côtés, substance bienvenue contre ma peau.

Mais Titus avait raison.

Ce n'était pas suffisant.

Il m'en fallait plus.

J'avais besoin de mes compagnons encore habillés.

Et soudain, je sus ce qu'il me restait à faire pour les convaincre d'enlever leurs vêtements.

EXOS

*P**etite maligne**,* pensai-je en regardant la petite coquine se rouler dans les draps et se couvrir de la semence de Sol et de Vox.

Elle avait commencé par enfoncer un doigt dans son sexe humide pour faire remonter l'essence de Sol le long de son monticule rasé et la frotter sur sa peau. Puis elle était allée chercher les restes du plaisir de Vox le long de ses côtes pour couvrir les petits pics rosés de ses seins.

Je n'aurais jamais pensé que de voir ma compagne

baignée de la semence d'autres hommes m'exciterait, mais nous en étions là. Je n'avais plus qu'une envie : me déshabiller et ajouter ma touche personnelle au tableau.

La tension qui irradiait de mon frère me disait qu'il ressentait la même chose.

Ma cravate était soudain un peu trop serrée. Je la relâchai sous le regard de Claire et vis ses yeux briller.

— Je sais ce que tu es en train de faire, bébé, lui dis-je.

— Ah oui ? demanda-t-elle d'un ton faussement innocent alors qu'elle plongeait à nouveau sa main entre ses jambes pour glisser ses doigts entre ses jolies lèvres roses.

Sol et Vox étaient allongés de chaque côté d'elle, satisfaits pour le moment, tandis que le reste de ses compagnons se tenaient autour du lit avec des érections d'enfer et entièrement habillés.

Elle porta son doigt à ses lèvres cette fois, et le goût de son excitation mêlée à la semence de Sol la fit gémir.

Je me demandai soudain pourquoi nous avions décidé de jouer à ce jeu. Je n'avais plus qu'une envie : m'enfoncer jusqu'à la garde dans ma femme et obliger cette bouche tentatrice à crier mon nom.

J'enlevai ma cravate et Cyrus fit de même avant de prendre la soie de mes mains. Je compris immédiatement son intention lorsque je le vis s'approcher du lit.

— Donne-moi tes mains, petite reine.

Elle sourit.

— Seulement si tu me donnes ta chemise.

Il la fixa pendant un moment, puis laissa tomber les cravates sur le lit.

— Très bien.

Il se débarrassa de sa veste et la jeta à Titus. Le faë du Feu l'attrapa au vol et entreprit de la détruire de ses flammes les plus brûlantes.

Cyrus afficha un petit sourire narquois.

— Tu vas payer pour ça plus tard, Luciole.

— Je déteste ce surnom.

— Oh, je sais, répondit-il en déboutonnant sa chemise. Et c'est pourquoi je vais toujours t'appeler comme ça.

— Enfoiré Royal, marmonna le faë du Feu.

Il semblait utiliser ce surnom de manière interchangeable entre Cyrus et moi. Mon frère adorait ça. Je me contentai de lever les yeux au ciel.

— Voilà, petite reine, dit Cyrus en laissant tomber sa chemise sur le lit. Maintenant, donne-moi tes mains.

Vox, l'œil complice, roula par-dessus elle pour venir s'allonger près de Sol tandis que Cyrus s'emparait des poignets de Claire et les liait avec nos cravates. Elle aussi avait deviné ses intentions, mais la lueur dans son regard me disait que cela faisait partie de son plan depuis le début.

Et lorsque le pantalon de Cyrus s'enflamma une demi-seconde plus tard, je compris pourquoi. Elle avait utilisé son bref contact comme un moyen de neutraliser sa magie aquatique et détruire ses vêtements.

J'esquissai un sourire, impressionné.

Cyrus la récompensa d'un baiser. Son amusement était clairement visible dans la manière dont il lui tenait la tête alors qu'il lui dévorait la bouche.

Titus observa la scène avec intérêt, puis fit passer sa chemise par-dessus sa tête avant de la jeter au sol.

— Au diable la gratification différée.

Quelque chose me disait que c'était aussi le plan de Claire. Elle savait exactement comment manipuler chacun de nous avec son corps et son esprit. Je fourrai mes mains dans mes poches alors que Titus retirait son pantalon et rejoignait les autres sur le lit. Il se jeta directement sur son intimité, sa bouche et sa langue lapant son sexe trempé et la faisant gémir dans la bouche de Cyrus.

Elle enfonça ses doigts dans les mèches auburn du faë du Feu, ses poignets toujours noués par les cravates en soie. Cyrus se saisit de ses mains et les amena doucement au-dessus de sa tête. Sol pressa sa paume sur les siennes pour les maintenir contre les oreillers tandis que Cyrus faisait glisser ses doigts le long de ses bras.

Tout était si harmonieux après ces années passées à jouer avec notre compagne. Bien que nous nous agissions souvent à tour de rôle, ou passions aussi souvent des nuits en tête-à-tête avec elle, nous appréciions toujours des moments comme celui-ci. Cependant, cela n'arrivait pas aussi souvent que nous l'aurions voulu.

Vox, Titus et Sol vivaient avec Claire à l'Académie des Faë Élémentaires. Cyrus faisait des allers-retours entre l'Académie et le Royaume Aquatique, embarquant parfois Claire avec lui pour de brèves visites. Quant à moi, j'avais conservé ma résidence dans le Royaume de l'Esprit, mais je m'aventurais à l'Académie pour nos soirées de groupe.

Cela fonctionnait bien.

Claire passait toujours une nuit par semaine seule avec moi dans le Royaume de l'Esprit, tout comme elle allait aussi chez Cyrus pour une nuit. Titus, Vox et Sol avaient chacun leur propre soirée avec elle à l'Académie. Ce qui nous laissait deux jours complets en tant que cercle de compagnons.

Journées qui se terminaient généralement par une activité similaire à celle qui se déroulait en ce moment sur le lit.

— Chevauche Titus, ordonna Cyrus alors que le faë du Feu était allongé sur le dos à côté de Sol.

Vox s'était redressé sur son coude pour regarder, tandis que le faë Terrestre se prélassait paresseusement sur les oreillers, son regard protecteur fixé sur Claire. Il veillait toujours à sa sécurité, tout comme je veillais à celle de tout le cercle. C'était la raison pour laquelle je me tenais encore tout habillé et observais les événements se dérouler devant moi.

Je les rejoindrais en dernier.

C'était presque toujours ce que je faisais.

Je sentis mon aine se tendre lorsque Claire roula avec légèreté sur les hanches de Titus, son corps me rappelant celui d'une déesse. Ce qui était une description appropriée, étant donné son contrôle sur les cinq éléments.

Elle était une vraie reine.

Une beauté.

Une merveille du monde faë.

Et elle était mienne.

Je me léchai les lèvres, me délectant de la façon dont ses seins bougeaient alors qu'elle balançait ses hanches pour guider Titus en elle. Le faë du Feu siffla avec force et ses mains se refermèrent sur sa taille fine pour la maintenir en place. Cyrus dénoua les cravates de soie avant de plonger ses doigts dans les cheveux volumineux de Claire pour guider son visage vers la bouche de Titus qui attendait.

Ils s'engagèrent tous deux dans un baiser défini par leur affinité pour le Feu. Je le sentis réchauffer l'air ambiant et engager ma capacité secondaire pour l'élément. Cyrus y opposa son eau, arrosant chacune des braises avant qu'elles ne puissent atteindre sa peau claire. Puis il vint se placer derrière Claire pour s'aligner avec ses fesses.

Titus l'avait déjà préparée, et nous savions tous qu'il avait fait ça pour Cyrus.

Ces deux-là s'étaient liés d'une manière inattendue au fil des ans et leur tendance à prendre Claire en duo était bien connue et respectée par notre cercle. Parfois, je les rejoignais et prenais sa bouche, mais pas ce soir.

Je la voulais en dernier.

Pour lui faire l'amour.

Pour l'apaiser.

Pour l'adorer.

Elle s'était si bien débrouillée aujourd'hui à la réunion du Conseil Faë Interroyaumes. Ma poitrine se réchauffa à ce souvenir, ma fierté rayonnant à travers le lien alors qu'elle acceptait Cyrus en elle. Son plaisir inonda notre lien et son dos s'arqua sous l'impact des deux hommes en elle. Titus lui palpait les seins tandis que mon frère passait son bras autour de sa taille, la maintenant contre lui alors qu'il s'enfonçait plus profondément dans ses fesses.

Puis il se saisit de ses cheveux et tira sa tête vers l'arrière pour l'embrasser, nous offrant un tableau d'une beauté érotique spectaculaire.

Notre compagne en train de se faire sauter des deux côtés.

Ses seins dans les mains d'un faë du Feu.

Sa langue réclamée par un Roi Faë Aquatique.

Sol et Vox étaient de nouveau excités, la vue du plaisir de leur compagne étant un aphrodisiaque que nul ne pouvait ignorer. Le fait que Cyrus et Titus savaient comment transformer le tout en œuvre d'art ne faisait qu'ajouter à l'expérience.

Ils ne se retenaient nullement, la prenant avec un abandon qui la faisait hurler contre la bouche de Cyrus.

Je déboutonnai le haut de mon pantalon trop serré alors que mon ventre se nouait d'un désir à peine contenu. J'avais besoin d'elle plus que j'avais besoin de respirer. Mais je me retenais, maître de mon contrôle, bien décidé à la protéger tandis qu'elle se perdait dans une félicité totale entre ses deux compagnons qui la baisaient.

Elle peignait un tableau si éblouissant ; son corps était fait pour le sexe, fait pour ça, fait pour *nous*.

J'envoyai une traînée de feu le long de son abdomen

jusqu'à son clitoris, la faisant basculer, et elle fut suivie de près par Titus. Puis Cyrus grogna alors que son corps se vidait en elle, et les trois d'entre eux partagèrent alors une expérience orgasmique que nous ressentîmes tous grâce à nos connexions.

C'était si intense et intime que je faillis jouir moi-même. Sol se mit à se caresser paresseusement. Vox se contentait de fixer les autres de son regard noir cerclé d'argent dans lequel brillait une intention ravageuse.

Mais c'était à mon tour de jouer.

Claire me regardait avec des pupilles dilatées de désir et ses joues étaient rougies d'un mélange d'effort et d'excitation. Son pouvoir s'embrasa, son feu essayant de détruire mes vêtements une fois de plus. Mais je me protégeai d'elle, désirant un vrai combat que seule ma compagne pouvait fournir.

Elle ne me déçut pas, m'emmenant sur le plan spirituel, là où nos âmes prospéraient, et elle m'engagea dans un tourbillon séduisant de chaleur enchanteresse.

Je souris, intrigué, et la tirai vers la source, désireux de tester ses capacités et son contrôle. Elle me résistait. Je me dégageai alors d'elle et elle m'emboîta le pas. Et c'est ainsi que nous en vînmes à nous promener dans notre endroit spécial tandis que nos corps restaient dans le Monde des Humains avec les autres.

Cyrus rôdait non loin, son énergie d'esprit attirée instinctivement dans notre aire de jeu. Nous étions tous les deux fils d'une faë royale d'Esprit, et la plupart des faë de l'Esprit avaient accès à plus d'un élément. Son élément secondaire était l'eau, à cause de son roi de père. Mon don secondaire était le feu, et c'était avec cet élément que je combattais Claire sur le plan physique. Mais mon âme appartenait à l'élément esprit, et c'était là que je la faisais souvent s'incliner.

Sauf qu'elle semblait bien décidée à me mettre à genoux ce soir et ses gestes séducteurs me léchaient les flancs, laissant une traînée de désir dans leur sillage.

Tu te débrouilles de mieux en mieux, princesse, chuchotai-je dans son esprit. *Même royalement sautée et épuisée, tu me donnes du fil à retordre.*

J'ai eu le meilleur des mentors, me répondit-elle alors que sa signature énergétique bourdonnait contre la mienne une fois de plus.

Elle était magnifique dans son état éthéré, son essence contenant une touche de rose ce soir. Son bonheur me réchauffait le cœur. Mais c'était la tache rouge en son centre que je désirais : sa passion et son désir.

Je fis un pas vers le lit, conscient de notre environnement dans le chalet. Ses yeux s'étaient fermés, ses autres compagnons nous laissant un peu d'espace pour cette étreinte spirituelle. Cyrus était couché à sa gauche, sa tête sur l'oreiller. Titus était à sa droite. Sol et Vox se trouvaient de l'autre côté de Cyrus.

Une belle vue, qui m'accueillait à bras ouverts.

Mais je restai aussi sur le plan de l'esprit, la pourchassant au travers du terrain contenant la source de mon pouvoir. La plupart des faë ne pouvaient pas jouer aussi près de l'ancre de notre élément. Cependant, je n'étais pas la plupart des faë. Les rois faë Élémentaires étaient le conduit de nos sources respectives, et je maintenais l'entité d'esprit. En tant que compagne, Claire pouvait également y accéder, ce qu'elle prouvait en cet instant en s'approchant encore plus près de la lumière aveuglante.

Cependant, j'anticipai son prochain mouvement et me mis en travers de son chemin pour l'attraper. Elle gloussa, puis se fondis dans mon essence, m'offrant le baiser le plus intime que notre espèce puisse expérimenter.

Nous ne nous touchions pas physiquement, mais nous nous étreignions mentalement.

Et cela manqua de me mettre à genoux.

S'il te plaît, Exos, supplia-t-elle dans mon esprit. *J'ai envie de toi.*

Tu as toujours envie de moi.

Oui, convint-elle, faisant fi de mon arrogance. *Mais ce soir, j'ai besoin de toi.*

Elle se laissa aller contre moi, son esprit se mêlant au mien et tissant une tresse intime dont je ne pourrais jamais me détacher. Non pas parce que je n'avais pas le pouvoir de le faire, car j'aurais pu facilement la démêler, mais parce que je refusais de jamais dénouer nos âmes. Nous étions faits l'un pour l'autre, comme je le prouvais en cet instant en laissant son pouvoir m'inonder et dissoudre mes vêtements dans le présent.

Tu peux être sûre que je t'aime lorsque je te laisse détruire un de mes costumes préférés, murmurai-je dans son esprit tout en m'agenouillant sur le lit entre ses jambes écartées. *Tu es prête pour moi, bébé ?*

Oui, répondit-elle en se tendant aveuglément vers moi. *Prends-moi, Exos.*

Je me penchai pour presser un baiser contre son mont.

Peut-être que j'ai plutôt envie de te manger.

J'ai besoin de toi en moi.

Ah bon ? demandai-je en glissant un doigt dans sa chaleur humide. *Comme ça ?*

Plus.

J'ajoutai un autre doigt. *C'est mieux ?*

Exos.

Claire.

Elle grogna, et c'était le son le plus adorable. Je mordillai son clitoris en réponse, puis léchai un chemin jusqu'à ses seins généreux. Elle gémit à mon contact et ses doigts s'emmêlèrent dans mes cheveux pour me tirer complètement hors du royaume de l'esprit et me ramener dans le chalet. Je pouvais habituellement jouer dans les deux réalités, mais je sentais qu'elle avait besoin d'une union physique complète.

Nos âmes étaient déjà liées.

Maintenant, elle voulait unir nos corps.

Je planai au-dessus d'elle, puis m'emparai de sa bouche pour un violent baiser. Elle accepta ma cruauté, mon amour et mon besoin de contrôle et laissa libre cours à ses demandes non exprimées en enroulant ses jambes autour de moi.

— Donne-lui ce qu'elle veut, m'encouragea Cyrus.

— Oui, ou je le ferai pour toi, ajouta Sol d'une voix grave.

Je gloussai et frottai ma queue le long de son sexe humide, me délectant de son baiser mouillé et savourant sa chaleur.

— Vous avez tous eu votre tour. Elle est à moi maintenant.

— À nous, rectifia Titus.

— Pas pour le moment, répondis-je en glissant ma queue profondément en elle, la revendiquant complètement et la prenant comme je le préférais.

Elle me laissa faire, connaissant mes préférences au lit et les approuvant. Il en était de même pour tous les autres, même si je sentais presque Titus me défier à travers les liens. Cela ne faisait que renforcer le moment, me donnant un but à atteindre et un point à prouver. Il fallait que j'emmène notre compagne vers de nouveaux sommets : je la pénétrai donc alors avec l'abandon dont nous avions tous deux besoin.

Une gratification infinie exigeait de nouveaux trucs

pour que le plaisir soit toujours au rendez-vous, et c'était ce que je lui donnai à cet instant.

Un soupçon de douleur.

Un soupçon de violence.

Un soupçon d'agressivité virile.

Et une sacrée dose d'adoration.

Sa langue affrontait la mienne et ses ongles me griffaient le dos alors que je l'encourageais à continuer. Puis je resserrai mon emprise sur son esprit, ajoutant une autre couche au tableau de nos ébats, et un grognement m'échappa lorsque je la sentis sursauter.

C'était un accouplement spirituel souligné de chaleur et de contact physique.

Elle me consumait de l'intérieur et vice-versa.

Exos, souffla-t-elle dans mon esprit.

Maintenant, princesse, répondis-je, car je savais ce dont elle avait besoin. *Jouis pour moi maintenant.*

Son dos s'arqua si fort qu'il quitta le lit et ses lèvres s'ouvrirent pour laisser passer un cri que j'avalai avec ma langue. Elle vibra, son plaisir flirtant avec la douleur, et ses parois intimes étranglèrent violemment mon membre. C'était incroyable. Addictif. Délirant

J'accélérai mes coups de reins, ayant besoin de plus, et la menai vers un autre orgasme en quelques minutes. Je lui offrais un petit prélude pour la compétition à venir.

Parce que je voulais gagner.

Comme tous les autres compagnons.

Et je n'avais aucun problème à donner du plaisir à ma Claire.

Pendant des heures. Des jours. Des semaines. Peu importe.

Elle se défit sous moi, ses dents s'enfonçant dans ma lèvre inférieure telle une réprimande silencieuse pour l'avoir forcée à jouir autant. C'était sans aucun doute la réponse la plus sexy qu'elle m'ait jamais donnée.

J'enfonçai ma langue dans sa bouche au même rythme que ma queue plongeait en elle et me délectai de la sensation de brûlure qui se développait dans mon bas-ventre. Putain, c'était bon. Tellement, tellement *bon*. Claire planta ses talons dans mes fesses pour me pousser à continuer, m'offrant cette demande subtile qu'elle savait que j'aimais, et m'encourageant à la rejoindre dans l'oubli.

Mes bourses se serrèrent.

Mes abdos se contractèrent.

Le temps sembla ralentir et tout s'intensifia, puis le monde sembla exploser en mille morceaux alors que je me perdais en elle.

Elle était tellement serrée. Tellement chaude. Tellement humide. Tellement parfaite, putain.

Je gémis, son nom était comme une bénédiction sur ma langue alors que je lui donnais tout, l'inondant de ma revendication et l'embrassant comme jamais.

Je t'aime, lui dis-je. *Putain, je t'aime, Claire.*

Je t'aime aussi, souffla-t-elle en fermant les yeux, son épuisement évident.

J'avais hâte de voir dans quel état elle serait dans une semaine. Elle serait une véritable épave à force de jouissance.

— Hmm, que les épreuves d'orgasme commencent, susurrai-je en lui mordillant le menton.

— D'acc, fut tout ce qu'elle arriva à répondre alors que ses lèvres s'étiraient en un sourire paresseux et qu'elle sombrait dans un doux sommeil.

— Dors un peu, petite reine, dit Cyrus en lui embrassant la tempe. Tu vas en avoir besoin.

CLAIRE

*J*e ne voulais plus jamais jouir.

Plus. Jamais.

Enfin, pendant au moins quelques jours. Peut-être une semaine. Parce que je ne pouvais plus sentir mes parties féminines. Mes mamelons étaient si durs qu'on aurait dit du verre. Et je ne pouvais plus marcher.

— Vous savez, je pense que toute cette histoire d'épreuves s'est retournée contre vous, dis-je sur le ton de la plaisanterie. Vous avez cassé mon vagin. Donc, je n'aurai pas de bébé, au final. Mais merci pour tous les, euh, orgasmes.

Cyrus gloussa, sa main contre ma cuisse, une marque au fer rouge.

— Crois-moi, tu n'es pas cassée, dit-il en se penchant pour m'embrasser le cou. Et je parie que nous pourrions te faire jouir à nouveau dans quelques heures.

Je croisai les jambes.

— Non.

Titus rejoignit Cyrus dans son amusement. Les deux étaient arrivés ex aequo lors de l'épreuve. Apparemment, il ne s'agissait pas seulement du nombre d'orgasmes, mais aussi de leur intensité et du volume de mes cris.

Ils étaient tous arrivés à égalité selon moi, mais Cyrus et Titus avaient revendiqué la victoire, car ils avaient fait durer mes soubresauts le plus longtemps.

Je n'avais pas du tout prêté attention, trop perdue dans un état d'hébétude extatique, et choisis de les croire sur parole.

Exos me tendit une tasse de son fameux chocolat chaud et s'inclina pour m'embrasser le haut du crâne. *Tu es majestueuse,* chuchota-t-il dans mon esprit. *Et tu n'es pas cassée, juste rassasiée.*

Ses mots dessinèrent une ligne de feu dans mes veines qui fit vibrer mon bas-ventre de désir. Je me tortillai, l'intensité étant trop forte, trop tôt. Cela le fit glousser, tout comme Cyrus, qui avait senti ma cuisse se contracter sous sa main.

Vox entra en portant un plateau de nourriture. Ses cheveux retombaient librement sur ses épaules et il était torse nu. Sol le suivait avec un autre plateau, son corps vêtu de la même façon que le faë de l'Air. Ils posèrent les deux plateaux au pied du lit.

— Il y en a plus dans la cuisine, dit Vox en me faisant un clin d'œil.

Je fronçai le nez à l'odeur familière du bacon.

— Est-ce que tu as… ?

— En effet, répondit-il en lisant la pensée dans mon esprit.

Bon, peut-être pas littéralement. Tous mes compagnons savaient sûrement ce que je pensais.

— Tu me dis que c'est du vrai bacon ? J'veux dire, du bacon de cochon ?

— Ouaip, confirma-t-il. Pas un troll en vue.

Je posai mon chocolat chaud sur une table basse et bondis d'excitation. Puis j'enroulai mes bras autour de lui juste au moment où quelqu'un s'éclaircissait la gorge sur le seuil de la porte.

Kalt se tenait sur l'embrasure vêtu d'un bonnet, d'une écharpe, d'une veste et d'un jean. Ses yeux étaient fixés sur Cyrus, pas sur moi, mais cela n'empêcha pas Sol d'attraper mon corps nu et de me cacher derrière lui.

— Dégage ! fit-il d'un ton cinglant.

— Cyrus m'a dit…

— Dégage ! répéta Sol, plus fort cette fois.

Je passai ma tête juste à temps pour voir Kalt disparaître en s'évaporant et levai les yeux au ciel.

— Vraiment ? demandai-je à mon compagnon Terrestre. Tu aurais pu simplement me passer un peignoir.

Ce qui était exactement ce que fit Exos, avec des manières beaucoup plus calmes. Je glissai la soie sur mes bras et nouai la ceinture autour de ma taille.

— Hors de question d'inviter un sixième compagnon dans notre cercle, grommela Sol.

Cyrus laissa échapper un rire.

— Kalt est très occupé avec une selkie en ce moment. Je suis certain qu'il n'est pas intéressé par notre cercle.

— Une selkie ? répétai-je.

— Oui, une métamorphe phoque, répondit-il. C'est une espèce de faë de l'Hiver.

— C'est bon, je peux rentrer ? hasarda Kalt de l'autre côté de la porte. Ou est-ce que vous voulez continuer à discuter de ma vie amoureuse ?

— Petit insolent, murmura Cyrus en souriant d'une oreille à l'autre.

— Je ne vois pas du tout à qui il me fait penser, fit Exos d'un ton pince-sans-rire. Vraiment aucune idée.

Titus eut un reniflement sarcastique et s'empara d'un morceau de bacon dans l'assiette.

— Tu peux entrer, annonça-t-il en contournant mon roc de compagnon.

Il posa une main possessive dans le creux de mon dos, ce qui me fit légèrement tressaillir. *Je n'ai pas besoin ni ne veux d'autres compagnons, Sol.*

Parfait. Sa voix mentale me rappelait un tas de cailloux lisses. *Parce que je ne te partagerai pas avec un autre royal.*

Tu aimes Exos et Cyrus.

Je les tolère, marmonna-t-il.

Tu fais plus que les tolérer, répondis-je. Il y avait eu un temps où Sol ne faisait confiance à ni l'un ni l'autre à cause d'une expérience passée avec une faë puissante qui avait altéré son opinion sur les Faë de l'Esprit et les royaux. Mais il avait lentement surmonté son passé, même s'il essayait maintenant de prétendre le contraire.

Je sentais le profond respect qu'il éprouvait pour Exos et Cyrus. Ce qui le chagrinait, c'était que Kalt me voie nue après une semaine d'orgasmes plutôt que la possibilité que je prenne un autre compagnon. Sol n'aimait pas tout ce qui pouvait potentiellement me mettre mal à l'aise. Et c'était pour cela, parmi une myriade d'autres raisons, que je l'aimais de tout mon cœur.

Tout va bien, le rassurai-je alors que Kalt entrait à nouveau.

Le regard du faë Aquatique était méfiant.

— Qu'est-ce qui t'amène en Islande ? demandai-je avec une curiosité non feinte.

— Euh, j'ai du neuf de la part des Faë de l'Hiver. Cyrus m'a dit que tu étais encore là et m'a suggéré de passer te voir pour te donner les nouvelles.

Il déglutit tandis que ses longs cheveux blancs flottaient sur la brise conjurée par la magie de l'air de Vox. Le vent semblait s'agiter de manière naturelle autour de mon compagnon, qui se tenait le plus près de la porte.

— Dis-lui, dit Cyrus en esquissant un sourire.

Ces deux mots me laissèrent entendre que mon compagnon aquatique savait déjà ce que Kalt avait l'intention de m'annoncer.

— Les Faë de l'Hiver ont accepté de soutenir l'Académie et de l'enchanter comme ils l'ont fait pour la région Interroyaumes, déclara Kalt.

— Vraiment ? m'exclamai-je en me relevant d'un bond et en poussant un cri.

Je me précipitai à travers la pièce pour serrer l'émissaire faë Aquatique dans mes bras. Mais il ne retourna pas mon geste, empêché par le grognement de Sol dans mon dos.

Ce peignoir est fin et ne laisse rien à l'imagination, petite fleur.

Les faë se baladent tout le temps nus, lui rappelai-je en roulant des yeux. *Surtout les Faë Terrestres.* Mais je relâchai quand même le faë Aquatique et fis quelques pas en arrière.

— Désolée, je suis excitée.

— Je sais, répondit-il en jetant un coup d'œil à Cyrus. Comment tu sais, pour Norden ?

— Je sais beaucoup de choses, rétorqua mon compagnon. Je sais aussi pour Lark.

Kalt grogna.

— Ce n'est pas vrai. Je ne fais pas partie de leur triade.

Cyrus haussa les épaules.

— Hé, je ne suis pas du genre à juger.

— Je suis un faë Aquatique, pas un faë de l'Hiver.

Kalt prononça ces mots entre ses dents alors que ses jolis yeux flamboyaient d'un pouvoir glacé.

— C'est quoi, une triade ? demandai-je en les regardant tour à tour.

— C'est similaire à un cercle d'accouplement, répondit Exos. La culture des Faë de l'Hiver est un peu différente de la nôtre. Ils forment des meutes de mâles qui s'accouplent avec une seule femelle.

— Donc ils sont comme les Faë du Destin ? avançai-je en pensant à Gina et à son cercle de compagnons.

Exos prit une seconde pour réfléchir avant de dire :

— Hmm. En quelque sorte. C'est un concept comparable dans la mesure où les mâles se lient les uns aux autres tout autant qu'ils se lient avec la femelle. Cependant, les Faë de l'Hiver ne suivent pas la structure Alpha, Beta et Omega.

Kalt eut un reniflement dédaigneux.

— Va dire ça à Lark. Cet elfe royal est persuadé qu'il est un Alpha.

— C'est parce que tu continues à lutter contre le destin, répliqua Cyrus.

— *Je ne suis pas un faë de l'Hiver*, rétorqua-t-il en secouant ses cheveux blancs qui givraient aux extrémités. Et pourquoi est-ce qu'on parle de ça ? Je suis juste venu vous transmettre la déclaration.

— La déclaration de Lark, ajouta Cyrus.

— Oui. Du prince Lark, convint-il en serrant la

mâchoire. Ils ont accepté de soutenir l'Académie et la magie nécessaire. Et maintenant je vais prendre quelques jours de congé pendant que les Faë de l'Hiver s'amusent à répandre la joie de Noël dans le Monde des Humains.

— Tu devrais venir avec nous à l'Académie des Faë Élémentaires, suggéra Cyrus. Tu pourrais nous aider avec les épreuves.

— Les épreuves ? répéta-t-il avec un air qui passa de la confusion à l'exaspération. Ah, merde, qu'est-ce que Lance a encore fait ?

Je retins un rire. Lance était le petit frère de Titus et le meilleur ami de Kalt. Et oui, le petit diablotin était un sacré fauteur de troubles. Mais il endurait avec grâce sa peine de probation, qui était d'être mon assistant à l'Académie. J'aimais plutôt bien ce faë à la tête brûlée. Il me rappelait son frère, juste en plus jeune et un peu plus sauvage.

— Il parle de leur compétition, précisai-je. Pour savoir qui sera le père de notre premier bébé. Rien à voir avec Lance.

Kalt me fixa en clignant des yeux. Puis il tourna la tête vers son cousin et haussa un sourcil blanc.

— Pourquoi diable voudrais-je t'aider avec ça ?

— Nous avons besoin de juges, expliqua Cyrus. Et aux dernières nouvelles, tu me devais encore une faveur.

Le faë Aquatique plissa les yeux.

— C'est donc ça, la faveur que tu demandes ? Tu veux que je juge des jeux sexuels pendant mes jours de congé ?

— Euh… commençai-je avant de me racler la gorge. Je ne… je, euh…

Je ne me souvenais plus des autres épreuves, car mon esprit s'était concentré uniquement sur l'épreuve d'orgasmes.

— Je suis d'accord avec Kalt là-dessus, repris-je.

Parce que ces épreuves étaient probablement à thème sexuel.

Exos laissa échapper un petit rire.

— Les autres épreuves concernent l'éducation, l'endurance non sexuelle et la préparation des repas. Nous avons besoin d'un juge spécifiquement pour cette dernière activité.

— La préparation des repas ? fit Kal en fronçant de nouveau les sourcils. Tu as besoin de quelqu'un pour juger la nourriture ?

— En gros, oui, répondit Exos en haussant les épaules. Les trois épreuves se passent plus ou moins en même temps, mais elles se terminent par la préparation du dîner. On va se reposer sur des avis extérieurs pour décider qui aura préparé le meilleur repas.

— De la nourriture gratuite, dit Kalt. Très bien, sans problème. Je peux gérer ça.

Cyrus sourit.

— Tu n'es pas fan de la cuisine des Faë de l'Hiver ?

— C'est un peu trop sucré à mon goût, admit-il. Ils mangent des cupcakes au petit-déjeuner.

— Je ne vois rien de mal à ça, répondis-je en récupérant mon chocolat chaud sur la table basse. Allons au pôle Nord.

— Mais j'ai préparé du bacon, intervint Vox en montrant les assiettes. Et de vrais œufs.

Je ne pus retenir un sourire.

— Tu as raison. Bon, petit-déjeuner d'abord, puis cupcakes.

Tous mes compagnons gloussèrent, mais Kal resta de marbre. Il n'aimait clairement pas l'idée de retourner au pôle Nord.

— Nous devons commencer les épreuves aujourd'hui,

petite reine, dit Cyrus. Mais une fois que nous aurons terminé, nous pourrons t'emmener où tu veux.

— Pourquoi aujourd'hui ? demandai-je avant de prendre une gorgée du liquide décadent.

C'était tellement, tellement, tellement bon. *Comme je t'aime !* dis-je à Exos.

Je t'aime aussi, bébé.

— Parce que nous avons tous convenu qu'il était préférable de tester notre endurance et notre capacité à éduquer après une semaine passée à te donner du plaisir. Cela augmente les enjeux et rend les choses plus réalistes, expliqua Cyrus.

— Oui, parce que nous devons nous assurer que nous pouvons trouver un équilibre entre le fait de te sauter et d'élever un enfant, ajouta Titus avec son franc-parler caractéristique. La prochaine phase consiste donc à prendre soin d'un objet cassable et à rester éveillé pendant trente heures avant de cuisiner un repas nutritif.

— Nous serons évalués sur ces trois tests et cela sera ajouté à nos notes de cette semaine, enchaîna Cyrus.

— Quel genre d'objets cassables ? les interrogeai-je tout en m'emparant d'un morceau de bacon pour le grignoter entre deux gorgées de chocolat chaud.

Bizarre, oui. Mais incroyablement bon.

— Cela n'a pas encore été décidé, répondit Titus. Et nous sommes aussi censés avoir un observateur pour cette partie.

— C'est vrai, acquiesça Cyrus en regardant Kalt. Tu pourras donc aussi être juge de ça.

— Il ne peut pas être ton observateur, interrompit Exos. Il n'est pas impartial.

— Tu as raison. Il dira que j'ai échoué, répondit Cyrus. Il peut observer Titus.

Kalt grogna.

— Tu te rends compte que je n'ai aucune notion en matière de comment prendre soin d'un objet ?

— Tout ce que tu dois faire, c'est prendre des notes et dire comment l'objet a été traité, murmura Vox. Si Titus y met le feu, prends-en note.

Titus s'esclaffa.

— Je ne vais pas y mettre le feu.

— On verra bien, hein ? répondit Vox avec un sourire narquois.

Mon compagnon de feu se contenta de lever les yeux au ciel avant de dire :

— Lance peut jouer les juges aussi.

— River aussi, suggéra Exos. Il est à l'Académie, donc ça rend les choses faciles.

— On peut aussi demander à Ophelia et Mortus de nous aider, dit Cyrus. Cela nous donne cinq observateurs pour l'épreuve de soins d'objet. Ils pourront aussi attester que nous ne nous sommes pas endormis pendant trente heures. Et ensuite, tout le monde se joindra à nous pour le dîner.

— C'est réglé, alors, déclara Exos en joignant les mains. Mangeons d'abord, puis nous irons chercher nos objets.

Je souris dans ma tasse de chocolat chaud.

Cela promettait d'être très amusant.

Bonne chance, les garçons, pensai-je dans leurs esprits avant de me perdre dans le petit-déjeuner.

Parce que bon, le bacon, c'était presque aussi bon que le sexe.

TITUS

— Qu'est-ce que c'est ? demandai-je en regardant la sphère translucide que tenait Cyrus.

Cela ressemblait à un orbe en verre avec des cristaux de glace gravés sur la surface.

— C'est une relique de glace du Royaume des Faë de l'Hiver, répondit Cyrus tout en utilisant sa magie d'eau pour la garder gelée. J'ai demandé à Kalt de m'en apporter une.

— C'est magnifique, dit Claire alors que son élément

caressait tendrement l'objet. Qu'est-ce que tu as trouvé, Titus ?

Je m'éclaircis la gorge, soudainement nerveux. Pourquoi Cyrus devait-il crâner avec une relique d'un autre royaume ? Enfoiré. Nous n'avions pas tous accès à des objets étrangers. Au moins, le mien avait quelque chose à voir avec les éléments. Je déroulai gentiment ma pochette pour présenter l'objet fragile à Claire.

— C'est un œuf d'Oiseau de Feu, dis-je. Il n'a pas été fertilisé, donc techniquement, il est comestible.

Je n'avais pas voulu risquer une vie dans cette épreuve. Cela allait peut-être à l'encontre du côté nourricier de l'épreuve, mais les Oiseaux de Feu étaient magnifiques, rares et très protecteurs de leurs petits à naître.

— J'adore les Oiseaux de Feu.

Les yeux de Claire prirent un aspect rêveur alors qu'elle imaginait l'une de ces superbes créatures enflammées. Ils me rappelaient les phénix, mais en plus petits.

Vox, Sol et Exos présentèrent à leur tour leurs objets à Claire.

Vox avait une plume.

Sol avait une pêche provenant de l'arbre préféré de Claire à l'Académie.

Et Exos tenait entre ses mains un miroir portatif enchanté au travers duquel on pouvait apercevoir ce qui se passait dans d'autres royaumes. Il lui fit une démonstration en lui donnant un aperçu de sa maison dans l'Ohio, ce qui lui valut le plus grand sourire de tous.

— Oh, que cet endroit me manque.

L'air mélancolique de notre compagne ne fit que confirmer que nos plans pour elle étaient les bons.

— Le champ de citrouilles et les labyrinthes de maïs étaient toujours si amusants.

Nous regardâmes un enfant courir dans l'un de ces labyrinthes qu'elle avait mentionnés, l'encourageâmes jusqu'à ce qu'il trouve la sortie, puis Exos rangea le miroir.

— Tu pourras l'avoir quand l'épreuve sera terminée, lui promit-il.

— Cela me ferait très plaisir, admit-elle.

Il l'embrassa sur la joue avant de nous faire face.

— Très bien. Trente heures. Nos observateurs sont là, dit-il en faisant signe aux cinq faë qui avaient accepté d'aider.

Enfin, ils n'avaient peut-être pas tous accepté d'aider.

Mon frère se tenait légèrement en retrait, les bras croisés et l'air ennuyé. Il aurait de loin préféré être en train de prendre part à un autre duel Sans Pouvoirs. Cet imbécile avait tendance à briser tous mes records. On aurait dit que sa mission dans la vie était de détruire mon héritage et de le remplacer par le sien.

Alors, non, je ne me sentais pas du tout mal de l'avoir embarqué là-dedans.

De plus, il était toujours en probation pour un mois, ce qui signifiait qu'il devait faire tout ce qu'on lui disait, que ça lui plaise ou non. C'était le prix à payer pour s'être sauvé dans le Monde des Humains pour se battre avec des mortels.

Honnêtement, Claire avait été trop gentille avec lui et avait simplement fait de lui un stagiaire glorifié. Il méritait de purger une peine de prison pour ce qu'il avait fait à New York. Mais je respectais le souhait de ma compagne qui voulait d'abord essayer d'être son mentor. Et si cela ne fonctionnait pas, je ferais pression pour obtenir une peine plus sévère. Il devait comprendre qu'il y avait des conséquences strictes pour ses actes, car je savais que c'était quelque chose qu'il n'avait pas encore complètement saisi.

— Le but est de vaquer normalement à notre journée tout en gardant notre objet indemne. Mais comme nos observateurs sont tous ici à l'Académie, certains d'entre nous vont devoir improviser, ajouta Exos en regardant Cyrus avec insistance.

Ces deux-là ne résidaient pas sur le campus à plein temps. Sol, Vox et moi n'aurions pas de problème puisque nous y avions tous nos études respectives.

— Peut-être qu'on pourrait aller travailler au Quartier de l'Esprit ? Continuer les restaurations ?

Cyrus hocha la tête.

— Je pense que ce serait une utilisation judicieuse de notre temps.

— Je peux aider, ajouta Mortus.

Il était chargé de surveiller Exos. Cinq ans auparavant, une telle chose aurait été complètement exclue. Nous avions tous un lourd passif avec l'ancien professeur faë de l'Esprit. Mais il s'était lentement racheté au fil du temps, notamment grâce à la manière dont il avait traité la mère de Claire, Ophelia.

Tous deux avaient naguère été fiancés, et leur lien de troisième niveau aurait dû être incassable. Cependant, il s'était passé un tas de choses qui avaient détruit leur accouplement et anéanti plusieurs vies.

Cela avait engendré beaucoup de peine et de souffrance, mais le couple semblait panser ses blessures.

— J'imagine que je vais aussi aider, murmura Lance. Vu que j'*observe* Cyrus.

Le Roi Aquatique renifla avec dédain.

— Je vais te faire payer ce commentaire.

— Cela a l'air de te décevoir, lâcha mon frère avec arrogance.

J'envisageai brièvement de dire quelque chose, mais me

ravisai. Cyrus avait la situation en main et allait rapidement remettre le faë du Feu rebelle à sa place.

Je posai les yeux sur Kalt.

— Je suppose que tu vas m'accompagner à la salle de gym.

Le faë Aquatique eut un air ravi.

— J'aime beaucoup cette idée.

— Ce n'est pas si excitant que ça. Il ne combat plus, intervint mon frère. Tu vas t'ennuyer au bout de cinq minutes.

Je jetai un regard sévère à mon petit frère à la tête brûlée.

— Fais attention à toi.

— Sinon quoi ? fit-il en haussant un sourcil auburn identique au mien. Tu vas me défier ? Oh, attends, tu n'es plus du tout en forme et tu es vieux. Donc j'imagine que tu vas juste rester planté là et te contenter de me balancer des mots à la figure.

J'émis un grognement et Exos s'interposa entre nous.

— Arrête de chercher ton frère, commanda-t-il en fixant mon frère dans un halo de pouvoir royal. Et ramène ton cul au Quartier de l'Esprit avant que je ne te montre comment moi, je me bats en duel. Et ce ne sera pas un combat Sans Pouvoirs.

— Je n'ai pas besoin que tu prennes ma défense, grommelai-je, irrité qu'il ait désamorcé la situation en utilisant sa présence de Roi de l'Esprit.

Cela ressemblait à de la triche, et je n'étais pas partisan de la tricherie.

— Je ne te défends pas, répondit Exos en me jetant un coup d'œil par-dessus son épaule. Je protège nos objets, ce qui est le but de cet exercice. Si vous explosez tous les deux dans un brasier, cela ira à l'encontre de ce test.

Bon, d'accord, il avait raison sur ce coup-là.

J'inclinai mon menton pour lui faire part subtilement de mon acquiescement, puis tournai la tête vers Kalt. Pour une raison que j'ignorais, ce type avait décidé de devenir meilleur ami avec mon lunatique de frère. Je ne le comprendrais jamais. Mais je le surpris en train de jeter à Lance un regard qui lui disait de se calmer. Mon frère se contenta de lever les yeux au ciel et se tourna vers le Quartier de l'Esprit avec Mortus, Exos et Cyrus à sa suite.

Vox sourit à Ophelia avant de la mener vers le Quartier de l'Air, où il avait des cours à donner aujourd'hui.

Sol fit un signe de tête à River, un faë Aquatique qui était aussi mon meilleur ami à l'Académie, et le guida vers le Quartier Terrestre où il devait se rendre pour aider dans certains cours.

Quant à moi, je me dirigeai vers la zone neutre du campus avec Kalt. Mais au bout de quelques pas, je réalisai que nous avions oublié une pièce importante.

Non, pas seulement importante, mais la pièce maîtresse de tout cela.

Notre reine.

Je fis volte-face et vis Claire qui tournait la tête tour à tour dans chaque direction en se mordant les lèvres.

— Joins-toi à nous pour les cours intra-muraux, ma belle, lui dis-je doucement. On pourra faire une partie de faëball.

Une lueur s'alluma dans ses yeux bleus à cette perspective.

—Je n'y ai pas joué depuis l'Académie.

— Alors, revivons l'expérience. Nous pourrons nous entraîner un peu ensuite.

Elle n'était pas encore enceinte, ce qui signifiait que jouer était absolument autorisé. Et son air ravi me disait que c'était la bonne approche.

Je passai un bras autour d'elle tandis que mon autre main tenait avec précaution l'œuf de l'Oiseau de Feu.

Cette épreuve allait être facile comme bonjour.

Et bientôt, Claire serait enceinte de mon enfant.

Bon sang, j'avais trop hâte.

CLAIRE

*L*e lit était froid sans mes compagnons, et je me réjouissais que les épreuves touchent bientôt à leur fin.

— Ils sont vraiment uniques, murmura ma mère qui observait mes compagnons depuis la fenêtre de la cuisine.

Ils se tenaient tous à l'extérieur et discutaient de l'attribution de leurs tâches dans la cuisine.

Titus semblait mécontent de quelque chose. Sol avait l'air à moitié endormi. L'expression de Vox contenait une touche d'arrogance ; il était le cuisinier en chef de notre cercle de compagnons et cette tâche était acquise pour lui, et il le savait. Quant à Exos et Cyrus, ils avaient exactement le même air qu'ils avaient trente heures auparavant : ils étaient beaux, bien mis et prêts à gagner.

Nous attendions Lance et Kalt, qui avaient observé toute la nuit. Ils avaient fait la sieste ce matin pendant que ma mère, Mortus et River prenaient la relève.

Leur dévotion totale à ces épreuves me faisait chaud au cœur. Si j'avais eu des doutes sur le fait d'avoir un bébé, il n'en restait plus rien. Parce que je m'étais rendue compte du soutien que j'avais autour de moi, non seulement de la part de mes compagnons, mais aussi de nos familles et nos amis.

— Je suis prête, dis-je à ma mère. Je le suis vraiment.

— Je sais que tu l'es, répondit-elle en souriant doucement. Tu seras une maman extraordinaire, et tes compagnons feront des papas géniaux.

— Oui, ils sont vraiment… commençai-je en souriant.

Mais je m'interrompis lorsqu'un tourbillon de flammes s'éleva au travers de la cour pour se diriger droit vers Titus. Mes éléments se hérissèrent pour ériger un bouclier, mais mon compagnon du feu déclencha le sien en premier, ce qui envoya une vague de puissance en direction de la source.

Lance.

— Ah, bon sang, marmonnai-je en me dirigeant vers la porte pour empêcher les deux mâles impétueux de se battre dans la cour.

Une fois de plus.

La dernière fois que cela s'était produit, ils avaient détruit deux des arbres de Sol et avaient fait exploser les fenêtres de la maison. Vox avait été furieux à cause du verre brisé, tandis que mon compagnon Terrestre avait menacé d'enterrer Lance vivant sous les nouvelles racines.

Cyrus poussait un gros soupir quand je sortis et je vis qu'il formait un mur d'eau de sa main pour se protéger lui, ainsi que mes autres compagnons.

— Ça ne suffira pas pour l'arrêter, grommela Titus qui tenait une boule de feu au creux de sa paume.

— Mais c'est quoi son problème, bon sang ? demanda Exos.

— Il n'aime pas manquer de sommeil, répondit Titus.

Cyrus renifla avec dédain.

— Parce qu'on aime ça, nous ?

Kalt créa une porte et traversa l'eau sans qu'une seule goutte le touche, tandis que Lance sprintait à travers le raz-de-marée et fonçait directement sur Exos.

Ce qui lui fit lâcher son miroir.

L'objet se brisa en mille morceaux sur le sol. Des murmures choqués parcoururent le groupe.

Exos le fixa un long moment avec stupeur avant de plisser les yeux vers la cause du problème. Titus s'interposa immédiatement entre son petit frère et mon compagnon de l'Esprit.

— Excuse-toi, exigea-t-il avec son regard fixé sur Lance. *Immédiatement.*

— Ce ne sont pas des excuses qui vont réparer mon miroir, marmonna Exos.

Je sentais sa fureur et sa tristesse tourbillonner au travers de notre lien. Il avait perdu l'épreuve et il le savait, ce qui signifiait qu'il était à présent disqualifié.

Tout ça parce que le frère de Titus avait perdu son sang-froid pour Faë savait quelle raison.

Merde.

— Je… je suis désolé, dit Lance. Je voulais juste… embêter… Titus.

Il avait l'air plus contrit que jamais. Probablement parce qu'il venait d'énerver le Roi de l'Esprit, un homme connu pour son côté guerrier et son intolérance face aux actions irréfléchies.

Mon compagnon du feu ricana.

— Ouais, eh bien, bien joué.

— Je suis désolé, répéta Lance. Je n'ai pas beaucoup dormi, et cela semblait être un bon moyen de me défouler. Je n'avais aucune idée que ce… que je… que ça…

— C'est bon, dit Exos d'un ton étonnamment doux. Le but de l'exercice était de protéger et de prendre soin de nos objets. C'est mon échec, pas le tien. Et cela ne va pas nous empêcher de terminer l'épreuve. Retournons à l'intérieur. Nous avons des repas à préparer.

Lorsqu'il se retourna, son regard saphir croisa le mien et je vis la profondeur de son chagrin se refléter dans ses yeux. Grâce à notre lien, je compris qu'il ne s'agissait pas tant de la déception d'avoir perdu que de la tristesse de ne pas avoir été à ma hauteur ou à celle de son objet.

Tu vas être un père formidable, murmurai-je dans son esprit. *Et tu viens de le prouver en ne perdant pas ton sang-froid avec Lance.*

Il n'a pas fait exprès de me rentrer dedans, répondit Exos. *Cela ne sert à rien d'être en colère contre lui. Cela ne ferait que le faire se sentir encore plus mal et ne résoudrait en rien le problème. Le mal est déjà fait.*

Je sais, convins-je en posant ma main contre sa joue et en l'embrassant sur la bouche. *Mais ta réaction est la preuve que tu feras un bon père. Cela prouve ta patience, ce que vos épreuves n'ont pas du tout pris en compte.*

— Exos gagne quand même des points pour cette épreuve, déclarai-je d'une voix haute et claire pour m'assurer que tout le monde entende ma position.

— Oui, cela arrive, les accidents. C'est la façon dont nous réagissons qui compte, approuva Cyrus.

Les autres murmurèrent tous leur accord, mes camarades se soutenant mutuellement malgré l'atmosphère de compétition.

Je jetai un coup d'œil à ma mère et vis son regard rayonnant de fierté. Les débuts de notre relation avaient été quelque peu difficiles, mais nous nous étions rapprochées au fil des ans. Elle était là pour m'offrir les conseils maternels qui m'avaient manqué pendant la majeure partie de ma vie. Non pas que mes grands-parents n'eussent pas été formidables avec moi quand j'étais enfant, mais ils ne m'avaient préparée qu'au Monde des Humains, pas à celui des faë.

Ma mère s'approcha de moi alors que mes compagnons rentraient et elle posa sa main sur mon épaule.

— Tu es définitivement prête, chuchota-t-elle, faisant écho à ma déclaration d'un peu plus tôt. Vous l'êtes tous.

Je souris.

— Ils sont vraiment géniaux, n'est-ce pas ?

— Effectivement, acquiesça-t-elle en avançant derrière eux.

Kalt, Mortus et River suivirent en silence, mais Lance se tenait en retrait à l'extérieur, les joues roses de chagrin.

— Je suis désolé, Claire.

— De l'eau a coulé sous les ponts, répondis-je.

Il fronça les sourcils.

— Qu'est-ce que… ? Est-ce que c'est ma punition ?

Je le regardai d'un air perplexe.

— Non. C'est un dicton.

— Je ne comprends pas.

— C'est une façon de dire que je te pardonne et que c'est oublié.

— Qu'est-ce que l'eau et un pont ont à voir avec le

pardon ? demanda-t-il d'un air sérieux, ses yeux verts de la même couleur que ceux de son grand frère.

— C'est une expression humaine, répondis-je. Et... à vrai dire, je ne sais pas d'où elle vient.

— Oh, fit-il avec étonnement. Il faudra que je me renseigne là-dessus lors de ma prochaine visite.

— Il n'y aura pas de prochaine visite si tu continues à faire des choses stupides, genre attaquer ton frère avec le feu sans raison, répondis-je.

— Je jouais.

— Tu le provoquais, rectifiai-je. J'ai passé les six derniers mois avec toi, Lance. Je sais comment tu fonctionnes.

Il se mordit la lèvre.

— Très bien. J'avoue. Je m'ennuyais et j'avais envie de m'entraîner. Kalt et toi avez pu vous entraîner toute la journée d'hier pendant que j'aidais Cyrus à reconstruire des pierres, grommela-t-il en roulant des yeux. Ma place est sur le ring, Claire.

— Non, tu ne *connais* que le ring et les combats, le corrigeai-je. Le but de ta probation est d'explorer d'autres opportunités. Tu es un faë puissant. Il y a beaucoup d'autres possibilités que les combats au sein des royaumes, Lance.

Il me regarda fixement pendant un long moment.

— Je veux faire quelque chose avec les humains. Je veux découvrir ce qui les rend si... résistants.

Étant donné son combat dans le ring humain lorsqu'il était à New York, cet aveu ne me surprenait pas.

— Dans ce cas, réfléchis à la possibilité de rejoindre l'initiative du Conseil Faë Interroyaumes, suggérai-je. C'est une initiative qui offre beaucoup d'opportunités de travailler avec d'autres pour réfléchir à la meilleure manière de cacher nos mondes tout en s'assimilant à l'humanité. Et quand l'Académie sera opérationnelle, tu pourras peut-être donner les mêmes cours que Titus, mais pour tous les faë.

Je vis une lueur s'allumer dans ses yeux verts.

— Tu penses vraiment que je pourrais faire quelque chose comme ça ?

— Bien sûr, répondis-je en souriant face à son air excité. Mais tu dois d'abord apprendre pour pouvoir le mériter. Exactement ce que fait Kalt avec son stage en ce moment.

Sa joie s'atténua un peu.

— Je ne veux pas être un politicien ou un émissaire.

— Tu n'es pas obligé de faire ça ; son rôle n'est qu'un exemple. Tu peux peut-être te joindre à nous lors de la prochaine réunion du Conseil Faë Interroyaumes pour découvrir les autres possibilités.

Il réfléchit pendant un moment, puis hocha la tête.

— Cela me plairait.

— Parfait, répondis-je en souriant. Maintenant, allons voir ce que Titus a préparé. Je te parie que c'est un truc de petit-déjeuner.

Mon compagnon faisait une omelette d'enfer.

— Je trouve le Titus domestiqué très divertissant, admit Lance.

— Il me divertit aussi.

Mais pour des raisons très différentes.

Je me retournai et vis Cyrus les yeux rivés sur moi, ses iris glacés brillant de chaleur. *On dirait bien que tu viens de nous battre tous à plate couture à cette épreuve d'éducation, petite reine,* chuchota-t-il dans mon esprit.

Il a juste besoin d'avoir quelqu'un à qui parler, répondis-je. *Et cela me fait plaisir d'être cette personne pour lui.*

C'est plus que ça, Claire. Il t'admire. Pas en tant que compagne, mais en tant que modèle. Et c'est ce dont il a désespérément besoin.

Il pourrait plutôt se reposer sur Titus, observai-je.

Il est trop têtu pour ça, et pareil pour ton compagnon du feu, me répondit-il alors qu'Exos lui tendait quelques ingrédients. Ces deux-là semblaient cuisiner en tandem plutôt qu'individuellement.

Vox travaillait en solo et semblait préparer quelque chose à base d'œufs.

Titus s'était embarqué dans une omelette, exactement comme je l'avais prédit, et ils partageaient donc le même espace tout en préparant séparément.

Et Sol... semblait faire une sieste directement sur la table.

Je le fixai en haussant un sourcil. *Sol ?*

Mmmh ?

Qu'est-ce que tu cuisines ? lui demandai-je, amusée par son marmonnement de somnambule.

Une collation de skittles, répondit-il sans bouger d'un pouce de la table.

Une collation de skittles ? répétai-je avec un sourire. *Tu as trouvé l'arc-en-ciel dans le Monde des Humains ?*

L'arc-en-ciel ? demanda-t-il d'une voix épuisée. *Je ne sais pas ce qu'est un arc-en-ciel.*

Et je ne sais pas ce que sont les collations de skittles.

Des collations de scott... scour... scrou... ? Il était désormais carrément dans les vapes. Plutôt que de le réveiller, je m'approchai de lui et passai mes doigts dans ses cheveux avant de m'asseoir à ses côtés sur le banc. Il se mit à ronfler pendant que les autres cuisinaient.

River se contenta de glousser tout en secouant la tête.

— Eh bien, il ne va pas gagner.

— Ils gagnent tous, murmurai-je en caressant la joue de mon compagnon terrestre. Le bébé nous appartiendra à tous, peu importe qui gagne le plus de points.

Cyrus me fit un clin d'œil depuis la cuisine, et je sentis

son accord réchauffer notre lien. Exos lui tendit une assiette de légumes hachés, que mon compagnon aquatique entreprit de superposer dans une cocotte.

— Où est mon œuf d'Oiseau de Feu, bordel ? lâcha soudainement Titus, ce qui fit sursauter Sol à côté de moi.

Il avait le front incrusté des céréales qui parsemaient la table. Il plissa les yeux, puis fit tomber les flocons de sa tête sur la table dans une pluie de confettis.

— Oh… s'exclama Vox qui ouvrit de grands yeux et devint rouge comme une pivoine. Euh…

— Tu n'as pas fait ça.

Titus se tourna pour faire face à mon compagnon de l'air, leurs tailles similaires les mettant au niveau des yeux l'un de l'autre. Mais Titus avait environ dix kilos de muscles de plus que Vox.

— Dis-moi que tu n'as pas *fait cuire mon œuf d'Oiseau de Feu.*

— Tu l'avais mis sur le comptoir ? demanda Vox d'une voix qui partait dans les aigus.

— Je te l'avais dit !

— Je… je ne m'en suis pas souvenu… j'étais lancé… et…

— Tu as fait cuire mon putain d'œuf, s'écria Titus en jetant sa spatule et en empoignant ses mèches auburn. Par tous les feux, Vox !

— Je suis désolé ! s'exclama mon compagnon de l'air.

Cyrus et Exos se contentèrent de secouer la tête en gloussant alors qu'ils continuaient à préparer leurs propres plats.

Sol grignotait ses ingrédients à côté de moi, ayant complètement oublié le but de l'exercice, et nous regardions tous deux la bataille qui se déroulait dans la cuisine.

Les œufs de Vox prirent feu, ce qui le força à engager

sa magie de l'air pour essayer d'éteindre le brasier. Mais Titus était furieux et complètement perdu dans sa colère.

Ce n'était pas exactement une réaction très constructive, mais je comprenais sa frustration. Aucun d'eux n'avait dormi depuis trente heures et il était en passe de gagner les épreuves. J'avais beau sincèrement penser qu'il n'y aurait au final pas de perdants, je savais que Titus était très compétitif, et ce, depuis ces années passées sur le ring des Champions Sans Pouvoirs.

Il finit par se calmer après quelques minutes, résigné, et termina son omelette pendant que Vox jetait ses œufs brûlés dans la poubelle avec un air renfrogné.

Sol gloussa. Il avait presque à moitié terminé ce qu'il était censé faire. Il me proposa quelques baies que j'avalai goulûment.

Puis je vis son front se plisser et il se rendit compte de ce qu'il faisait.

— Oh, et puis flûte.

Je lâchai un petit rire et attrapai quelques-unes de ses baies.

— C'est très bon, Sol.

Il grommela et prit sa pêche pour en prendre une bouchée avant de me la tendre.

— Autant en profiter.

— Est-ce que tu suggères que nous mangions nos futurs enfants ?

Il renifla avec dédain.

— Cette pêche est juteuse et bien mûre. Prends-en donc une bouchée. J'ai déjà perdu de toute façon.

— Aucun de nous ne perd quoi que ce soit, lui rappelai-je avant de mordre dans le fruit avec plaisir.

Il avait raison : la pêche était mûre à la perfection et je ne pus retenir un gémissement. Il lécha le jus qui dégoulinait de mes lèvres avant de me donner une autre bouchée, sa déception d'avoir échoué ses épreuves disparaissant en un clin d'œil. Sol n'était jamais contrarié bien longtemps.

Il lécha à nouveau le jus de pêche de mes lèvres, puis glissa sa langue dans ma bouche pour un long et sensuel baiser. J'oubliai momentanément que nous avions un public, du moins jusqu'à ce que River s'éclaircisse la gorge.

— Bien que ta mère soit au courant du but de ces épreuves, je ne pense pas qu'elle veuille assister à la consommation.

Je sentis mes joues s'échauffer et m'éloignai de Sol. Ma mère et Mortus regardaient attentivement Exos et Cyrus finir leur plat. La teinte rose des joues de ma mère me laissait clairement entendre qu'elle avait vu mon baiser avec Sol et avait probablement entendu le commentaire de River.

Je me raclai la gorge et enfonçai mes mains dans mes poches.

Ton vagin est toujours cassé, petite reine ? demanda Cyrus en glissant son plat dans le four. *Ou est-ce que tu es prête pour d'autres orgasmes ?*

Je déglutis. *Je… je vais mieux ; c'est gentil à toi de demander.*

Ses yeux bleu argenté trouvèrent les miens. *Parfait. Parce que j'ai l'intention de te plier en deux sur cette table d'ici quelques heures.*

La chaleur dans mes joues se répandit jusque dans mes seins, mon corps se réchauffant à l'idée de ses caresses. *Tu penses que tu as gagné.*

J'en suis sûr, répondit-il en s'appuyant sur le comptoir et en soutenant mon regard. *Et tu sais que j'ai raison.*

Il avait raison.

Je savais aussi qu'il avait gagné.

En toute honnêteté, il était évident pour moi qu'il allait gagner avant même que tout cela ne commence. Il considérait toujours chaque angle et chaque résultat possible avant de s'engager dans un défi, et je ne l'avais jamais vu perdre. Pas même face à Titus lorsqu'ils s'étaient affrontés en duel. Au mieux, on aurait pu appeler ça un match nul.

Et c'est pourquoi Exos ne s'est pas fâché ; il savait déjà que tu allais gagner.

Oui, acquiesça Cyrus. *Mais aussi, il savait que Lance n'avait pas fait exprès. S'énerver contre lui n'aurait fait qu'aggraver le problème, pas le régler.*

C'est à peu près exactement ce qu'a dit Exos, répondis-je.

Cela ne me surprend pas du tout, petite reine.

Cela ne me surprenait pas non plus. Cyrus et Exos se ressemblaient beaucoup. Non seulement parce qu'ils étaient frères, mais aussi parce qu'ils étaient tous deux rois. Il fallait une certaine dose de patience et d'empathie pour endosser les rôles de conduits de leurs éléments.

Je me laissai aller aux côtés de Sol pendant que mes compagnons nettoyaient la cuisine.

Puis j'attendis qu'ils me présentent leurs plats.

Vox n'en avait pas, car il l'avait jeté à la poubelle.

Titus me donna une omelette avec tous mes ingrédients préférés. Je la partageai avec tout le monde pour qu'ils puissent en juger le goût, et ils convinrent qu'elle était bonne.

Puis Exos et Cyrus présentèrent leur ragoût de verdure. Cela me faisait penser à un hachis parmentier, mais sans viande.

Personne ne fit de commentaire sur le fait qu'ils avaient travaillé à la préparation du plat ensemble, car c'était une démonstration de notre avenir. Nous nous devions de travailler en équipe. C'était la meilleure façon d'élever notre futur enfant.

Non. Pas notre enfant. *Nos enfants.*

Parce que de les voir tous comme ça me faisait réaliser que j'en voulais plus d'un. J'avais besoin de les avoir tous. Un pour chaque élément. Je ressentais cette vérité au plus profond de moi : le désir de créer autant de vie que possible.

Peut-être pas dans l'immédiat, mais au fil du temps.

Et je commencerais par Cyrus.

Tout le monde était d'accord pour dire qu'il avait gagné. Il ne se vanta pas, mais se contenta d'accepter la responsabilité avec fierté. Puis il me lança un regard appuyé et les autres quittèrent la pièce.

Pas mes compagnons, mais les observateurs.

Je les vis à peine partir, entièrement concentrée que j'étais vers mon compagnon aquatique et sur ses intentions qui réchauffaient l'air entre nous.

— C'est Halloween, Claire, dit-il en me tournant autour. Comment est-ce que tu veux fêter ça ?

— En allant sonner aux portes pour réclamer des friandises ou menacer de jouer un tour ? suggérai-je.

Il ne put réprimer un sourire.

— Et si on sautait la partie « tours » et qu'on passait directement à la partie « friandise » ?

Il m'attrapa par les hanches et me hissa sur le comptoir de la cuisine.

— Nous allons d'abord nous délecter de ta douceur sucrée. Puis tu pourras savourer les nôtres.

— Nous ? lâchai-je dans un souffle. Les nôtres ?

— Tu ne pensais quand même pas que j'allais les exclure de notre nuit de conception ? demanda-t-il en glissant ses mains le long de mes cuisses et sous ma jupe, la remontant jusqu'à mes hanches. Nous sommes un cercle de compagnons, petite reine. Même si c'est moi qui vais planter la graine ce soir, sois assurée que nous allons tous être en toi, et ce, d'une manière ou d'une autre.

Mon rythme cardiaque s'accéléra.

— Aucun de vous n'a dormi.

— Nous n'avons pas besoin de dormir pour te sauter comme il se doit, répliqua-t-il en capturant mes lèvres des siennes. Maintenant, allonge-toi. C'est à notre tour de passer à table.

CYRUS

*L*e corps de Claire était luisant de sexe, et son regard somnolent s'accrochait au mien alors qu'elle se prélassait entre ses compagnons sur le lit, telle une offrande érotique.

Je l'avais goûtée en premier, lui donnant un orgasme rapide avec ma langue avant de me reculer et de laisser les autres la préparer. Ses commentaires concernant ses entrailles brisés avaient été vite mis au rebut après des heures passées à lui prouver le contraire.

La voilà qui me faisait signe en souriant doucement, consciente de ce que je comptais lui faire ensuite.

Exos aspirait son mamelon dans sa bouche pendant que Vox léchait son autre sein.

Titus la léchait entre les jambes pendant que Sol passait ses doigts dans ses cheveux et que ses lèvres révérencieuses embrassaient tour à tour sa tempe, son front et ses lèvres.

Mais lorsqu'il s'éloigna d'elle, je croisai à nouveau son regard qui me lançait une invitation torride.

Elle était prête.

Et moi aussi.

Tu es trop habillé, murmura-t-elle dans mon esprit.

Ah bon ? J'entrepris de défaire ma cravate. *Tu devrais peut-être m'aider à enlever mes vêtements, petite reine.*

Titus choisit ce moment pour effleurer son clitoris de ses dents, ce qui la fit sursauter et fit jaillir des flammes du bout de ses doigts. Je les rattrapai dans un gant d'eau, éteignant la brûlure, et créai une brume autour de nous qui donnait le ton pour notre union.

Nous avions déplacé Claire de la cuisine à notre chambre il y a des heures, le sol tout entier étant un matelas que nous utilisions pour nos regroupements hebdomadaires.

Les fenêtres étaient drapées de rideaux. Des vignes et des fleurs décoraient le mur. Et le plafond était enchanté par de la magie d'esprit ; les lumières clignotantes ressemblaient à des étoiles.

C'était dans ce cadre que Claire se tortillait, ses gémissements pareils à de la musique à mes oreilles. Je jetai ma cravate sur la pile de vêtements dans le coin et enlevai mes chaussures et mes chaussettes. Ma compagne observait la scène avec une impatience paresseuse, ses pupilles dilatées par le désir.

Elle murmura quelque chose à travers ses liens aux autres gars, les faisant reculer juste assez pour qu'elle puisse s'agenouiller devant moi. Je ne pus m'empêcher de sourire en voyant l'air dévergondé qui illuminait ses superbes traits.

Je savais ce qu'elle avait l'intention de faire.

Et il était hors de question que je l'arrête.

Elle se saisit de ma ceinture et la fit glisser des boucles avant de la laisser tomber sur le sol. Puis elle s'empara de ma chemise et la sortit brusquement de mon pantalon pour exposer mon bas-ventre. Ses lèvres rencontrèrent ma peau, enflammant tout mon être.

Ma queue se mit à palpiter, prête à jouer.

Mais je la laissai prendre son temps. Elle m'explora de sa langue tout en déboutonnant lentement mon pantalon, puis ouvrit ma braguette.

Un petit coup subtil de sa part fit glisser mon pantalon le long de mes jambes, suivi de mon caleçon. Elle libéra mon sexe pour sa bouche.

Elle ne demanda rien ni ne fit de commentaire, mais se contenta de prendre en bouche mon membre palpitant et m'avala aussi loin que sa gorge le lui permettait.

— Merde, Claire, grognai-je en enfonçant mes doigts dans ses cheveux. Refais ça et je n'aurai plus rien à te donner.

Ses yeux bleus flamboyèrent lorsqu'elle croisa mon regard, ses joues se creusant autour de mon sexe dans une délicieuse caresse qui faillit me mettre à genoux.

Cette femme suçait comme personne d'autre.

Et ce serait avec plaisir que je mourrais dans cette position.

Parce que *putain*.

C'était si intense, si beau, si absolument parfait que j'en pleurai presque. Mais je choisis de la féliciter en pensée et emmêlai mes doigts dans ses cheveux, la remerciant de m'offrir ainsi sa bouche séduisante.

Elle m'avala à nouveau, sa langue experte contre ma peau, puis me relâcha avec un petit « pop ». Je me retins de grogner pour protester, mais ses doigts s'accrochèrent à ma chemise et elle me tira vers elle en direction du matelas. Je gloussai en atterrissant sur elle, ce que je soupçonnais d'être exactement ce qu'elle désirait.

Plutôt que de m'enlever ma chemise, elle lui mit le feu et la réduisit en cendres. J'aurais pu l'arrêter, mais je n'en avais aucune envie. Ma compagne avait un penchant pour la destruction des vêtements, et je trouvai cela intrigant. Même si cela s'avérait être un passe-temps coûteux. La plupart de mes costumes provenaient du Monde des Humains et étaient tous faits à la main et taillés en Italie. Pareil pour ceux d'Exos.

Mais Claire se fichait pas mal de l'origine de nos garde-robes.

Notre petite reine voulait juste que nous soyons nus et en elle, et ce fut donc exactement ce que je lui donnai. Je lui écartai les cuisses et la pénétrai sans une once de préliminaires.

Son corps était déjà disposé et prêt grâce à ses autres compagnons. Elle n'avait pas besoin de mes mains ou de ma langue. Ce dont elle avait besoin, c'était de mon membre, et c'était précisément ce que je lui donnai alors qu'elle enroulait ses jambes autour de ma taille pour m'inciter à la sauter.

Je l'embrassai avec force, m'emparant de sa nuque pour l'orienter selon l'angle que je voulais. Mon autre main vola vers son sein que je pressai pour la réprimander d'avoir voulu prendre le contrôle.

Elle sourit contre ma bouche. *Tu n'es pas en colère.*

Jamais. J'adore la façon dont tu joues avec moi, petite reine. Cela rend tout tellement plus agréable.

Je m'enfonçai en elle et souris lorsque je l'entendis gémir.

Combien d'orgasmes as-tu eus ce soir ? lui demandai-je. *Sept ?*

Oui, lâcha-t-elle entre ses dents tout se cambrant en moi.

Est-ce qu'on vise huit ou neuf ? l'interrogeai-je alors que mes lèvres quittaient les siennes pour descendre le long de sa gorge jusqu'à ses seins rougis. Merde, elle était splendide, la représentation même de la luxure et d'intentions salaces.

Les hommes qui nous entouraient n'en pensaient pas moins, leurs sexes s'agitant fébrilement à l'idée de la sauter à nouveau.

Elle faisait de nous des bêtes insatiables, avec elle comme reine au centre de cette folie sombre.

Mais j'avais un rôle à jouer ce soir, et Claire allait devoir jouer un rôle égal pour que tout cela fonctionne.

Je l'embrassai à nouveau, faisant taire la réponse qui s'agitait dans ses pensées, son esprit et son corps protestant contre l'idée de neuf orgasmes en une nuit. C'était ridicule, car nous savions tous qu'elle pouvait supporter bien plus.

Les Faë étaient des êtres de vie et de création, et ce, indépendamment de leur origine ou de leur royaume. Nous avions envie et besoin de sexe.

Même si elle était à moitié humaine, son côté faë l'emportait là où c'était le plus important, la rendant presque immortelle et capable de prendre du plaisir pendant d'interminables heures, voire des jours.

Je le lui rappelai avec ma bouche et mon membre, la transperçant, la possédant, la conduisant au bord du ravissement en frappant cet endroit au plus profond d'elle-même.

Elle explosa pour moi.

Hurla.

Ses joues étaient rouges à cause de la force du plaisir qui envahissait son être.

Je frottai mon nez contre sa gorge et ralentis le rythme pour la préparer à ce qui allait suivre

Un nouveau lien, en quelque sorte.

Le cœur de la magie faë.

Elle gémit, son corps sensible ondulant sous les contrecoups de son extase. Son esprit protestait déjà à nouveau, mais je la fis taire avec un doux baiser alors que mes mouvements restaient mesurés et délibérés.

— Es-tu prête à faire un bébé, petite reine ? murmurai-je contre sa bouche.

Une vague de chaleur venue des autres s'éleva tout autour de nous, et ils tendirent tous les mains pour la caresser chacun à leur manière. Sol entreprit de lui caresser les cheveux. Exos toucha le côté de son sein. Titus lui embrassa la hanche, sa paume dérivant de mes fesses à sa cuisse. Et Vox traça une ligne le long de son bras.

Ils étaient tous là, prêts et concentrés sur le cœur de notre cercle de compagnons.

Les épais cils blonds de Claire s'ouvrirent, dévoilant un regard brillant d'approbation.

— Oui. Je suis prête.

Je l'embrassai tendrement et mon cœur manqua un battement devant la perfection du moment. Dans une vie antérieure, je n'aurais jamais imaginé cela possible. Maintenant, je ne pouvais pas imaginer ma vie autrement.

Claire était l'amour de ma vie, la seule que je ne désirerais jamais. Mais je chérissais aussi ses autres compagnons, les aimant tous tels qu'ils étaient. C'était comme si nos éléments prospéraient tous dans une unité parfaite, un peu comme une ruche, avec Claire au centre faisant office de noyau et conduit.

Elle était notre version à nous de la source élémentaire.

Notre déesse.

Notre reine.

Et il était enfin temps de créer une nouvelle vie en elle.

Je me glissai complètement hors d'elle avant de plonger profondément et de réveiller son plaisir une fois de plus. Elle gémit et se cambra, m'encourageant à recommencer.

Ce que je fis.

Mais cette fois, je puisai aussi dans notre élément commun.

Elle écarquilla les yeux lorsqu'elle sentit le pouvoir nous envahir alors que j'invoquais ma magie aquatique pour nous lier l'un à l'autre. Pour *créer*.

Elle fut parcourue d'un frisson et sa connexion à l'élément s'ouvrit à son tour afin qu'elle puisse faire appel à une vague tourbillonnante similaire à la mienne. Elle baignait dans notre puissance partagée et mariait nos pouvoirs pour qu'ils ne fussent plus qu'un.

Les autres le sentirent aussi et leurs peaux s'embrumèrent en réponse.

Mais la véritable source de l'élément nous enveloppait, Claire et moi, nous baignant dans une mer d'extase familière.

Je l'embrassai, me délectant de la sensation de notre élément jouant à travers nos êtres, engageant nos âmes et frémissant du cadeau de la vie.

Il suffit d'une simple pensée, lui chuchotai-je. *Accepte mon offrande, Claire.*

Elle ne me demanda pas ce que je voulais dire, car elle sentit la chaleur de mon pouvoir effleurer son âme. Elle s'y ouvrit, haletant lorsque l'élément transperça son cœur même et envoya une vague d'électricité vibrante dans ses veines et dans les miennes.

Celle-ci se centra sur mon aine, m'embrasant de l'intérieur et provoquant un cyclone de sensations dans mon bas-ventre. Je ne pus réprimer un grognement, car le plaisir ne ressemblait à rien de ce que j'avais connu, même pendant notre premier accouplement.

Les Faë sont faits pour créer, lui dis-je en pensée. *Merde, Claire. Je ne peux pas me retenir beaucoup plus longtemps.*

C'était trop intense.

Trop puissant.

Trop *parfait.*

Elle me serra avec ses cuisses, m'accueillant dans son corps avec de petits mouvements alors que la sensation s'installait aussi en elle. Je sentais son acceptation et son excitation à travers notre lien. À quel point elle était prête. Mais aussi son *besoin.*

Ses membres commencèrent à trembler et des bruits sexy s'échappèrent de ses lèvres, accélérant le rythme de notre union et me forçant à jaillir dans un bombardement d'étoiles. Mon contrôle sur l'élément s'évanouit et l'eau explosa tout autour de nous alors que je libérais ma semence en elle dans un rugissement d'émotion et de satisfaction instantanée.

Claire me suivit et lâcha un hurlement, ses ongles s'enfonçant dans mon dos alors qu'elle surfait sur ces longues vagues de plaisir fou.

Je ne pouvais plus respirer.

Nous nous noyions dans mon élément, perdus dans les profondeurs de l'océan et luttant pour remonter à la surface. Je m'accrochai à elle comme elle s'accrochait à moi, nos poumons nous faisant défaut à tous les deux.

Jusqu'à ce que nous fassions surface dans une inspiration commune. Nos lèvres s'écrasèrent les unes contre les autres et nos langues s'accouplèrent dans une danse sombre de destin et d'impatience.

Putain, que j'aimais cette femme.

Elle prenait tout ce que j'avais à lui donner et m'en rendait dix fois plus. Son corps était pour moi un pilier d'adoration devant lequel je m'agenouillerais toujours.

Et dans ce corps, il y avait maintenant la vie.

Je le ressentais au plus profond de mon être. La source elle-même se réjouissait de notre accouplement et nous couvrait de baisers glacés qui picotaient contre ma peau déjà humide. Claire gloussa et son sourire était le plus beau des spectacles.

Plutôt que de parler, elle m'embrassa à nouveau. Puis elle attrapa Sol et l'entraîna dans un baiser. Suivi de Titus, de Vox, puis d'Exos.

Nous étions toujours joints, et je sentais ses parois intimes palpiter avec une vigueur renouvelée. Son bonheur était une drogue que nous voulions tous goûter.

Je donnai un petit coup de reins, lui accordant ce dont elle avait envie.

Nous avions déjà créé la vie, mais cela ne me dérangeait pas de la sauter à nouveau. Tout comme je savais que ses compagnons ne rechigneraient pas à nous rejoindre.

Il s'agissait maintenant de célébrer. D'adorer. De chérir. D'exister.

Notre Claire venait de nous offrir à tous le plus beau de tous les cadeaux. Et nous avions l'intention de lui prouver notre gratitude aussi longtemps qu'elle le souhaiterait.

Merci, petite reine, chuchotai-je en lui embrassant la mâchoire alors que Sol capturait à nouveau sa bouche. *Je t'aime*, ajoutai-je en palpant son ventre. *Je vous aime tous les deux.*

PARTIE II

C'EST LA SAISON DE LA GROSSESSE
FA-LA-LA-LA-LA
LA-LA
LA
LA

CLAIRE

Dix jours plus tard

— *C*laire ! cria Titus.

    Je fronçai les sourcils et tirai la couverture par-dessus ma tête. Il me secouait doucement, insistant pour me tirer du meilleur sommeil de ma vie. Comme je ne répondais pas, il ouvrit grand les draps, me poussant à me recroqueviller lorsque je sentis l'air frais sur ma peau.

— Je suis si fatiguée, marmonnai-je en essayant de le repousser d'un geste de la main. Va-t'en.

— La source soit louée, tu es enfin réveillée, dit-il en expirant.

J'ouvris un œil et vis qu'il me dévisageait, penché en arrière sur ses talons.

— Comment... comment tu te sens ?

Sa question fit qu'une lourde chape de fatigue s'abattit sur moi, qui refusait de se lever entièrement, mais l'inquiétude dans les yeux de Titus me fit me redresser.

— Quelle heure est-il ? demandai-je, confuse.

La pièce était baignée de doux rayons de soleil qui bannissaient le froid incongru qui flottait autour de nous, mais j'avais l'impression que je venais à peine de m'endormir.

Il se frotta la nuque.

— Euh, il est midi.

Il continuait de me fixer, ses yeux me scrutant comme s'il cherchait une source de blessure.

— Qu'est-ce qu'il y a ? demandai-je. Pourquoi est-ce que tu me regardes comme ça ?

— Parce que tu as dormi beaucoup plus longtemps que prévu.

Je fronçai les sourcils. Ce n'était pas comme si c'était la première fois que je faisais la grasse matinée.

— Et pourquoi... est-ce que cela te préoccupe, exactement ?

Il soupira et s'empara de ma main, me réchauffant avec sa magie. La chaleur impitoyable me fit tressaillir et je plissai le front.

— Parce que tu es enceinte, Claire. C'est mon travail de me faire du souci pour toi.

Oui, j'étais enceinte, et cette simple affirmation dans mon esprit faisait palpiter mon cœur de joie. On ne pouvait pas nier l'élan de vie que j'avais ressenti à travers mon lien avec Cyrus et tous mes compagnons.

— Est-ce que le faëling va bien ? demanda-t-il après un moment, comme si c'était quelque chose que j'aurais déjà dû confirmer.

— Quoi ?

— Le faëling, répéta-t-il d'une voix si lente et si calme que je savais qu'il commençait à s'inquiéter. Tu le sens ?

Je fronçai les sourcils.

— Est-ce que je le devrais ?

Ne pouvait-il pas sentir la vie qui s'épanouissait à travers le lien ? Cela me paraissait bien réel, à moi. Mais peut-être que je confondais avec quelque chose d'autre ?

Il s'immobilisa pendant un moment, comme s'il essayait très fort de ne pas montrer de réaction.

— Exos pensait que nous ne devions pas t'en parler, mais maintenant que tu as passé la période d'incubation, tu devrais être capable de ressentir quelque chose.

Je ne savais pas exactement ce que Titus voulait dire par là, mais il commençait à me faire douter de ce que cette grossesse me réservait. Je savais que Cyrus avait implanté la vie en moi, mais il s'agissait là d'un accouplement faë.

Et je n'étais qu'à moitié faë.

Cette vérité prit soudain la forme d'une peur secrète et sombre, que je n'avais pas envisagée avant qu'elle ne me secoue avec une clarté affreuse. En tant que Halfeline, je n'avais ma place dans aucun des deux mondes. C'étaient mes compagnons qui m'y avaient fait une place. Pour tous les autres, je n'étais qu'une bizarrerie…

Une abomination.

Et si cela signifiait que je ne pouvais pas procréer ? Et si j'avais été trop perdue dans l'amour de mes compagnons

LEXI C. FOSS & J.R. THORN

pour affronter la terrible vérité qui se trouvait juste sous mon nez ?

— Peut-être qu'on ne devrait pas se faire de faux espoirs, Titus, lui dis-je avec un léger tremblement dans la voix.

Je ne voulais vraiment pas que mes compagnons soient déçus si ma moitié humaine prenait le dessus. Même si cette grossesse échouait, ils pouvaient être sûrs que je ne cesserais pas d'essayer. Lorsque je vis qu'il fronçait toujours les sourcils, j'ajoutai :

— Nous ne savons pas si la grossesse est, euh, viable.

— Viable ? répéta-t-il, sa main dérivant vers mon épaule. Tu ne te souviens pas que Cyrus et toi avez conçu un enfant ? Ou est-ce que tu doutes de lui ?

Cette dernière question était empreinte de douleur, mais il interprétait mal mon inquiétude. Je ne doutais pas tant de mes compagnons que de moi-même.

Je repoussai gentiment sa main alors qu'une autre vague de fatigue m'envahissait. Je portai ma main à la bouche et me mis à bâiller.

— Ce que je veux dire, c'est que cela fait juste un peu plus d'une semaine que nous, euh, que nous avons essayé.

Je me frottai les yeux. Une partie de moi ne rêvait que de se blottir à nouveau sous les couvertures et de se rendormir pour faire taire tous mes doutes et toutes mes peurs.

— Cela va prendre au moins un mois avant que nous ne soyons sûrs de quoi que ce soit. Et même si cela se confirme, nous devrons attendre un peu avant de commencer vraiment à planifier. Je ne suis pas vraiment au courant des statistiques, mais les fausses couches arrivent parfois chez les humains.

C'était un bonus pour les hommes faë d'avoir le

contrôle de la conception, mais je n'étais pas exactement un cas d'école.

Titus haussa les sourcils.

— Une fausse couche ? fit-il en secouant la tête. Nous le saurons dans beaucoup moins d'un mois, Claire. Et je pense que tu sous-estimes ta génétique et la puissance des hommes faë, ajouta-t-il en souriant. Surtout un homme comme ton Roi Aquatique, qui est encore plus arrogant que moi. Il a une réputation à défendre, tu sais.

Je soupirai. La virilité de Cyrus n'était pas ce que je remettais en question.

— Tu n'écoutes pas ce que je dis.

Je ne savais vraiment pas comment expliquer tout ça sans que la fissure dans mon cœur ne s'ouvre en deux.

Et si j'avais failli à mes compagnons ?

Et s'il y avait quelque chose qui clochait avec moi ?

— Hé, dit Titus en se penchant pour que je puisse voir ses yeux verts flamboyer de chaleur. Je t'*écoute*, ma belle, et je te dis que tu n'as pas à t'inquiéter. Est-ce que tu sais pourquoi ?

Il effleura mon menton de ses doigts et je m'abandonnai à sa caresse.

— Pourquoi ? demandai-je d'une voix pleine d'espoir alors que mon estomac se tordait d'inquiétude.

— Parce que tu es la vie même, Claire, fit-il avant que son expression ne se change en un sourire narquois. Et il n'y a aucune chance que tu t'endormes pendant l'amour à moins d'avoir une bonne excuse. Donc, si tu n'es pas enceinte, j'ai peur de ne pas pouvoir te pardonner.

Je fronçai les sourcils.

— Quoi ?

Je m'étais déjà évanouie pendant l'amour, parce qu'une fille ne peut supporter qu'un nombre limité d'orgasmes avant que son cerveau ne se mette en veille, mais m'endormir ? Ce n'était pas possible.

— Il n'y a pas moyen…

Je laissai ma phrase en suspens et il gloussa.

— Dis-moi la dernière chose dont tu te souviens.

— Nous jouions avec le feu, dis-je lentement en me rappelant comment il m'avait fait agoniser avec de lentes flammes qui couraient sur l'intérieur de mes cuisses. Puis…

Je m'interrompis, essayant de me souvenir de ce qui s'était passé ensuite. La chaleur et l'excitation étaient là, mais mes souvenirs semblaient… s'arrêter là.

— Tu t'es endormie, acheva-t-il pour moi.

Je plissai le front, puis haletai lorsque je réalisai qu'il avait raison.

— Oh, Titus, dis-je en me couvrant la bouche. Je suis vraiment désolée !

— C'est bon signe, ma belle, répondit-il avec un rire. Chez les faë, le premier mois de grossesse s'accompagne d'une extrême fatigue, car le bébé grandit énormément en peu de temps. Tu vas beaucoup dormir, surtout pendant la période d'incubation. Mais je dois dire que tu m'as inquiété, vu la quantité de sommeil dont tu as l'air d'avoir besoin.

Il me prit dans ses bras, me tenant comme si j'étais en porcelaine. Il semblait aussi penser que dire des choses comme « période d'incubation » était tout à fait normal.

— Je suis ravi que tu sois suffisamment à l'aise pour me laisser te protéger. Les instincts faë ont tendance à faire que la mère reste éveillée jusqu'à ce qu'elle se sente en sécurité.

Il resserra sa douce étreinte avant de me relâcher.

— Maintenant que tu as passé la première phase, je vais aller chercher la guérisseuse. Nous allons avoir besoin de te faire examiner pour la phase deux.

Le ton autoritaire de sa voix me disait que « non » ne serait pas une réponse acceptable.

Je clignai des yeux plusieurs fois, ne sachant pas trop ce qu'il voulait dire par « phase un » et « phase deux », ni pourquoi il n'arrêtait pas de dire que j'étais en période d'incubation comme si j'étais une fichue poule.

Ma main dériva vers mon ventre tandis que Titus roulait hors du lit et attrapait ses vêtements.

— On ne devrait pas d'abord faire un test de grossesse ou un truc dans le genre ? demandai-je.

Cela permettrait au moins de confirmer la grossesse, non ?

Il gloussa.

— Un test ? Qu'est-ce que tu veux dire ?

Je me mordis la lèvre avant de répondre.

— Tu sais, ce truc qui implique de faire pipi sur un bâtonnet ?

Mon commentaire le fit trébucher alors qu'il se débattait avec son pantalon.

— Pardon ?

Exaspérée, je laissai mes mains retomber sur les draps.

— Comment les faë font-elles pour savoir si elles sont enceintes ? Dans mon monde, on fait pipi sur un bâtonnet et on obtient un résultat positif ou négatif.

Il aboya de rire.

— La magie des humains est tellement bizarre. Non, tu ne fais pas pipi sur un bâtonnet, Claire. Tu peux savoir si tu es enceinte grâce à tes éléments. Utilise la source de l'esprit.

Devant mon air confus, il continua.

— As-tu essayé ?

Je déglutis pour essayer de faire disparaître la boule dans ma gorge. Fouiller en moi pour toucher les sources élémentaires était une seconde nature, mais lorsque j'essayai de toucher la source de l'esprit, rien ne se produisit.

— Je ne sens rien, dis-je alors que mon inquiétude grandissait. Est-ce que cela veut dire que le bébé… ?

Titus se figea et un bref moment de gravité assombrit ses traits. Mais celui-ci fut vite remplacé par son habituel sourire sexy et il entreprit de continuer à s'habiller.

— Je suis sûr que tout va bien. Le fait que tu sois une Halfeline pourrait avoir un impact sur ta connexion à la source pendant la grossesse. Tout ceci est une nouvelle expérience pour nous tous, alors prenons les choses étape par étape, d'accord ?

Je fis de mon mieux pour ne pas hyperventiler.

Ou bien cela signifie que quelque chose ne va pas.

Et si j'avais vraiment fait une fausse couche ?

— Est-ce que c'est courant pour les Halfelines d'avoir des faëlings ? demandai-je, à moitié paniquée. Est-ce que c'est normal pour nous… de… ? Est-ce que tu connais quelqu'un qui en a eu ? Et si… et si… ?

J'avalai la boule dans ma gorge et me touchai le ventre d'un geste protecteur.

Je m'accrochai désespérément à la spéculation de Titus selon laquelle mon enfant pourrait être la cause de mes problèmes de connexion avec la source. N'importe quel scénario plus sinistre que ça me rendrait malade sur le champ.

— Respire, ma belle, dit Titus.

Sa voix était comme une présence apaisante dans mon esprit. Elle me ramenait à lui et me tirait de mes sombres préoccupations.

— Allons voir la guérisseuse, d'accord ? Elle t'expliquera à quoi t'attendre.

Oui. D'accord. Il avait raison.

— Une guérisseuse, répétai-je. Cela me semble… cela me semble être une bonne idée.

Il m'embrassa la joue, me rassurant d'un frôlement de chaleur magique.

— Tout va bien se passer, répéta-t-il, peut-être plus pour lui que pour moi.

Il me serra légèrement le bras avant de s'aventurer vers la porte.

— Je reviens dans quelques minutes, Claire. Détends-toi.

Détends-toi, répétai-je dans ma tête. *C'est ça, bien sûr.*

Mais j'essayai tout de même et expirai lentement.

Où êtes-vous, les gars ? demandai-je à travers les liens.

Ils répondirent tous rapidement. Cyrus était à la recherche de faë susceptibles de bien vouloir me rencontrer au sujet de l'Académie Faë Interroyaumes. Exos, Sol et Vox s'étaient tous rendus dans le Monde des Humains, où ils étaient à la recherche de décorations pour les fêtes. Ils voulaient décorer mon bureau. Cette idée me faisait sourire et expliquait l'amas de sacs dans la chambre, qui débordaient tous de couleurs d'automne et quelques-uns de rouge et de vert.

Est-ce que tout se passe bien ? demandai-je à Cyrus.

— *C'est moi qui devrais te demander ça, petite reine,* répondit-il d'une voix caressante dans mes pensées. *Et oui, tout se passe bien. Kalt a décidé de m'aider. Je pense qu'il essaye d'éviter son problème de triade avec les Faë de l'Hiver.*

J'ai vraiment envie d'en savoir plus à ce sujet, admis-je.

Moi aussi. Je vais voir ce que je peux apprendre et je te ferai un rapport. Il avait l'air amusé. *Je serai bientôt là, petite reine. Et ne t'inquiète pas ; tu es définitivement enceinte.*

Je fronçai les sourcils. *Est-ce que tu espionnes mes pensées ?*

Non, ton inquiétude rayonne à travers le lien. Ta génétique faë l'emporte sur ta moitié humaine. Fais-moi confiance, murmura-t-il.

Nous serons tous de retour pour ton rendez-vous avec la guérisseuse, petite reine.

Il déposa un baiser brumeux dans mon esprit et retourna à ses tâches.

Merci, lui murmurai-je. Il n'allait pas être facile de convaincre les autres faë de créer l'Académie Faë Interroyaumes, et c'est pourquoi je voulais les rencontrer tous individuellement, pour leur assurer que leurs besoins seraient satisfaits. Et il n'y avait personne de mieux placé pour les convaincre que mon compagnon Roi Aquatique. Avec lui, il n'y avait pas de « non » qui tenait.

Je soupirai et sortis du lit d'un bond avant de me diriger vers la douche. Je me sentais un peu sale. Peut-être parce que j'avais dormi trop longtemps ? Et pourtant, j'aurais facilement pu dormir plus longtemps.

Je décidai de prendre une douche froide pour chasser ma fatigue persistante, et cela sembla faire l'affaire.

Une fois que j'eus terminé, j'étudiai mon reflet dans le miroir alors que l'eau dégoulinait de mes longues mèches blondes. Mes seins étaient les mêmes que d'habitude, fermes et prêts à recevoir l'attention de mes compagnons. Cependant, lorsque je les effleurai de mes mains, je me rendis compte que mes mamelons étaient un peu douloureux. Je fis descendre mes doigts plus bas, traçant un cercle autour de mon nombril ornant mon ventre plat.

Je tentai à nouveau d'accéder à la source de l'esprit, mais ne rencontrai que du néant. Ce n'était pas comme si l'espace en moi était vide, non, on aurait plutôt dit qu'il était bloqué.

Mmmh. Je ne savais pas trop quoi en penser.

Je passai mes doigts dans mes cheveux mouillés et essayai d'atteindre la source du feu, comme j'en avais l'habitude, afin de sécher les mèches qui dégoulinaient.

Rien ne se produisit.

Mon estomac se noua et je marquai une pause avant de réessayer.

Ploc. Ploc. Ploc.

L'eau éclaboussait le sol et semblait se moquer de ma tentative d'atteindre la source du feu, qui fonctionnait normalement très bien comme séchoir magique.

Fronçant les sourcils, je décidai de ne pas paniquer. Peut-être que Titus avait raison. J'étais une Halfeline et le fait d'être enceinte pouvait avoir des effets étranges sur mes pouvoirs. Si je ne pouvais pas accéder à la source de l'esprit, il était logique que je ne puisse pas non plus accéder aux autres sources. Même si je n'aimais pas la sensation d'impuissance qui accompagnait le fait de se sentir si… *humaine.*

— Eh bien, si tu dois être humaine, autant endosser ce rôle à fond, me dis-je en m'appuyant sur le comptoir pour m'assurer que mon reflet entendait ma détermination.

Je n'avais pas de sèche-cheveux humain sous la main et m'emparai d'une serviette que j'utilisai pour frotter mes cheveux jusqu'à ce qu'ils passent de trempés à humides. Je nouai les mèches en une tresse complexe, que j'enroulai ensuite autour de ma tête telle une couronne. Ce style était populaire auprès des Faë Aquatiques, qui préféraient laisser leurs cheveux humides. C'était Artica, l'une des élèves, qui me l'avait dit.

Une fois mes cheveux coiffés, j'enfilai un chemisier ample et l'assortis d'une jupe bleue qui faisait ressortir mes yeux. Je ne m'autorisai pas à m'attarder sur mes pensées ou à les laisser dériver. Je posai les poings sur mes hanches et parcourus des yeux ma chambre remplie de décorations.

Oui, une distraction serait la bienvenue.

CLAIRE

J'entrepris de trier les décorations en différentes piles en fonction de leur thème.

Halloween, même si c'était déjà passé. Exos aimait bien les squelettes.

Le solstice d'automne pour représenter les faë.

Les décorations de Noël et du solstice d'hiver constituaient la troisième pile. Noël arrivait à grands pas, et c'était aussi ma fête préférée, et je me mis donc à accrocher des guirlandes partout où c'était possible.

Je commençai par enrouler les lumières à motifs de citrouille autour de l'un des piliers du salon, puis décorai l'autre avec une guirlande lumineuse de Noël aux étoiles argentées. J'ornai les troisième et quatrième piliers de lumières faë standard, même si cela ressemblait plus à des globes ternes qu'à autre chose étant donné que je ne pouvais pas accéder à ma magie pour les activer.

Un problème à régler plus tard.

J'en avais presque fini avec la cuisine quand Titus, Cyrus et une faë inconnue entrèrent dans la pièce. Ils s'arrêtèrent net et me fixèrent avec stupeur. Je venais de grimper sur le comptoir pour mettre la touche finale à la pièce. J'avais traîné un énorme ruban rouge, bien décidée à l'apposer sur l'arche qui courait le long du plafond, juste au-dessus de la cuisinière.

— Claire ! cria Cyrus d'un ton paniqué. Descends immédiatement !

L'ignorant, j'enlevai rapidement ma chaussure et calai mes orteils sur le rebord d'une des étagères inutilisées pour gagner un peu plus de hauteur.

— J'y suis presque, insistai-je. J'ai survécu à la fin du monde. Je peux survivre au fait d'attacher un nœud.

— Vox ! s'écria-t-il en se tournant vers le faë de l'Air qui venait d'entrer avec Sol sur ses talons. Aide-moi à la faire descendre.

Titus se frotta les tempes.

— Quelqu'un veut-il bien lui faire entendre raison avant que nous ne la fassions descendre de force avec la magie défectueuse de Vox ?

— Ma magie va très bien, répondit Vox en fusillant du regard le faë du Feu.

Son élément ne faisait des siennes que lorsqu'il était stressé ou émotif, un effet secondaire dont il ne s'était jamais vraiment débarrassé depuis son accouplement avec moi. Et étant donné la panique que je ressentais dans notre lien, il était clairement émotif en ce moment.

Exos entra en dernier, et son sourire en coin contrastait fortement avec les expressions de panique brute de mes autres compagnons.

— Eh bien, on dirait que j'avais raison, dit-il d'un ton amusé. Claire est officiellement entrée dans la phase deux, et l'enfant est définitivement un fauteur de troubles.

Il donna une tape dans le dos de Cyrus.

— Bien joué, mon frère.

Vox invoqua un brin prudent de magie du vent et le fit tourbillonner autour de mon corps pour m'élever. Le gain de hauteur supplémentaire me permit de passer l'extrémité du ruban derrière la poutre et je finis de le nouer avant que Vox ne me guide à nouveau vers le sol.

— Voilà ! dis-je en battant des mains alors que j'admirais la touche finale de mes décorations.

Le ruban rouge massif faisait vraiment ressortir le tout.

— C'est parfait, ajoutai-je.

Je me retournai et le sourire sur mon visage disparut lorsque je me rendis compte que mes hommes ne partageaient visiblement pas mon enthousiasme festif, sauf peut-être Exos, qui avait toujours l'air très satisfait de lui.

La faë inconnue, que je supposais être la guérisseuse, s'éclaircit la gorge.

— Eh bien, il va sans dire que je pense que tes compagnons ont raison. Tu présentes tous les traits typiques de la phase deux.

Je clignai des yeux, puis dévisageai tour à tour mes compagnons, qui étaient toujours mécontents.

— Bon, quelqu'un va-t-il m'expliquer ce que signifient toutes ces phases ? D'où je viens, il y a trois trimestres, et je ne suis pas du tout dans le deuxième. Je ne suis enceinte que d'un peu plus d'une semaine. C'est à peine assez de temps pour qu'il se passe quoi que ce soit.

Sans compter qu'il y avait encore un tas d'autres préoccupations à régler.

Cyrus me prit la main et déposa un baiser sur mes jointures. Son geste m'adoucit un peu.

— Petite reine, les choses vont aller vite désormais. Une fois que la guérisseuse t'aura examinée, nous allons vraiment devoir commencer à nous préparer.

Il parcourut la pièce du regard.

— Même si je suis sûr que le faëling appréciera une atmosphère festive, nous devrions nous concentrer sur la nurserie. Nous n'avons pas de berceau, ni de vêtements, ni aucune des choses dont nous avons besoin pour un nouveau-né.

Exos croisa les bras.

— Le bonheur de Claire est important. Et les meubles faë sont très bien.

Je posai mes poings sur mes hanches et réalisai qu'un bout de guirlande était resté accroché à mes doigts. Je l'entourai autour de ma gorge pour m'en faire un collier.

— On a neuf mois avant de nous soucier de tout ça, alors est-ce que vous voulez bien tous vous calmer et me laisser célébrer les fêtes ?

Je vis diverses expressions de choc passer sur les visages de mes compagnons. Sol blêmit. Vox resta bouche bée. Exos et Cyrus échangèrent un long regard, et Titus contracta la mâchoire.

Mon compagnon du feu fit avancer la guérisseuse d'un coup de coude.

— Tu ferais mieux de la faire asseoir, lui dit-il d'une voix tendue. Je pense qu'il y a une différence entre les humains et les faë que nous avons tous oublié de prendre en compte.

Je haussai un sourcil.

— Comme quoi ?

La guérisseuse lâcha un rire nerveux avant de prendre ma main et de me guider dans le salon. Elle marqua une pause devant l'amas de coussins festifs en forme d'ornements de Noël avant de réussir à dégager un espace pour que nous puissions toutes les deux nous asseoir.

Elle attendit que je sois bien installée et que tous mes hommes nous aient suivis dans la pièce avant de prendre la parole.

— Il semble qu'il y ait un détail essentiel que tes compagnons ont oublié de mentionner, dit-elle en les fusillant du regard.

Cyrus croisa les bras.

— Claire est une Halfeline, mais elle est aussi reine et déesse des éléments. L'informer de toutes les possibilités serait présomptueux de notre part.

Je lui jetai un regard noir.

— Présomptueux ? m'exclamai-je avant de me retourner vers la guérisseuse. Qu'est-ce que vous essayez tous de me dire ? Y a-t-il une grande différence entre les grossesses faë et humaines ?

La guérisseuse me gratifia d'un faible sourire en me tapotant la main.

— Tu présentes tous les signes d'une grossesse faë typique. Il y a trois phases. La première est l'incubation, qui se produit pendant le sommeil. D'après le témoignage de Titus, tu l'as déjà passée durant tes trois jours de repos, bien que d'habitude, cela ne dure que vingt-quatre heures…

— *Trois jours ?* répétai-je. J'ai dormi pendant *trois jours ?* Quand est-ce que vous comptiez me dire ça ?

Cyrus me lança un sourire rassurant.

— Nous pensions qu'il était préférable que Titus soit là quand tu te réveillerais. C'est normal, je t'assure.

Il fit un signe de tête à la guérisseuse.

— Je t'en prie, continue.

Elle se racla la gorge.

— Bon, la phase suivante est la nidification, et au vu de, euh, toutes les décorations, je dirais que tu l'as officiellement commencée.

Elle retourna ma main.

— Tu permets ?

J'avalai la boule dans ma gorge avant de hocher la tête pour lui donner la permission.

Elle passa sa paume sur la mienne, ce qui fit apparaître une agréable lueur argentée dans la pièce. Je sentis de la magie d'esprit agir sur moi, même si celle-ci me semblait plus distante que d'habitude. Elle fredonnait tout en restant concentrée, puis fit courir sa main lumineuse le long de mon bras jusqu'à mon ventre. Elle sourit.

— Oui, tout avance à grands pas.

La tension dans la pièce retomba.

— Donc… je suis toujours enceinte ?

Oui, petite reine, murmura Cyrus dans mes pensées. *Sans le moindre doute.*

La guérisseuse rit.

— Oui, ma chère, tu as un enfant faë en bonne santé qui grandit en toi. Si personne ne te l'a encore dit, félicitations.

La vague de soulagement qui m'envahit me donna légèrement le vertige.

J'étais définitivement enceinte.

Enceinte de l'enfant de Cyrus.

Et le bébé va bien.

— Donc, je suis dans la deuxième phase ? demandai-je d'une voix hésitante.

J'avais besoin de quelque chose de pratique à quoi me raccrocher avant de me fonde en une flaque émotionnelle à même le sol.

— Je suis, euh, en période de nidification ?

Elle sourit et hocha la tête.

— Oui. Tu te prépares à la naissance de ton enfant et tu crées un environnement que ton instinct trouve propice à une ambiance détendue et pleine de joie.

Une forte rafale balaya la pièce, témoignant du niveau de stress de Vox. Elle fit cliqueter les décorations tandis que Sol sortit de son sac un chapelet de friandises faë à la cerise et se mit à les manger à même la ficelle.

— Ces choses-là sont faites pour être accrochées, lui dis-je.

— Et mangées, ajouta-t-il en avalant sans cérémonie une autre bouchée.

— Je ne dirais pas que tout ceci est très « détendu », dit lentement Vox en passant en revue les décorations et la masse de sacs qu'ils venaient de ramener avec eux.

Je fronçai les sourcils.

— Comment ça, ce n'est pas détendu ?

— C'est… un peu surchargé ? répondit-il, ce qui me fit plisser le front de plus belle.

Ne saisissait-il pas l'esprit même des fêtes ?

— Titus ? demandai-je en désignant les orbes ternes enroulés autour du pilier le plus proche. Est-ce que tu peux les allumer pour moi, s'il te plaît ?

Il haussa les sourcils, mais ne me demanda pas pourquoi je ne l'avais pas fait moi-même. Il se contenta de claquer des doigts, et le tourbillon d'orbes s'illumina. Cyrus activa silencieusement le second pilier, ce qui donna à la pièce un complément de feu et d'eau qui apaisa immédiatement la tension dans mes épaules.

— Tu vois ? me demanda la guérisseuse avec un sourire. Cela te fait te sentir mieux, n'est-ce pas ?

Je hochai la tête en soupirant.

— J'ai toujours aimé décorer pour les fêtes. Cela ne veut rien dire, déclarai-je avant de me pencher plus près d'elle. Donc, tu me dis que j'ai dépassé la période d'« incubation » et que je suis maintenant en phase de « nidification ». Comment puis-je faire mon nid si je ne suis enceinte que d'une semaine ?

Enfin, techniquement, de dix jours, vu que j'avais apparemment dormi pendant trois jours complets.

Elle le tapota de nouveau la main, cette fois-ci avec plus de force.

— Ta grossesse sera semblable à celle d'une faë, pas d'une humaine.

Elle posa son regard sur mes oreilles pointues. Elles s'étaient transformées il y a des années après que j'eus pleinement accepté mon côté faë.

— Tu vis dans le royaume des Faë Élémentaires depuis plusieurs années maintenant, et tu as des compagnons faë. Il est donc logique que ta grossesse suive un cours similaire à celui d'une faë.

Je parcourus la pièce du regard et constatai qu'aucun de mes compagnons ne voulait me regarder dans les yeux. Je reportai mon attention sur la guérisseuse.

— Et qu'est-ce que ça veut dire, exactement ? demandai-je, soupçonnant que c'était la partie que mes compagnons avaient « oublié de me mentionner ».

Elle se mordit la lèvre avant de répondre.

— Tu dis qu'une grossesse humaine dure neuf mois ? Eh bien, une grossesse faë est un peu plus courte.

— Plus courte de combien ? insistai-je.

Cyrus eut pitié de moi et se mit à me masser les épaules. Je lisais dans son regard qu'il prenait toute la responsabilité de cette situation, car c'était lui qui m'avait fécondée.

— Tu vas probablement accoucher de notre enfant dans environ deux mois, petite reine.

Le monde s'arrêta soudain de tourner et je sentis mon estomac se nouer.

— Pardon… *Quoi ?*

CYRUS

— *N*euf semaines.

Claire répétait ces deux mots en boucle, ses pieds se déplaçant rapidement sur le sol de notre chambre alors qu'elle faisait les cent pas.

Dans un sens, puis dans l'autre.

Et encore.

— Neuf semaines.

Encore des allées et venues.

Encore des marmonnements.

Je jetai un coup d'œil à Exos et vis que son regard me disait : « À quoi t'attendais-tu ? »

Je m'étais attendu à ce qu'elle comprenne qu'elle était plus faë qu'humaine. Je m'étais également attendu à ce qu'elle soit heureuse d'arriver au terme de sa grossesse en neuf semaines, et non en neuf mois. Qui voudrait passer près d'un an dans le rôle de couveuse alors que tout pouvait être fini en deux mois ?

Bon, je n'allais pas formuler mes pensées à voix haute maintenant. Pas avec Claire dans cette condition précaire. Ma méthode habituelle consistait à la pousser à accepter son sort, mais cela ne fonctionnerait pas cette fois-ci. Elle ne le ressentait peut-être pas encore, mais ses hormones et son corps étaient déjà en train de changer. Ajouter plus de stress à cette transition n'allait aider aucun de nous.

Alors, plutôt que de parler, je l'enveloppai d'une couverture de brume et laissai les gouttelettes taquiner sa peau nue. Elle portait une mignonne petite jupe et un chemisier et j'avais très envie de les lui arracher. Mais quelque chose me disait que ce ne serait pas très bien reçu.

J'adorais aussi son choix de coiffure. C'était une tresse humide couramment portée par les Faë Aquatiques. Il ne lui manquait plus que sa couronne et elle aurait eu tous les attraits de reine de mon espèce. Elle ne la portait pas souvent, seulement lors d'événements formels. Mais je me surprenais parfois à fantasmer sur elle portant ces bijoux… et rien qu'eux.

Il y avait quelque chose chez cette femme qui renvoyait mes pensées vers mon aine, qui se réveilla avec intérêt lorsqu'elle se retourna et dévoila sa chemise humide.

Pas de soutien-gorge.

Merde.

Une lueur d'intérêt s'alluma dans le regard saphir d'Exos.

Il s'était évaporé au Royaume Aquatique avec nous. Techniquement, il s'agissait de ma nuit avec Claire, et j'avais eu l'intention de l'emmener dîner avec mon père et sa compagne, mais j'avais reporté ce dîner pour un brunch le lendemain. Je devais d'abord apaiser ma petite reine.

— Neuf semaines, dit-elle pour la énième fois en secouant la tête.

— Oui, ce qui fait environ soixante-trois jours, l'informai-je un peu trop sèchement

Autant pour mon approche calme.

Elle se retourna subitement pour me faire face, comme si elle avait oublié que j'étais assis sur le lit à quelques mètres d'elle. Mon regard tomba immédiatement sur ses seins. Ses magnifiques mamelons sombres étaient complètement visibles sous sa chemise, et elle ne s'en était même pas rendue compte.

Peut-être que ma couverture de brume n'était pas la meilleure des idées.

Mais je ne la regrettai absolument pas lorsque je vis que le tissu commencer à lui mouler la poitrine.

— *Jours ?* répéta Claire.

Je levai les yeux au ciel.

— Allez, petite reine. Soixante-trois jours, c'est beaucoup de temps. Neuf semaines. Tu préférerais porter un faëling pendant neuf mois ? Ce serait beaucoup trop de temps enceinte, tu ne crois pas ?

Exos grogna à mes côtés. Je ne savais pas trop s'il était d'accord avec moi, ou si c'était pour me reprocher mon franc-parler. Je m'en fichais pas mal.

— Comment suis-je censée rassembler toutes les approbations requises pour l'Académie Faë Interroyaumes en *soixante-trois jours* ? demanda-t-elle. Tu aurais dû m'en parler avant que j'accepte ! Tu sais à quel point cette Académie est importante pour moi. Et maintenant, cela va être impossible pour moi de mener ce projet à terme, Cyrus. Je vais avoir un bébé dans neuf semaines !

— Techniquement, on est plus près de sept semaines, murmurai-je.

C'était apparemment la mauvaise chose à dire, car elle se mit à hurler.

Je tressaillis.

Exos grogna.

Et je me souvins alors des avertissements de la guérisseuse concernant les changements hormonaux imminents de Claire. La phase deux s'accompagnait de nombreux déséquilibres physiques et mentaux, d'instincts nourriciers et de pratiques générales de nidification. C'était la plus longue des périodes de grossesse et la plus difficile.

La phase trois était celle que j'attendais avec impatience.

Mais ce n'était pas vraiment le moment d'en parler avec elle.

Au lieu de cela, je me concentrai sur ce qui la préoccupait vraiment : l'Académie Faë Interroyaumes.

— Petite reine, dis-je doucement.

— Arrête avec tes « petite reine » ! lâcha-t-elle d'un ton cinglant. C'est *toi* qui m'as mise enceinte !

Je gloussai.

— En effet. Et je ne le regrette pas.

Même quand tu me hurles dessus, pensai-je en me levant du lit pour venir me placer devant elle.

— *Petite reine*, répétai-je en lui prenant les épaules. Tu as cinq compagnons.

— Je suis au courant, mais c'est toi qui…

— Non, Claire. Ce n'est pas ce que je veux dire. Tu as cinq compagnons qui peuvent t'aider et qui *vont* t'aider avec l'Académie. Nous savons tous à quel point c'est important pour toi. La partie la plus difficile est déjà faite.

Maintenant, nous devons juste organiser des réunions avec les faë pour les encourager à accepter. Est-ce que tu sais pour quoi Exos et moi sommes doués ?

Je haussai un sourcil, attendant qu'elle réfléchisse à mes paroles et entende ce que j'avais à lui dire.

Elle se mordilla la lèvre et je vis dans ses yeux qu'elle hésitait entre se disputer avec moi ou entendre raison.

— Vous… vous aimez la politique.

— Oui, répondis-je en levant une main vers sa joue échauffée. Et nous sommes très doués pour convaincre les faë de faire ce que nous voulons.

— Comme d'avoir un bébé, grommela-t-elle.

J'esquissai un sourire.

— Tu veux un faëling tout autant que nous. Ne laisse pas un petit changement de délai te convaincre du contraire.

Je la vis ouvrir la bouche, prête à s'insurger face à mon choix de « petit », quelque chose que j'entendis dans sa voix mentale alors qu'elle recommençait à s'énerver dans sa tête. Je la fis alors taire d'un doux baiser qui prit fin lorsqu'elle me mordit la lèvre inférieure.

J'apaisai la douleur avec ma langue avant de l'embrasser à nouveau et de glisser mes doigts dans sa tresse pour la tenir contre moi. Il y avait tellement de choses que je pouvais faire avec ses cheveux coiffés ainsi, toutes de nature sexuelle.

Mais je choisis de simplement l'embrasser afin de lui permettre de ressentir mon amour et ma tranquillité et de l'envelopper de mon élément interne pour qu'il apaise son trouble intérieur.

Nous sommes tous dans le même bateau, lui rappelai-je doucement. *Nous voulons tous que l'Académie Faë Interroyaumes prospère. Ce sera un endroit formidable pour la scolarité de nos enfants. Donc, fais-nous confiance pour t'aider, petite reine. Nous sommes là pour ça. Le monde n'a pas toujours besoin de reposer sur tes épaules.*

Elle soupira et glissa ses bras autour de ma taille, s'abandonnant à mon contact et alors que son esprit s'apaisait.

J'approfondis tranquillement notre baiser, l'entraînant dans un état de satisfaction que je ressentais jusqu'au plus profond de mon âme. Exos se leva et vint se positionner contre son dos. Il lui prit les hanches et abaissa sa bouche contre son cou.

Elle gémit entre nous, sa petite silhouette entourée de royauté et de pouvoir faë Élémentaire.

Il glissa sa main entre nous et la descendit jusqu'à son ventre avant d'effleurer son oreille de sa bouche.

— Je sens le faëling, lui chuchota-t-il. Je sais que tu étais inquiète tout à l'heure, Claire. Je l'ai ressenti à travers le lien. Mais notre futur bébé est en bonne santé et grandit bien.

Notre bébé, répéta-t-elle dans son esprit en souriant. Je souris contre sa bouche, car j'aimais moi aussi comment cela sonnait. Parce que cela n'avait pas d'importance que je sois celui qui avait engendré l'enfant ; tous ses compagnons considéreraient le faëling comme le *nôtre.*

— Laisse-nous prendre soin de toi, dis-je contre sa bouche. Nous sommes là pour ça.

— Nous nous occuperons des réunions avec les faë, ajouta Exos. Fais-nous juste savoir ce à quoi tu veux participer et tu y seras. Sinon, laisse-nous nous occuper du reste. Et concentre-toi sur le fait de prendre soin de notre faëling.

— Ce n'est pas dans ma nature de… d'abandonner le contrôle, admit-elle en déglutissant.

— Dans ce cas, dis-nous quoi faire, proposai-je. Dis-nous ce dont tu as besoin et nous t'aiderons à atteindre tes objectifs. Mais ne porte pas le poids de tout cela toute seule, Claire. Cela ne marchera pour aucun d'entre nous.

— Je sais, fit-elle en hochant la tête.

— Parfait, dis-je en lui embrassant le nez avant d'appuyer mon front contre le sien. Bon, et maintenant, j'ai une autre requête.

Elle haussa les sourcils.

— Une autre requête ? ironisa-t-elle. Je pense que tu as fait assez de requêtes comme ça.

— Oui, mais celle-là, je pense qu'elle te plaira.

— Hum.

Je lui mordillai la lèvre inférieure, puis m'éloignai légèrement pour fixer son chemisier.

— Est-ce qu'on peut t'aider à retirer ces vêtements mouillés ?

Elle plissa le front tout en jetant un coup d'œil à sa tenue.

— Comment… ? commença-t-elle en clignant des yeux. Attends, quelle est ta requête ? Je ne vais pas te laisser utiliser le sexe pour me distraire. La dernière fois que j'ai fait ça, j'ai fini enceinte.

Plutôt que de corriger sa déclaration, je me contentai de dire :

— Ma requête, c'est de te déshabiller.

— Oh.

Elle fronça les sourcils, puis baissa à nouveau les yeux.

— D'accord.

— Tant qu'on en est à faire des requêtes, ajouta Exos dont la bouche était à nouveau contre sa gorge. Je fais la requête de te sauter par-derrière.

Ses joues devinrent écarlates.

— *Exos.*

— Et je veux ton sexe, déclarai-je tout en me réjouissant de la teinte rouge profond qu'avait pris sa peau.

Ne fais pas comme si tu étais surprise par notre franchise, petite reine. Tu es accouplée à nous depuis assez longtemps pour connaître nos préférences.

Elle déglutit.

—Je n'y suis toujours pas habituée.

J'esquissai un nouveau sourire.

— Dans ce cas, permets-nous de te faire une autre démonstration.

Je me mis à déboutonner son chemisier, puisqu'elle avait techniquement donné sa permission.

— Considère cela comme un entraînement pour la phase trois.

— Et qu'est-ce qu'il se passe dans la phase trois ? demanda-t-elle à bout de souffle alors que nous retirions le chemisier de son corps magnifique.

— Du sexe intense, chuchota Exos contre son oreille alors qu'il faisait glisser sa jupe le long de ses jambes. Maintenant, va sur le lit et écarte-moi ces jolies cuisses.

CLAIRE

Une semaine et demie plus tard

*B*on, d'accord, il y avait un avantage à toute cette histoire de grossesse : *du sexe incroyable*. Et aussi, rien que mes compagnons de manière générale.

Ils n'avaient jamais été aussi attentifs, ce qui en disait long, vu qu'ils semblaient toujours se plier en quatre pour moi.

Comme maintenant, avec Titus qui m'aidait à décorer

la salle de réunion principale du bâtiment du chancelier sur le campus. Cyrus avait dit de s'attendre à ce que quelques faë y passent pour discuter de l'Académie Faë Interroyaumes, et j'avais enclenché une phase de décoration d'intérieur.

Les fêtes avaient tendance à rendre les gens heureux.

Et j'avais besoin que ces faë soient heureux.

Voilà donc pourquoi je me trouvais dans une mer de sequins et de décorations hivernales festives. Chaque centimètre carré de la salle de réunion pour les invités d'aujourd'hui en était recouvert. Je ne pouvais tout simplement pas me concentrer sur la paperasse ou les négociations potentielles, du moins pas tant que la pièce n'était pas correctement préparée.

Le terme « nidification » tournait en boucle dans ma tête, et cela ne me rendait que plus frénétique pour que tout soit encore plus parfait.

Mais partout où je posais le regard, je trouvais un espace vide qui avait besoin d'une statue du père Noël. Un mur vierge auquel il manquait une dose de paillettes. Un escalier qui avait désespérément besoin de plus de guirlandes.

— Des bougies, déclarai-je en tapant dans mes mains.

Oh, oui, une mer de lumières vacillantes ferait l'affaire.

J'avais besoin de mes éléments, même si je n'y avais pas pleinement accès.

Oui, oui. Définitivement des bougies.

Titus m'observait pendant que j'allumais les bougies à l'aide d'une autre. Il semblait prêt à dire quelque chose quand une rafale égarée de fausse neige fit irruption dans la pièce, manquant de s'enflammer. Il écarta la flamme d'un geste de la main tout en haussant les sourcils dans ma direction.

— Merci, dis-je timidement.

Je détestais devoir compter de plus en plus sur mes compagnons pour m'empêcher de mettre le feu partout où j'allais.

— Alors comme ça, tu as soudainement peur d'un peu de chaleur ? me demanda-t-il avec un sourire sexy avant de planter un baiser sur mes lèvres.

Je me délectai de son goût avant de me dégager pour continuer à travailler.

— Je fais juste très attention, répondis-je en le pensant sincèrement.

— Oui, je vois ça.

Il me suivit tandis que j'examinais la pièce pour la millième fois.

Les décorations semblaient prendre le pas sur les préparatifs de ma réunion imminente. Cependant, Titus ne fit pas de commentaire sur l'incongruité de mes priorités.

Aflora et quelques autres faë allaient franchir la porte bordée de houx d'une minute à l'autre. Le reste de mes compagnons se joindraient également à eux pour garder un œil sur moi. Cyrus en particulier était protecteur ces derniers temps, ce qui était compréhensible, et Titus ressentait aussi le besoin pressant de me garder en sécurité.

— Il faut vraiment que tu me fasses faire une nouvelle crise cardiaque ? demanda Titus piteusement en m'attrapant le flanc alors que je vacillais sur une échelle. Dis-moi simplement ce qui doit être accroché et je le ferai. Ou on peut aller chercher Vox.

— Non, répondis-je en m'entêtant à monter chaque marche de l'échelle alors que les mains de Titus restaient fermement posées sur mes hanches. Tu ne le ferais pas correctement.

J'étais la seule à savoir où tout devait aller. Sauf que je

ne pouvais pas vraiment expliquer ce sentiment absurde à mes compagnons.

Je sentis la frustration de Titus chauffer lorsque j'ajustai l'une des banderoles de flocons de neige.

Habituellement, j'aurais utilisé un peu de magie du vent pour attacher les grandes boucles au plafond, mais mon élément ne voulait pas venir à moi.

Cela aurait dû être inquiétant.

Et j'aurais sûrement dû dire quelque chose.

Mais la guérisseuse m'avait dit que je risquais de me sentir un peu à côté de la plaque pendant que le faëling grandissait. Et ce n'était pas comme si cette grossesse de Halfeline était accompagnée d'un manuel d'instructions.

Du coup, plutôt que de paniquer ou d'inquiéter inutilement mes compagnons, j'avais décidé de rester calme et de faire ce que je pouvais pour que cet endroit me paraisse plus sûr.

D'où toutes les décorations.

Une pièce pleine de joie festive m'apportait le sentiment de calme dont j'avais besoin.

— Et voilà le travail, dis-je d'un ton satisfait tout en accrochant la banderole qui se balançait entre des couches de feuilles d'automne et de citrouilles.

— Tu as enfin terminé ? demanda-t-il avec une pointe d'espoir dans la voix.

— Mmmh, fis-je en parcourant la pièce des yeux.

Thanksgiving, Noël et les solstices d'automne et d'hiver étaient tous inclus dans mon chef-d'œuvre festif, mais il manquait encore quelque chose.

— Hum…, dit une voix incertaine alors qu'Aflora entrouvrait la porte, poussant de côté la fausse neige que j'avais entassée trop près des gonds.

Une bougie vacilla et Titus fit un geste des doigts,

envoyant la flamme promener avant qu'elle ne mette le feu à toutes les décorations.

— Suis-je au bon endroit ? demanda-t-elle en regardant les bougies d'un œil méfiant.

— Aflora !

J'étais excitée de voir la fille que Sol appelait sa petite sœur. Ils avaient grandi ensemble après la mort des parents royaux d'Aflora et partageaient désormais l'accès à la source terrestre.

J'agitai mes mains pour lui faire signe d'entrer et regrettai immédiatement mon geste, car je faillis tomber de l'échelle. Titus poussa un juron et me rattrapa, puis m'aida à me remettre debout.

Soudain, une flamme surgit dans la pièce.

— Merde, marmonna Titus.

Aflora sortit une baguette de sa cape et marmonna un sort, tuant le feu en quelques instants. Puis elle parcourut la pièce de son regard céruléen.

— Eh bien, il y a assez de décorations dans cette pièce pour orner tout un champ de fleurs sauvages, dit-elle. Cela se voit que quelqu'un est en période de nidification.

Titus émit un grognement approbateur alors que des voix masculines se faisaient entendre depuis la porte entrouverte. Zephyrus franchit alors le seuil en souriant à ce que Cyrus venait de dire.

— Waouh, est-ce que Noël et Thanksgiving ont eu un bébé ? demanda Zephyrus en jetant un coup d'œil à la pièce.

— Claire fait son nid, répondit Aflora.

— Oui, je vois ça, fit-il d'un ton pince-sans-rire. Salut, Claire.

Son salut manquait d'affection, mais c'était la norme chez les Guerriers. Les Faë de Minuit avaient une grande variété de classifications. La sienne se concentrait principalement sur la magie défensive, ce qui se voyait clairement dans sa posture alors qu'il se dirigeait consciencieusement vers Aflora.

— Pourquoi est-ce que tu as sorti ta baguette ?

— À cause du feu, répondit Aflora en rangeant le conduit magique. Je vais bien.

Il l'étudia de ses yeux verts pensifs et l'air concentré, s'assurant qu'elle allait vraiment « bien ».

Cyrus haussa un sourcil dans ma direction juste au moment où Titus bondissait pour éteindre une autre flamme qui venait de s'échapper.

— Je pensais que la période de nidification était censée t'aider à créer un espace *sûr*, me taquina mon compagnon aquatique qui s'avançait pour passer ses doigts sous mon menton.

Un écran de brume descendit sur moi, me picotant la peau, alors qu'il me protégeait instinctivement avec un bouclier d'eau.

Je lui jetai un regard sévère.

— Tu n'as pas besoin de me mettre littéralement dans une bulle, Cyrus.

Il eut un petit sourire narquois.

— Euh si, il le faut, vu qu'on dirait que tu as l'intention de mettre le feu à la pièce.

— C'est bon, je gère la situation, lui assura Titus avant de siffler alors qu'une autre flamme échappait à son attention.

— Tu en as manqué une, Luciole, lui fit remarquer Cyrus.

Son commentaire déclencha un grognement prometteur de vengeance de la part de mon faë du Feu. Je souris, amusée par leurs chamailleries habituelles.

Gina passa la tête par la porte et jeta un coup d'œil à la pièce avec un sourire en coin.

— Est-ce que j'ai raté le feu d'artifice ?

— Quel feu d'artifice ? demandai-je avant d'être interrompue par une explosion qui me fit hurler et m'accrocher à Cyrus.

Aflora porta sa main à sa poitrine tandis que Zephyrus plissait ses yeux perçants. Les flammes indisciplinées de Titus, stimulées par le « Luciole » moqueur de Cyrus, avaient atteint les plateaux de noix, et voilà qu'elles explosaient soudain partout contre le plafond. Le casse-noix grandeur nature était pris de soubresauts à côté du présentoir et faisait tournoyer sa bouche de façon appropriée, ouverte et fermée, tandis qu'il vacillait.

Gina tapa dans ses mains. C'était la seule d'entre nous qui n'avait pas été surprise. Enfin, à dire vrai, Zephyrus n'avait pas l'air très surpris, juste agacé.

Cyrus arrosa les flammes d'une caresse de sa magie tout en prenant soin de ne pas tremper mes décorations. Cependant, il laissa les flammes allumées, probablement pour irriter Titus.

Je sens ton amusement, bébé, murmura Exos dans mon esprit. *Tu es encore en train de semer le chaos ?*

Je prends juste du plaisir à installer les décorations de Noël, répondis-je en souriant.

Mmmh, fit-il simplement, son propre amusement me réchauffant le cœur. *Je serai là dans quelques minutes avec Sol et Vox. J'espère que tu as faim.*

Pourquoi est-ce qu'il y a autant de nourriture pour une réunion ? lui demandai-je.

Peut-être que ce n'est pas pour une réunion, suggéra-t-il.

Qu'est-ce que tu veux dire ?

Patience, Claire.

S'il s'était tenu devant moi, je lui aurais tiré la langue en signe d'agacement. Mais au lieu de ça, Cyrus entreprit de me distraire la bouche en y déposant un baiser qui me fit soupirer d'aise.

Aflora s'avança parmi les paillettes pour trouver un siège. Elle repoussa quelques coussins en forme d'étoiles et de sapins de Noël avant de s'affaler enfin sur une chaise.

— Je ne sais pas où les autres vont s'asseoir.

Zephyrus eut un petit sourire en coin et s'empara du siège à côté d'elle.

Je me mordis la lèvre tout en étudiant la pièce, réfléchissant au problème. J'avais laissé mon instinct s'exprimer et n'avais pas vraiment réfléchi à la logistique.

Gina s'avança nonchalamment vers un tas de fausse neige et s'y enfonça tel un oiseau dans un nid.

— Cela me va très bien, dit-elle en jouant avec les rebords cotonneux de son siège de fortune. Cela me rappelle l'époque où mes instincts d'Oméga ont pris le dessus. C'est un type d'instinct de nidification similaire, je pense.

Elle me gratifia d'un sourire et une lueur blanche passa dans ses yeux alors qu'elle effleurait de ses doigts les décorations qui venaient de déclencher une de ses visions.

— Bienvenue dans la vie de femme enceinte, Claire. Tu vas pas mal courir.

— Claire ?

Mon nom me parvint doublé d'un ton féminin inquiet avant que je n'aie le temps de répondre à l'étrange déclaration de Gina. Ma mère entra et se figea, observant la pièce avant de grands yeux.

— Oh…

— Oh, salut, maman, la saluai-je en souriant. On a une réunion.

Enfin, quand les autres faë auront décidé d'arriver.

À quelle heure ils arrivent tous, déjà ? demandai-je à Exos.

Ils sont en train d'arriver, répondit-il.

J'écarquillai les yeux. *Oh, je ne suis pas encore prête !*
Mais si, tu l'es, répondit-il. *Parle simplement à ta mère.*
Comment tu sais que ma mère est là ?

Pas de réponse.

— Qu'est-ce qu'il y a, Ophelia ? demanda Mortus en entrant après ma mère.

Je fronçai les sourcils.

Pourquoi Mortus est-il ici ?
Parce que c'est le petit ami de ta mère, répondit Exos.
Oui, je sais. Mais pourquoi assiste-t-il à la réunion ?
Parce que nous l'avons invité, bébé.

— Que raconte mon frère ? demanda doucement Cyrus en passant son bras autour de ma taille.

— Je lui posais des questions à propos de la réunion, marmonnai-je avant de sourire à l'approche de ma mère et de son petit ami.

— Ah, oui. La « réunion », répondit Cyrus en prononçant bizarrement le dernier mot.

— Ta mère m'avait prévenu de ta nidification, mais tu t'es vraiment surpassée, Claire, dit Mortus en se penchant pour m'embrasser sur la joue.

C'était un peu étrange de voir l'ancien professeur Faë du Feu se montrer si chaleureux. Il fut un temps où il s'était comporté en véritable ordure. Mais bon, il est vrai qu'il n'était pas exactement lui-même à l'époque.

— Bonne fête de la nidification, ajouta-t-il doucement.

— Fête de la nidification ? répétai-je. Quoi ?

Ma mère lui donna une petite tape sur la poitrine.

— C'était censé être une surprise, Mortus !

— Oh, c'est vrai, grimaça-t-il. Désolé.

Ma mère soupira et se contenta de secouer la tête.

— Tu es pardonné. Tu veux bien mettre les cadeaux sous le sapin ?

Il hocha la tête.

— Tout ce que tu veux, mon cœur.

Leur relation avait évolué au cours des dernières années, mais ils n'étaient pas vraiment accouplés. Je suppose qu'il était plus le petit ami de ma mère qu'un mari. Ce qui était une manière étrange de parler de lui.

— C'est quoi une fête de la nidification ? demandai-je, me réjouissant à l'idée d'une autre occasion festive.

— *Merde,* jura Titus alors qu'une autre flamme échappait à son contrôle.

Cyrus sourit d'un air narquois.

— Des problèmes, Luciole ?

— Va te faire voir ! grogna Titus.

— Titus ! hoqueta ma mère, ce qui fit tressaillir mon compagnon du feu.

— Désolé, Ophelia, dit-il d'un air contrit.

Le sourire de Cyrus s'élargit encore.

Arrête de le narguer, dis-je à mon compagnon aquatique.

Mais c'est tellement amusant, répondit-il.

Je me contentai de secouer la tête et reportai mon attention sur Gina, me demandant si je devais m'inquiéter d'autres explosions, mais son attention s'était détournée vers la porte, comme si elle attendait que d'autres faë arrivent.

Est-ce qu'on attend la venue d'un faë de l'Enfer ? demandai-je à Exos.

Certainement pas.

Un faë Métamorphe ? hasardai-je.

Non, répondit-il.

Qui vient, alors ?

Patience, répéta-t-il.

Je retournai en soupirant à mes décorations pour un dernier ajustement, ce qui incluait de remonter à l'échelle pour ajuster une autre banderole.

— Qu'est-ce que tu fais là-dessus ? demanda ma mère

d'une voix choquée. Tu ne devrais pas te balancer comme ça à des hauteurs dangereuses.

— Bonne chance pour la convaincre d'arrêter, marmonna Titus avant de jurer lorsqu'une traînée de feu entreprit de s'attaquer à l'un des rideaux. Merde !

Il arrêta la flamme à l'aide d'une vague de magie.

— Je n'aime pas te voir là-haut, dit Cyrus en posant ses mains sur mes hanches pour me stabiliser pendant que Titus se concentrait sur les bougies. Descends, s'il te plaît.

— Tout va bien, insistai-je.

Vox et moi nous retrouvions souvent dans les nuages durant nos tête-à-tête, mais elle n'avait pas besoin de le savoir.

Mais je le laissai quand même m'aider à descendre de l'échelle alors que le reste de mes compagnons entrait dans la pièce.

Exos me regarda avec sévérité, mais ne fit pas de commentaire.

— Pourquoi est-ce que tu ne te stabilises pas avec la Terre ? me demanda Sol tout en aidant Vox à placer une montagne de nourriture sur la table près des noix brûlées. Et qu'est-ce que c'est que ce bazar ?

— Claire aime les bougies, expliqua Titus.

— Et elle se débrouille très bien dans les hauteurs, ajouta Vox avant de froncer les sourcils lorsque des paillettes volèrent vers la nourriture.

Il les repoussa d'une bouffée d'air.

— Ce truc est partout.

— Je sais, et c'est si joli ! m'exclamai-je, ne trouvant pas de meilleure raison pour expliquer pourquoi tout cela était nécessaire.

Il s'adoucit et me sourit.

— Oui, tout est très beau. Tout comme toi, Claire.

Exos sourit d'un air amusé avant de partir chercher

plus de nourriture. Il revint avec un tas d'assiettes et de couverts.

— Sérieusement, pourquoi est-ce qu'on a besoin de toute cette nourriture juste pour une réunion ? demandai-je.

— Parce que ce n'est pas une réunion, répondit-il. C'est une fête de la nidification surprise.

— Ce n'est plus tellement une surprise puisque tout le monde n'arrête pas de lui dire, ajouta Cyrus sèchement, son bras à nouveau autour de ma taille.

— D'accord, mais qu'est-ce qu'une fête de la nidification ? insistai-je une nouvelle fois, espérant que quelqu'un clarifie la situation. Et si ce n'est pas pour l'Académie Faë Interroyaumes, alors je veux un récapitulatif de comment les choses avancent à ce niveau-là.

Cyrus se glissa derrière moi pour passer ses bras autour de ma taille, me forçant à faire face à ma mère.

— Tu veux bien expliquer, Ophelia ? C'était ton idée après tout, non ?

Ma mère gloussa comme une adolescente en s'asseyant à côté de Mortus. Elle n'avait pas l'air d'avoir plus de trente ans, et son *petit ami* non plus. La génétique faë était plutôt géniale à ce niveau-là.

— Oui, Cyrus a raison. Je suis coupable, admit-elle alors que Mortus glissait son bras autour d'elle.

Je me surpris à me demander s'ils décideraient un jour de s'accoupler à nouveau. Leur premier accouplement n'avait pas été un choix de leur part. Mais ils avaient vraiment l'air de s'aimer sincèrement désormais.

— Je voulais te faire la surprise d'une fête de la nidification, qui est l'équivalent d'une baby shower, expliqua-t-elle.

Ces mots me rappelèrent que Gina avait dit quelque

chose de similaire le mois dernier. Je croisai le regard de la Faë du Destin, et celle-ci me gratifia d'un sourire éblouissant. Évidemment. Elle avait prédit tout ça.

— Tes compagnons m'ont donc aidée à prévoir cette ruse, poursuivit ma mère. Tu es au cœur de ta phase de nidification, et j'ai pensé que tu apprécierais une petite fête.

Elle parcourut la pièce du regard avant de poser ses yeux sur mon ventre. Ses traits s'adoucirent en un sourire.

— Ton petit héritier des fêtes sera parmi nous plus vite que tu ne le penses.

Héritier des fêtes.

Cela me plaisait bien, cette expression.

— Donc il n'y a pas de réunion, dis-je. Mais quelqu'un va me donner des nouvelles de l'Académie Faë Interroyaumes, non ?

Les seules nouvelles que j'avais, c'était qu'ils continuaient à programmer des réunions dans tous les royaumes pour diffuser des informations au sujet de ma présentation et essayer d'obtenir des alliances. Il y aurait un grand vote vers la fin de l'année.

— Pourquoi pas après la fête de la nidification ? suggéra Cyrus, ses lèvres contre mon oreille. Profitons d'abord de notre faëling, puis Exos et moi t'abreuverons de discussions politiques.

J'esquissai un sourire.

— Promis ?

— Promis, murmura-t-il en m'embrassant la joue.

Et cette fois, je revendique le premier tour en toi, dit Exos dans ma tête.

Je manquai d'avaler ma langue.

Exos !

Quoi ? Il me lança un regard diabolique de l'endroit où

il se tenait, juste à côté de la nourriture. *Tu voudrais que je te prenne par-derrière ?*

Arrête. Ma mère est là. Juste là. En train de me regarder.

Et ce rose sur tes joues te va à ravir, me taquina-t-il en me faisant un clin d'œil depuis l'autre côté de la pièce.

J'essayai de déglutir, mais la chaleur de Cyrus contre mon dos rendait la chose difficile. Puis Sol et Vox se mirent aussi à me lancer des regards enflammés depuis l'autre côté de la pièce, et je me sentis soudain comme si j'étais devenue moi-même l'une des bougies indisciplinées.

Vous devez tous arrêter, les menaçai-je à travers les liens.

Je n'ai même pas encore commencé, répondit Titus qui me fixait avec un regard de braise.

— Alors, on la fait, cette fête de la nidification ? demanda doucement Cyrus. Qu'est-ce que tu en dis, petite reine ?

— Allons-y, répondis-je.

— Tous les cadeaux ne sont pas bons à manger, intervint Gina.

Sa réflexion était sortie de nulle part, ce qui était vraiment typique de sa part.

Je jetai un coup d'œil interrogateur à Cyrus, qui se contenta de hausser les épaules.

— Et le meilleur de la fête vient d'arriver ! annonça Lance en entrant dans la pièce les bras grands ouverts et manquant de renverser une bougie.

Il la redressa avec la facilité innée d'un faë du Feu.

— Lance, siffla Titus. Tu n'es pas censé rendre visite à papa et maman ?

— Papa et maman ? répétai-je d'une voix aiguë.

Je n'avais pas vu la famille de Titus depuis des années, et même s'ils semblaient m'apprécier, les faë du Feu étaient un peu, euh, *chauds*, si je pouvais me permettre. Et la relation de Titus avec ses parents, ainsi qu'avec son frère, n'était pas des meilleures. Il avait perdu le contrôle de ses pouvoirs quand il était plus jeune et avait tué plusieurs membres de sa famille éloignée. Y compris le cousin préféré de Lance.

— Tu ne m'as pas dit que tes parents étaient ici ?

— Parce qu'ils sont venus rendre visite à mon frère, pas…

Un Faë du Feu aux yeux rouges étincelants et tout en muscles entra, interrompant Titus en plein milieu de sa phrase. Son père marqua une pause pour contempler la pièce. La chaleur qui émanait de lui fit flétrir les décorations de houx qui l'entouraient. De la sève coula sur son épaule et il grimaça.

— Très bien, nous sommes là. Où est la nourriture ?

— Pyros, lui lança sa femme, Ruby.

C'était une petite créature adorable aux cheveux rouge vif qui me faisaient penser à des cerises.

— Dis bonjour à la compagne de ton fils, reprit-elle.

Le Faë du Feu s'éclaircit la gorge. J'avais l'impression que mon beau-faë du Feu (un terme inventé que j'utilisais pour tous les parents de mes compagnons, même s'il n'était pas techniquement exact) n'était pas quelqu'un à qui l'on désobéissait.

— Bonjour, Claire. Félicitations pour le faëling.

Puis il se dirigea vers la nourriture et prit tout son temps pour remplir une assiette.

Titus s'approcha de moi et je sentis ses lèvres effleurer mon oreille.

— Ne fais pas attention à mon père. Il est juste aigri que ce soit un faë Aquatique qui soit le premier à avoir un héritier. Une faute de plus qu'il va rejeter sur moi.

Cyrus renifla bruyamment, il avait entendu le commentaire.

Ruby s'approcha, un doux sourire aux lèvres.

— Tu es radieuse, ma chérie, dit-elle comme pour me consoler de la grossièreté de son mari.

— Merci, Ruby.

Elle me tapota la main avant de s'asseoir à côté de Gina. Puis elle s'appliqua à mener une conversation agréable, tout en essayant pas si subtilement que ça d'encourager la Faë du Destin à lui dire quand elle pouvait s'attendre à voir venir un petit faëling du Feu.

Je poussai un grand soupir et laissai Cyrus et Titus me guider vers une chaise. Puis Sol me tendit une assiette qu'il avait déjà préparée et mes compagnons se pressèrent autour de moi avec leurs propres assiettes à la main.

Il me fallut un peu de temps pour me détendre complètement, mais lorsque je vis que personne ne démembrait mes décorations et que tout le monde circulait dans la pièce sans les déranger, je commençai à m'amuser.

Vox pesta un peu contre la nourriture, car les paillettes gâchaient ses « créations parfaites ». Sol, lui, insista sur le fait que cela ajoutait un croquant bienvenu, au grand dam de Vox. Mon compagnon Terrestre aimait tous les aliments, quel que soit leur origine ou leur type.

Cyrus et Exos finirent par céder et me donnèrent les dernières nouvelles concernant l'Académie. Elles étaient toutes positives, en dehors du souci des Faë de l'Enfer.

— Nous devrions peut-être envisager d'aller de l'avant sans eux, dit Cyrus.

Je secouai la tête.

— Nous avons besoin d'eux.

— Cela fait des siècles qu'ils ne font pas partie de la société faë, Claire, murmura Exos.

— Et je veux réparer ça, insistai-je. Réfléchissez-y une minute. Si une Académie Faë Interroyaumes existait déjà, tout ceci n'aurait jam…

— Jamais été un problème, finirent Exos et Cyrus pour moi.

Mon compagnon aquatique souffla un peu et secoua la tête.

— Je te promets de continuer à essayer.

— C'est tout ce que je demande, répondis-je.

— Je sais.

Il caressa ma joue et se pencha pour déposer un baiser sur mes lèvres.

— Alors, où t'es-tu entraîné ? dit Lance, dont la voix résonna à travers la pièce.

Il avait choisi de s'asseoir à côté de Zephyrus, ce qui mettait clairement le faë de Minuit mal à l'aise. Aflora semblait cependant trouver cela amusant.

Devant le silence de Zephyrus, Lance ajouta :

— Cela fait trois ans de suite que je détiens le titre de Champion Sans Pouvoirs.

Toujours pas de réponse, mais je soupçonnais le Guerrier de parler mentalement à Aflora, car ses yeux pétillaient d'un rire incontrôlé.

— Est-ce que les Faë de Minuit ont des rings de combat ? insista Lance.

Le Guerrier plissa les yeux et fournit une réponse succincte.

— Ils ne sont pas faits pour les Faë Élémentaires.

Lance bomba le torse devant le ton de défi. Je me mordis la lèvre et me demandai si je devais intervenir avant que le faë du Feu intrépide ne se fasse botter le cul.

Alors que j'étais sur le point de me lever, Titus mit sous mon nez un cadeau qui sentait… comme de la cannelle ?

Mon estomac fit un bond.

Normalement, j'aimais la cannelle, même la variété faë, mais je n'étais pas sûre de pouvoir supporter plus de nourriture faë en cet instant précis. Mon estomac était déjà retourné par tout ce que mes compagnons avaient mis dans mon assiette, et j'y avais à peine touché.

Alors, tenter quelque chose de nouveau ne me branchait pas vraiment.

— Cela vient de ma famille, expliqua-t-il avec une fierté évidente. Tu n'as pas oublié de l'emballer correctement, n'est-ce pas ? demanda-t-il brusquement à Lance.

Son frère roula des yeux. Sa carrure musclée avait beau me rappeler celle de Titus, il avait un côté plus dur qui le faisait ressembler davantage à leur père, alors que Titus tenait plus de leur mère.

— Exactement comme tu l'as demandé, lui assura le jeune faë du Feu avant de se retourner vers un Zephyrus toujours aussi peu intéressé.

Titus secoua légèrement le paquet avant de le déposer sur mes genoux.

— Ouvre-le, m'encouragea-t-il en écartant mes cheveux avant de poser les lèvres dans la courbe de mon cou.

Je souris et défis le nœud, puis déballai le papier d'aluminium rouge étincelant. Je dévoilai alors un adorable petit gâteau à la cannelle incrusté de braises rougeoyantes.

— Est-ce que ça va me brûler si j'essaye de le manger ? demandai-je alors que mon estomac commençait à protester.

J'espérais vraiment que cela n'allait pas me rendre malade.

Ce serait tellement humiliant de vomir à ma propre fête de la nidification. *Argh.*

J'adorais pourtant quand Titus me faisait découvrir de nouvelles friandises faë, mais cela ne pouvait pas tomber plus mal.

Titus porta la friandise à ma bouche et entreprit de la

balancer sous mon nez. Mes entrailles se mirent à grogner en signe de protestation.

Non, ça n'allait pas le faire.

— C'est un gâteau de Feu, expliqua-t-il, inconscient de mon agonie. Je pense que notre petit faëling va adorer...

Ce fut alors que, juste au moment où je sentais que le contenu de mon estomac était sur le point de remonter, le gâteau s'enflamma avec violence. Des cris fusèrent.

Merde. Est-ce que c'est moi qui ai fait ça ?

Je n'avais certainement pas lancé de magie, mais l'élément feu qui avait réduit le cadeau en cendres venait de moi.

Ou plutôt... *de l'intérieur* de moi.

Pyros éclata de rire.

— Ah, eh bien voilà un vrai gâteau de feu. Joli.

— Mais je n'ai pas... protestai-je alors que Titus se précipitait vers son père.

— Tu crois que c'est une sorte de blague ? explosa Titus. Pourquoi est-ce que tu es là, si c'est pour tout gâcher ?

Le père de Titus bomba la poitrine.

— Je n'ai pas brûlé ton gâteau, si c'est ce que tu insinues, dit-il avant de poser une main sur l'épaule de Lance, ce qui le fit tressaillir. Bien que ce soit assez drôle, tu ne trouves pas, Lance ?

Le jeune faë du Feu n'avait pas l'air de rire du tout, et ne semblait pas non plus amusé par la main de son père sur son épaule.

— J'ai bien peur que ce soit de ma faute, intervint Cyrus. Je déteste les gâteaux de feu. C'est un truc des Faë Aquatiques. Peut-être que Claire adopte certaines de mes préférences pendant la grossesse ?

Titus fronça les sourcils, mais la suggestion ne suffit pas à le calmer.

Gina brandit un paquet qu'elle avait déniché sous le sapin.

— Oh, regarde, un cadeau de la famille de Sol ! annonça-t-elle.

Elle se précipita vers moi et épousseta les cendres avant de laisser tomber le cadeau sur mes genoux. Elle se pencha vers moi pour me murmurer :

— Une distraction empêchera les faë du Feu d'exploser.

Titus bougonna un peu, mais revint se placer à mes côtés pendant que je déballais l'objet. Le papier décoratif contenait une grande feuille verte. Je la tins à la lumière.

— Est-ce que je dois, euh, aussi manger ça ? demandai-je, craignant qu'elle ne s'enflamme comme l'avait fait le dernier article comestible.

Sol gloussa.

— Ce sont des langes, petite fleur.

Je retournai la feuille et haussai un sourcil.

— Oh… euh, merci ? dis-je en le gratifiant d'un faible sourire avant de remettre la feuille dans le papier de soie.

La distribution de cadeaux suivit son cours. Je n'avais même pas remarqué certains des cadeaux sous l'arbre grâce aux enchantements magiques créés par Aflora et les autres.

Chaque cadeau était plus étrange que le précédent.

Gina me donna un lot de bâtonnets qui, soi-disant, m'aideraient à prédire les heures de sieste.

Aflora et Zephyrus m'offrirent une graine en déclarant que je ne voudrais pas la planter. Une histoire de cogneurs brûlants et qu'il ne fallait l'utiliser que comme mesure de protection.

La famille de Vox avait fait parvenir un jeu de carillons éoliens relativement agaçants que je soupçonnais d'être enchantés.

Ma mère et Mortus m'offrirent le cadeau le plus normal : un livre d'histoires élémentaires à lire à notre faëling plus tard.

J'avais commencé à le lire lorsqu'une sensation distincte me fit croiser les jambes et me poussa à me tortiller. *Zut*.

— Qu'est-ce qu'il y a ? me demanda Cyrus en posant une main sur mon genou.

Sol enroula ses doigts autour de la courbe de mon épaule de cette façon possessive que j'aimais. Il avait aussi senti mon soudain malaise. J'essayai de le laisser me bercer dans un état de confort.

Jusqu'à ce que ma vessie proteste et me force à agir.

Je me levai d'un bond, envoyant promener mes compagnons.

— Toilettes ! criai-je sans me soucier du fait que tout le monde me dévisageait ouvertement alors qu'une envie soudaine et inexplicable envahissait mon corps. Je dois... faire pipi !

Les mots prophétiques de Gina résonnaient dans ma tête alors que je sortais en trombe de la pièce.

Bienvenue dans la vie de femme enceinte, Claire. Tu vas pas mal courir.

CLAIRE

Cyrus m'attendait à l'extérieur des toilettes.

— Tu es prête pour un autre cadeau ?
demanda-t-il avec un soupçon de promesse dans sa voix.

— Est-ce que c'est du sexe ? hasardai-je.

Il esquissa un sourire.

— Le sexe est un acquis, pas un cadeau, me répondit-il
en tendant le bras vers moi. Viens, Exos et moi voulons te
montrer quelque chose. Et non, ce n'est pas un euphémisme.

— Avec vous deux, c'est dur d'en être sûre, marmonnai-je.

— Ah ça, on peut effectivement dire que c'est dur, fit Exos.

Les deux hommes se mirent à rire et je me contentai de secouer la tête.

— Sans commentaire.

Cyrus passa son bras autour de moi pour m'entraîner loin de la fête de la nidification et me guider vers la sortie du bâtiment.

— Où allons-nous ? demandai-je.

— À la maison, répondit-il.

— Sans dire au revoir à tout le monde ? l'interrogeai-je en fronçant les sourcils.

— Je te ferai revenir en t'évaporant pour ça, promit-il tandis qu'Exos me prenait la main et se mettait à marcher à mes côtés.

— Très bien. Tu as intérêt.

Non pas que j'avais vraiment envie de retourner à la fête, mais il me semblait impoli de partir sans avoir au moins exprimé ma gratitude à tout le monde. Surtout à Aflora et Gina, qui avaient traversé un tas de royaumes pour venir jusqu'ici.

Titus, Vox et Sol nous rejoignirent dehors, leurs regards lourds de questions.

— Vous ne savez pas quel est leur cadeau, n'est-ce pas ? leur demandai-je.

Un chœur de réponses négatives fit écho à ma question.

Ce qui signifiait qu'Exos et Cyrus étaient derrière tout ça. Super.

— Rien de bon n'arrive quand vous manigancez des choses tous les deux, grommelai-je.

Je ne le pensai pas vraiment. Mais je voulais savoir ce qu'ils avaient prévu pour moi.

— Ah bon, rien ? répondit Cyrus en glissant sa main plus bas sur mon postérieur. Tu sembles pourtant apprécier quand Exos et moi travaillons ensemble.

Je frissonnai, les commentaires d'Exos de tout à l'heure échauffant soudain mon esprit.

— Eh bien, peut-être qu'il y a des exceptions.

Titus grogna.

— Tu es jaloux, Luciole ? railla Cyrus.

— Va te faire voir, Enfoiré, rétorqua Titus.

— Enfoiré *Royal*, le corrigea Cyrus.

Mon compagnon du feu se contenta de secouer la tête. Son comportement montrait son épuisement. Il avait travaillé dur aujourd'hui pour garder toutes ces flammes sous contrôle. Parce que je n'avais pas été capable de l'aider.

Je me mordis la lèvre. Il fallait vraiment que je dise quelque chose, mais comment aborder le sujet ? Genre : *oh, au fait, je ne peux pas accéder aux éléments. Voilà. C'est tout.*

Ils étaient déjà tous si protecteurs. Cela ne ferait qu'empirer les choses.

Sauf que le fait que je ne leur parle pas causait aussi des problèmes.

Je devrais vraiment…

— Cyrus n'a pas arrêté de se vanter de son cadeau pour toi toute la semaine, murmura Titus, me distrayant de mes pensées. Mais il n'a pas voulu nous dire ce que c'est.

Il jeta un regard noir au Roi Aquatique.

— J'avais espéré lui faire de l'ombre avec un gâteau de feu, mais ça m'a pété au nez.

— Littéralement, gloussa Vox.

Il tapota le bras du faë du Feu et nous nous mîmes à

remonter le chemin vers notre maison. Ce n'était pas très loin du bureau de la Chancelière, étant donné que c'était moi, la Chancelière. Mais nous avions construit les deux bâtiments séparément, contrairement à ma prédécesseure, qui vivait et travaillait au même endroit.

— On pourra en faire un autre tous les deux, ajouta Vox, prenant pitié de mon compagnon du feu. J'adorerais apprendre la recette.

Titus ouvrit la porte de notre maison.

— Ce n'est pas sans raison que j'avais demandé à mon frère d'apporter le cadeau. C'est un secret très bien gardé dans la famille de ma mère. Bonne chance pour le lui soutirer.

— Défi accepté, dit Vox avec les yeux brillants alors qu'il franchissait le seuil.

Mon compagnon de l'air semblait déterminé à apprendre tous les secrets de cuisine, humaine, faë ou autre.

Mon estomac gargouilla, me rappelant que je n'avais pu profiter d'aucun de ses repas succulents depuis déjà plusieurs jours. J'espérais que la surprise d'Exos et Cyrus venait accompagnée de hamburgers et de frites.

Cyrus enleva sa cravate dès notre entrée dans la maison et se plaça devant moi. Je haussai les sourcils.

— Et qu'est-ce que tu as prévu de faire avec ça ? demandai-je.

— Te bander les yeux.

Il passa la douce soie sur mes yeux et Exos lâcha ma main pour venir se placer derrière moi et aider son frère à nouer le tissu contre mes cheveux.

— Tu as dit qu'il ne s'agissait pas de sexe, lui rappelai-je. Non pas que je me plaigne.

Il gloussa.

— Je veux juste m'assurer que tu aies l'effet complet, promit-il.

Mais le tiraillement que je ressentis dans nos liens de compagnons suggérait qu'il ne serait pas contre un peu de préliminaires plus tard.

Exos s'empara à nouveau de ma main. Je savais que c'était lui, car son baiser de magie d'esprit me réchauffait directement le cœur. Cela me fit regretter encore plus l'absence de mes éléments.

Cependant, la magie de mes compagnons semblait m'envahir de plus en plus ces derniers temps, comme s'ils me fournissaient la nourriture dont j'avais tant besoin, et qu'elle venait directement de la source élémentaire.

C'était étrange de le décrire ainsi.

Jusqu'ici, leur magie ne m'avait jamais donné cette sensation, mais leur proximité apaisait en quelque sorte ma faim d'éléments, et je m'accrochai alors à Exos, tiraillant sur ce filin entre nous pendant que nous marchions.

Mes compagnons me guidèrent à travers notre maison jusque dans la chambre d'amis que nous avions aménagée pour les invités ou les membres de la famille venus nous rendre visite.

Non pas que nous n'en ayons jamais vraiment reçu.

Nos activités nocturnes rendaient la chose plutôt difficile. Et ma mère vivait juste à côté du campus avec Mortus ; elle n'avait donc jamais de raison de rester.

Mmmh, maintenant que j'y pensais, l'emplacement de cette chambre à deux portes de la nôtre était sûrement un mauvais choix pour y établir les quartiers des invités. Mais c'était l'une des plus grandes chambres, alors il nous avait semblé logique de l'utiliser pour cet usage.

Sauf que maintenant, je soupçonnais mes compagnons d'avoir un autre but en tête, et mon cœur se mit à palpiter à l'idée du *cadeau* que Cyrus et Exos m'avaient réservé.

J'essayai de ne pas me faire de faux espoirs, me disant que ce n'était probablement pas du tout ce que je pensais, mais le subtil baiser d'eau qui flottait dans l'air, un baiser qui n'était pas là ce matin, éveilla tous mes instincts.

Quelqu'un ouvrit la porte et une vague d'approbation inonda mes liens, me rendant encore plus impatiente de voir.

— Je peux enlever le bandeau ? demandai-je alors que mes narines se mettaient à palpiter devant l'odeur alléchante de brume et d'un parfum apaisant qui me rappelait le royaume de l'esprit.

— Pas encore, dit Cyrus alors que de l'eau réchauffait mes bras nus et faisait se dresser mes poils comme s'ils étaient électrifiés.

Il me fit faire un autre pas, puis murmura :

— C'est bon, maintenant.

Je retirai la cravate en soie d'un coup sec et poussai un cri de surprise devant la vue qui s'offrait à moi.

— Oh, par tous les Faë, dis-je en contemplant la nurserie enchantée qui grouillait de magie d'eau et d'esprit.

Un papillon violet déposa un baiser sur ma joue et je tournai mon regard vers Exos. Il sourit et désigna d'un geste l'ensemble des magnifiques créatures imprégnées d'esprit qui voltigeaient un peu partout. Ce n'étaient pas des fées, seulement des papillons. Mes préférés.

Une fontaine se trouvait dans le coin, la magnifique structure apportant humidité et magie dans la pièce. Sur le côté se trouvait un petit bassin qui serait idéal pour y baigner un nouveau-né. Je m'avançai pour passer mes doigts sous le jet chaud. La sensation de calme procurée par la source me fit sourire.

Au-delà de la fontaine se trouvait une fenêtre offrant une vue imprenable sur les sapins de Noël blancs de Sol.

Mais l'ornement le plus élaboré se trouvait contre le mur.

Je fis un pas vers le berceau orné de spirales bleues lumineuses. Je le touchai, m'attendant à trouver du verre, mais mes doigts effleurèrent une texture chaude et lisse qui céda légèrement à mon contact. Cela ne ressemblait à aucun matériau que je n'avais jamais vu.

— C'est un matériel magique à base d'eau qui est sans danger lorsque le bébé fera ses dents, expliqua Cyrus tout en posant sa main dans le creux de mes reins. J'avais l'intention d'acheter des meubles humains, mais quand un ami de mon père m'a montré ce à quoi la lignée royale avait accès, combiné à notre propre magie d'amélioration, eh bien, j'ai tout de suite su que tu adorerais.

— J'adore, en effet, dis-je en faisant courir mes doigts sur la magnifique œuvre d'art.

Je me mordis la lèvre et portai la main à mon ventre. Cyrus suivit mon geste et son contact me réchauffa au plus profond de moi.

— Mmmh, mais je pense qu'il manque quelque chose, dit Exos en se frottant la mâchoire tout en regardant autour de lui. Je pense qu'il nous faut un peu de terre.

Sol étudia la pièce, puis se frotta les mains avant de faire apparaître un cerisier en fleurs dans le coin opposé à la fontaine, ajoutant un éclat de rose à la pièce trop bleue.

J'emplis mes poumons du parfum et mon cœur se mit à battre la chamade.

— Et peut-être un peu de feu, ajouta Exos.

— C'est comme si c'était fait, dit Titus en ajoutant de délicates braises qui se mirent à flotter au plafond et à catalyser la chaleur comme de toutes petites étoiles.

— Et de l'air, murmura Cyrus en regardant Vox.

Le faë de l'Air sourit et son essence se mit à tourbillonner pour couronner la scène d'une chanson apaisante qui fredonnait dans le vent. L'ancienne mélodie fit que mes yeux devinrent soudain lourds de fatigue.

C'est une comptine pour faëling, expliqua-t-il dans mon esprit. *Elle calmera notre bébé.*

Elle me calme en ce moment, admis-je.

Parfait, répondit-il. *Cela veut dire que ça marche.*

— C'est… la nurserie la plus enchanteresse que j'ai jamais vue, chuchotai-je en me laissant aller contre Cyrus. Merci.

Mon compagnon Aquatique me souleva avec aisance dans ses bras et je calai ma tête contre son épaule.

— Merci à toi, Claire, répondit-il en m'embrassant la tempe. C'est toi qui fais le plus dur du travail. On essaye juste d'aider comme on peut.

Je n'en étais pas si sûre.

Cela ne me semblait pas si difficile que ça.

À dire vrai, j'avais l'impression d'être dans un rêve. Un rêve dont je ne voulais pas me réveiller. Je fermai donc les yeux et le laissai m'envahir.

Je vous aime tous, dis-je doucement dans leurs esprits tout en bâillant. *Je vous montrerai à quel point lorsque je me réveillerai.*

VOX

Une semaine plus tard

*I*l y avait des ingrédients partout dans cette fichue cuisine.

J'avais sorti tout ce qu'il y avait dans les placards et les étagères pour voir ce que je pouvais bien préparer pour ma compagne sans qu'elle régurgite son repas au bout de cinq minutes, ou, dans le cas d'hier soir, avant même qu'elle ait eu la chance de l'ingérer.

— Je devrais peut-être essayer un autre type de pêcher, suggéra Sol en se frottant la nuque.

Il était tout aussi frustré que moi par le dernier symptôme de la grossesse de Claire.

Nous étions chargés du bien-être de Claire pendant que Titus s'occupait de sa famille et que Cyrus allait avec Exos faire les derniers arrangements pour la réunion d'aujourd'hui avec les Faë de l'Enfer, chose qu'aucun d'entre nous n'avait très envie de faire, surtout maintenant.

Raison de plus pour que Claire soit nourrie et au mieux de sa forme. Et j'avais environ une heure pour y arriver.

Je soulevai le sachet de céréales que j'avais utilisé pour faire du porridge. C'était un mets atrocement simple et fade, mais peut-être qu'elle arriverait à ne pas le vomir. Le bol fumait sur le comptoir et refroidissait pendant que nous attendions que Claire se réveille. Je détestais donner à ma compagne quelque chose d'aussi insipide, mais rien d'autre n'avait fonctionné jusqu'à présent, et j'étais déterminé à fournir à son corps quelque chose qui pourrait l'aider à faire face à ses besoins littéralement croissants.

— Argh. Ça ne va pas marcher, dis-je en reposant sans ménagement le paquet.

Le sachet éclata à cause de ma magie qui se faisait *une fois de plus* incontrôlable, envoyant voler de la nourriture et des emballages divers par-dessus le comptoir dans une puissante bourrasque.

Sol fronça les sourcils alors qu'un morceau de graisse de troll dégringolait sur le sol.

— Peut-être devrions-nous préparer un nouveau plat et lui dire que c'est de la nourriture humaine ? Ça a marché la dernière fois, non ? demanda-t-il en se dirigeant vers la substance caoutchouteuse, le sol tremblant dans son sillage.

Il ramassa la graisse de troll et la replaça sur le comptoir avec un léger sourire.

— Elle en mange quand on dit que c'est du bacon.

Je levai les yeux au ciel.

— Elle ne va pas retomber dans le panneau.

Un gémissement nous parvint, porté par le vent qui tourbillonnait dans le hall, nous indiquant que Claire était à nouveau réveillée. Je me redressai et m'emparai du bol de porridge.

— Tu l'as réveillée à force de piétiner.

Sol m'emboîta le pas, toujours en piétinant, alors que je me dirigeai d'une démarche plus légère vers la chambre principale.

— Ouais, parce que le fracas engendré par la chute de tous ces aliments dans la cuisine n'y est pour rien, marmonna-t-il à mon intention.

— Pourquoi est-ce que vous vous disputez ? demanda Claire d'une voix faible alors qu'elle émergeait d'entre les draps.

Nom d'une faë, qu'elle était magnifique, et encore plus ces derniers temps grâce à la courbe séduisante qui tendait son ventre. Sa chemise de nuit lui collait à la peau lorsqu'elle bougeait, révélant des seins dodus dont les mamelons durcissaient à cause du vent froid que j'avais apporté dans la pièce. Je m'attelai immédiatement à repérer les courants plus chauds qui flottaient autour des poutres du plafond et entrepris de les faire descendre.

De voir Claire ainsi faisait faire des pirouettes à mon estomac. L'enfant naîtrait dans environ quatre ou cinq semaines, et bientôt elle aurait du mal à suivre la croissance accélérée du faëling qui grandissait en elle.

— Doucement, l'avertis-je lorsqu'elle mit le pied à terre pour essayer de se lever.

Elle chancela, son sens de l'équilibre semblant lui faire

défaut, et ce, probablement à cause du manque de nourriture.

Elle m'agrippa.

— Oh, dit-elle en souriant lorsque je la rattrapai avec facilité en utilisant un baiser de vent pour envelopper son corps de courants chauds afin qu'elle n'ait pas froid.

Je vis la chair de poule ramper le long de ses bras avant qu'elle ne soupire d'aise grâce à l'étreinte de ma magie.

Sol l'attrapa par le coude pour la stabiliser, mais elle nous fit signe de nous écarter, déterminée qu'elle était à se tenir debout toute seule.

— Arrêtez vos chichis. Je peux très bien marcher.

Je lui jetai un regard sévère tandis qu'elle chancelait à nouveau.

— Tu dois garder tes forces, dis-je.

Ses joues autrefois roses étaient maintenant creusées. Ses mèches dorées s'étaient aplaties après avoir passé trop de temps écrasées contre l'oreiller, et lorsqu'elle se tourna, j'aperçus le tracé de sa cage thoracique alors que sa chemise de nuit lui collait aux os. Ses bras et ses jambes avaient perdu de leur tonus, et je n'étais pas le seul à m'inquiéter qu'elle ne reçoive pas la nutrition dont elle avait besoin.

Je brandis ma dernière tentative en date : le porridge.

— Est-ce que tu peux en manger ?

Elle regarda le plat d'un œil méfiant.

— Il n'y a pas d'épices ? demanda-t-elle.

— Aucune.

Elle tourna la tête vers Sol.

— Pas de fruits… ni de gras ?

Il eut un petit sourire en coin.

— Ni fruit ni gras, confirma-t-il.

Elle s'empara du bol et s'assit sur le bord du lit en regardant fixement le contenu.

— J'ai l'impression d'avoir une boule de bowling dans l'estomac, marmonna-t-elle.

Je souris, même si je n'avais aucune idée de ce qu'était une boule de bowling.

— Tiens, dis-je en prenant la cuillère et en lui offrant une bouchée. Goûte.

Elle souffla doucement sur la bouillie, même si ce n'était pas nécessaire. J'avais utilisé des vrilles d'air pour refroidir mon offrande et m'assurer que le porridge était à la température parfaite avant qu'il n'atteigne ses lèvres. Elle mit la cuillère dans sa bouche, essaya d'avaler, puis porta la main à sa bouche avant d'émettre un bruit étranglé.

Je rattrapai le bol avant qu'elle ne le jette par terre et elle se précipita vers la salle de bains.

Je tendis ma tentative ratée de repas à Sol en soupirant.

— Tu peux nous débarrasser de ça, s'il te plaît ? Et ajoute le porridge à la liste des aliments qu'elle ne peut pas manger.

Sol fronça les sourcils.

— Je pense qu'une liste de choses qu'elle *peut* manger serait bien plus courte.

— Quand j'aurai une idée de quoi y faire figurer, j'en commencerai une, répondis-je d'un ton plat tout en suivant Claire et en essayant de réfléchir à autre chose qu'elle pourrait bien avaler.

CLAIRE

— *O*ù es-tu ? appela Titus de l'extérieur de la chambre.

Je m'appuyai sur Vox pour garder l'équilibre tout en portant un gant de toilette à ma bouche. Je n'aimais pas que mes compagnons me voient dans cet état, mais ils m'avaient tous prouvé qu'ils seraient là pour moi pendant toute cette épreuve.

Si les derniers jours ne les avaient pas fait fuir, alors j'étais quasiment sûre que rien ne le ferait.

— On est là, répondit Vox d'une voix portée par le vent tout en écartant les cheveux de mon visage trempé de sueur.

— Tu te sens mieux ? me demanda-t-il en baissant la voix.

Il ne cessait de me caresser les tempes en de doux cercles apaisants, soulageant ma sensation constante de nausée.

— Un peu, dis-je, même si je ne me sentais définitivement pas au mieux de ma forme.

La faim me tiraillait constamment, mais je n'arrivais pas à digérer toute cette nourriture faë. Je ne voulais pas avouer à mes hommes que c'était peut-être un truc culturel. Cela faisait des années que je vivais ici, mais mes instincts me poussaient à avoir envie de nourriture humaine, comme de pop-corn au caramel ou de viandes salées. J'en eus l'eau à la bouche rien que d'y penser, et Vox interpréta mal le gémissement qui m'échappa.

— Qu'est-ce qui te fait mal ? me demanda-t-il en passant ses mains sur moi. Est-ce que je dois aller chercher la guérisseuse ?

Je lui pris les mains et embrassai le bout de ses doigts.

— Vox, je vais bien. J'ai juste faim, mais je survivrai.

Titus passa la tête dans l'embrasure de la salle de bain.

— Hé, personne ne m'a invité à la fête de la salle de bains.

Il parcourut mon corps des yeux, étudiant ma fine chemise de nuit qui dissimulait à peine mes courbes ou mes seins. Son regard s'attarda sur ces derniers, semblant apprécier la façon dont mes mamelons protestaient contre la brise fraîche qu'il avait laissé entrer dans la pièce chaude.

— Je pensais que tu étais occupé avec Lance, dit Vox d'une voix où pointait une note d'irritation.

Mais j'avais l'impression qu'il était surtout en colère contre lui-même de ne pas avoir réussi à me trouver quelque chose à manger.

— Il montre à nos parents le Quartier du Feu et sa nouvelle rangée de trophées de Champion Sans Pouvoirs, dit Titus qui cachait mal son mécontentement face au succès de son jeune frère.

Ils étaient tous deux toujours en désaccord. Cela n'aidait pas que leurs parents favorisent clairement Lance et fassent fréquemment des réflexions sur sa capacité à contrôler ses pouvoirs, évoquant ainsi la seule fois où Titus avait failli.

N'importe qui d'autre aurait été troublé par le rappel constant de cet échec passé.

Mais pas Titus.

Il avait accepté son passé il y a longtemps, avant même que nous nous rencontrions, et vivait sa vie comme il l'entendait, sans se soucier de ce que ses parents pensaient de lui.

Cela me faisait l'aimer d'autant plus. Et je le comprenais très bien parce que, moi aussi, j'avais un jour blessé ceux à qui je tenais lors d'une explosion inattendue de pouvoir.

Titus se glissa dans la pièce et passa ses bras autour de mon torse, faisant courir ses doigts sur mon ventre gonflé et choisissant de se concentrer sur moi plutôt que sur ses querelles familiales.

— Comment te sens-tu aujourd'hui, Claire ?

— Elle est affaiblie, lâcha Vox d'un ton cinglant qui ne me laissa pas l'occasion de répondre. Si tu as fini de te pavaner sur le campus, pourquoi ne m'aides-tu pas à lui trouver quelque chose à manger ?

— Ne vous disputez pas, soupirai-je en leur lançant un

regard sévère alors que je me dépêtrais de leurs mains baladeuses. Je vais juste faire une sieste.

— Une sieste ? répéta Titus. Tu ne peux pas faire de sieste.

— Pourquoi pas ? demandai-je en fronçant les sourcils.

Ils me dévisagèrent tous les deux pendant un long moment.

— Tu ne te souviens pas ? demanda finalement Titus.

— La réunion que tu avais prévue avec les Faë de l'Enfer avant le vote final ? suggéra Vox devant mon air confus.

Je penchai la tête sur le côté.

— La réunion ? Ce n'est pas avant la fin de la semaine, n'est-ce pas ?

Titus et Vox échangèrent un regard, puis mon faë du Feu me répondit d'un ton patient et lent.

— C'est déjà la fin de la semaine, Claire.

Quoi ?

En jurant, j'ouvris d'un coup sec un des tiroirs et en sortis une brosse à cheveux avant de la passer sans ménagement dans mes mèches. L'état physique de ma grossesse n'était pas assez difficile comme ça, il fallait aussi que je subisse ces fichus trous de mémoire.

— Eh bien, ça va aller. Je vais juste me ressaisir et…

Je m'interrompis, cherchant ma brosse à dents. J'allais définitivement en avoir besoin.

— Tu es sûre que tu es prête pour ça ? demanda Vox d'un ton inquiet. On peut reporter.

— Non.

Je tirai brusquement la brosse à cheveux au travers d'un nœud indiscipliné, puis la jetai sur le comptoir et commençai à me brosser les dents.

Mes deux compagnons m'observaient d'un air

légèrement mal à l'aise et attendaient que je finisse mon brossage rapide.

— Cela fait des semaines que Cyrus travaille d'arrache-pied pour m'amener un représentant des Faë de l'Enfer, dis-je après avoir recraché un peu de mon dentifrice. Le temps que l'on trouve quelqu'un d'autre avec qui négocier, j'aurai un bébé à gérer.

Qui serait ma seule et unique priorité.

Après l'arrivée du faëling, la dernière chose à laquelle j'aurais du temps à consacrer serait de forcer les faë à fonctionner et travailler ensemble. Non, je ne pouvais pas laisser ce travail à moitié terminé avant de devenir mère.

De plus, dans quel genre de monde mon bébé aurait-il à évoluer si je n'y établissais pas précédemment les bases d'un endroit comme l'Académie Faë Interroyaumes ? Un endroit où mon enfant serait éventuellement accueilli à bras ouverts.

Pas une abomination.

Mais une bénédiction.

Titus croisa les bras.

— Cela ne me plaît toujours pas, Claire. Les Faë de l'Enfer sont au mieux des créatures capricieuses, et ils sont tout simplement *infernaux* quand ils ne sont pas satisfaits. Ils ne vont pas vouloir travailler avec nous. Pas après ce que les faë leur ont fait.

L'ignorant, j'aspergeai mon visage d'eau froide.

— Ils sont juste incompris. Je vais réparer ça.

C'était l'une des nombreuses raisons pour lesquelles je voulais que l'Académie Faë Interroyaumes existe : pour qu'aucun autre faë ne connaisse les tourments que les Faë de l'Enfer et autres abominations avaient endurés.

Une fois que j'eus séché ma peau, Vox me tendit un stick d'anticerne que Cyrus avait récupéré à ma demande lors de l'un de ses voyages dans le Monde des Humains. J'en appliquai une couche généreuse sur les cernes sombres sous mes yeux.

Vox ne dit rien et Titus se contenta de s'appuyer contre le mur et de me regarder tandis que j'essayais de cacher les preuves de mon épuisement.

— Un seul faux mouvement et je les brûle tous, dit-il d'un ton où manquait son humour normalement si caractéristique.

— Oui, brûler les Faë de l'Enfer. C'est une idée brillante, fit Vox d'un ton pince-sans-rire. Ce n'est pas comme s'ils n'avaient jamais eu affaire au feu.

Titus fronça les sourcils.

— Eh bien, dans ce cas, Cyrus les propulsera dans l'océan et les noiera sous des tonnes d'eau. Je me fiche de comment ça arrive. S'ils s'en prennent à Claire, ils sont morts. C'est tout ce que je dis.

Vox se noua les cheveux en une queue de cheval de guerrier, comme s'il se préparait à monter au front.

— Je suis d'accord avec toi.

Avec un soupir, je décidai que ce serait un miracle de Noël si cette réunion se passait un tant soit peu comme prévu.

En parlant de Noël…

— Hé, Titus ? demandai-je en me mettant sur la pointe des pieds pour m'approcher du miroir et appliquer mon blush.

Si je grossissais plus, il allait bientôt falloir que je soulève mon ventre à deux mains pour pouvoir faire ça.

— Est-ce que les Faë de l'Enfer aiment les cadeaux de Noël ?

Titus pensait que c'était une mauvaise idée, mais honnêtement, tout le monde aime les cadeaux, non ?

Je pris la direction de mon bureau avec mon cadeau à la main, méticuleusement emballé dans mon plus beau papier d'emballage argenté surmonté d'un nœud chatoyant. Grâce à Titus, des braises scintillantes en ornaient l'extérieur, lui donnant un aspect fumant qui, je l'espérais, aller plaire aux faë de l'Enfer.

Cela me fit du bien d'entrer dans mon bureau, que Sol et Vox avaient parfaitement redécoré. Les décorations d'automne avaient disparu et à leur place se trouvait un magnifique sapin de Noël blanc. Il se tenait au centre de la pièce, vigoureux et vibrant, courtoisie de mon compagnon terrestre. Des étoiles scintillantes et des étincelles étaient engagées dans une danse folle le long d'une boucle aérienne créée par l'affinité de Vox pour l'air.

Je soupirai de contentement. Parce que cela ressemblait à la véritable magie de Noël.

Cependant, une chose n'allait pas avec ce décor festif hivernal, et c'était la faë de l'Enfer assise dans mon fauteuil, ses pieds sur mon bureau.

Cyrus haussa les épaules lorsque j'entrai dans la pièce.

— Il n'y avait que comme ça que je pouvais la faire patienter.

— Ce n'est rien, dis-je en souriant.

J'effacerais les traces de brûlure sur ma chaise plus tard. J'avais un faë du Feu pour compagnon. Les tissus d'ameublement étaient familiers des flammes par ici.

Mes compagnons avaient tous insisté pour participer à la réunion avec la représentante des Faë de l'Enfer et ils m'encerclaient telle une barrière protectrice. Elle n'avait pourtant pas l'air si terrifiante. Il émanait même d'elle une chaleur qui me rappelait les Faë du Feu, mais les similitudes s'arrêtaient là.

Des cornes dépassaient de ses cheveux noirs brillants et un grognement inquiétant surgit de sa poitrine alors qu'elle retira ses bottes à talons hauts et à hauteur de genou de mon bureau. Elle tourna vers moi un regard sinistre et rouge comme les braises tout en tapotant le bois de ses doigts manucurés.

— Tu es en retard, déclara-t-elle d'une voix neutre où pointait tout de même une pointe d'agacement.

Cependant, je soupçonnais que mon retard n'était pas la seule chose qui l'agitait.

J'affichai mon meilleur sourire et posai le cadeau sur le bureau. Je lui tendis la main.

— C'est un vrai plaisir de te rencontrer. Je suis Claire. Et tu es… ?

Elle fixa ma main pendant un moment, tapota à nouveau de ses doigts le bureau, puis repoussa sur le côté le cadeau qui ne l'intéressait visiblement pas. Son regard se porta sur mon ventre proéminent qui dépassait entre les couches de mes robes.

— Qu'est-ce que c'est que *ça* ? demanda-t-elle avec un rictus.

— *Ça,* c'est notre enfant, dit Cyrus avec une pointe de menace dans la voix alors que des gouttelettes d'eau se formaient dans l'air en signe d'avertissement de son pouvoir. Il serait sage pour toi de te comporter avec respect dans notre royaume.

Face à la menace, des lignes rouges de pouvoir en fusion s'animèrent le long de ses bras et ornèrent sa peau telle une entité vivante. Elle leva les yeux au ciel, s'éloigna brusquement de mon bureau et se mit debout sur ses bottes à talons hauts.

— Et il serait sage pour toi de ne pas me forcer à sortir de mon royaume pour des conneries pareilles. Je croyais que tu avais dit que j'allais rencontrer ta reine des cinq sources. Je suis venue ici uniquement, car Lucifer est intrigué par sa naïveté.

Elle croisa les bras et plissa les yeux.

— Alors, au lieu de me faire perdre mon temps avec ces civilités, pourquoi ne pas aller droit au but et…

Une bouffée soudaine de chaleur nous fit tous sursauter. J'avais été tellement concentrée sur la faë de l'Enfer que je n'avais pas remarqué qu'elle avait frôlé le sapin de Noël. Du feu de l'Enfer se répandit dans ses branches délicates, l'enflammant comme une allumette. L'arbre n'était plus qu'un amas de flammes. Titus essaya de mettre fin à l'incendie, mais sans succès, car son élément ne fonctionnait pas contre le feu étranger.

— Cyrus ! cria-t-il tout en me poussant pour m'éloigner du danger. Fais quelque chose !

Des étincelles de magie se déclenchèrent au bout de mes doigts et je sentis un vif coup de pied en moi. Je ne pus retenir un cri de surprise lorsque je réalisai que je venais de sentir mon faëling pour la première fois, non pas à cause de l'excitation, mais à cause du stress.

Cyrus arrosa l'arbre d'une vague d'eau et de la vapeur embua toute la pièce tandis que la puanteur du conifère brûlé m'irritait le nez. Je sentis les larmes me monter aux yeux devant le spectacle de mon beau sapin réduit en cendres. Le feu de l'Enfer ne pardonnait pas.

Sol vint immédiatement se placer à mes côtés.

— Ne pleure pas, petite fleur.

Il me caressait la tête de ses grandes mains tandis que mes pleurs se transformaient en sanglots. Cela n'avait aucun sens que je sois autant bouleversée par un arbre brûlé, mais j'avais l'impression que c'était une métaphore de ma vie.

J'avais beau redoubler d'efforts, tout ce que j'entreprenais partait en fumée.

Cela avait toujours été comme ça pour moi. Ma première expérience avec la magie faë s'était soldée par l'incendie d'un bar avec mes amis encore à l'intérieur. Est-ce que cela allait être aussi comme ça, la maternité ? Est-ce que j'échouerais dans tout ce que j'essayerais d'entreprendre ? Est-ce que d'autres personnes allaient mourir, car je n'étais capable de rien ?

Douter de moi ne fit que me faire sangloter plus fort, et je ne pouvais pas expliquer ce qui se passait à mes compagnons, qui essayaient tous de contrôler la situation.

Sol me poussa dans les bras de Cyrus.

— Arrange ça, lui ordonna-t-il tandis qu'il se dirigeait vers le sapin pour y faire une démonstration excessive de magie, forçant les branches à se déformer et à changer alors qu'il y insufflait à nouveau la vie.

Vox l'aidait, faisant disparaître les cendres dans les fissures qui parcouraient le sol tandis que l'arbre ranimé reprenait forme. Exos attrapa la faë de l'Enfer par le bras et l'éloigna avant qu'elle ne puisse brûler autre chose. Elle siffla comme un serpent dans sa direction, ce qui aurait pu être un spectacle comique si je n'avais pas été moi-même accrochée à Cyrus et en train de pleurer comme une folle hystérique pour un arbre que Sol faisait déjà revivre.

C'est bon, petite reine. Il est en train de le réparer. Il effleura ma tempe de ses lèvres. *Chut, tout va bien.*

Ses mots n'eurent pour effet que de me faire pleurer davantage.

Puis Sol termina sa tâche, et je vis que l'arbre était encore plus touffu, plus grand et plus beau qu'auparavant. Les branches blanches si uniques frôlaient le plafond et Vox fit apparaître des paillettes qui se mirent à tournoyer tout autour de lui. Titus claqua alors des doigts, créant une aura bleue délicate qui illumina le sommet.

Mes sanglots redoublèrent.

C'était tellement adorable, et tout était tellement, tellement beau. Mes compagnons feraient tout pour me rendre heureuse, même quelque chose d'aussi frivole que de réparer un sapin de Noël.

Oh, je ne les méritais pas.

Je ne méritais rien de tout cela.

Je ne pouvais même pas manger du porridge correctement !

La faë de l'Enfer me dévisagea avec stupeur avant de jeter un regard interrogateur à Exos. Je le vis qui lui murmurait « hormones de grossesse », et elle eut un petit sourire en coin.

J'aurais dû être furieuse, mais je m'en fichais. Je savais que j'étais émotive bien au-delà du raisonnable. Mais à quoi s'attendaient-ils ? Je faisais grandir un faëling en neuf *semaines*. Pas mois. *Semaines*.

— Pourquoi est-ce que tu pleures encore, petite fleur ? me demanda Sol qui revenait vers moi pour essuyer les larmes sur mon visage alors que je m'accrochais à Cyrus comme à une bouée de sauvetage.

— C'est tellement *beau*, dis-je en souriant alors que les larmes continuaient à couler.

Mais cette fois, c'étaient des larmes de bonheur.

— Merci, repris-je avant de tourner mon regard vers Cyrus. Neuf *semaines*. Comment tu veux que je fasse ça en *neuf semaines ?*

Il cligna des yeux, interdit.

— Claire…

— Non, c'est ta faute ! rugis-je en pointant mon ventre du doigt.

Puis le petit faëling redonna un coup de pied et je fondis.

— Oh nom d'une faë, c'est tellement mignon. Tu as senti ?

— Oui, répondit Cyrus avec sa paume contre mon ventre et le sourire aux lèvres. Recommence, encouragea-t-il avec une note d'émerveillement dans la voix.

Je m'appuyai contre lui, heureuse.

Puis la faë de l'Enfer mima un mouvement de nausée, gâchant le moment.

— Sérieusement, c'est pour ça que chez nous, ce sont les chiens de l'Enfer qui élèvent les faëlings, pour les endurcir. Qui a le temps pour un cinéma pareil ?

Cyrus lui jeta un regard sévère.

— Si tu as fini de bouleverser notre compagne, nous t'avons fait venir ici pour discuter des plans de l'Académie Faë Interroyaumes. Tu es une procuration pour le vote de Lucifer, n'est-ce pas ?

Elle leva les yeux au ciel.

— Oui, mais non. Je ne suis pas intéressée. S'il veut travailler avec vous et vos idées à la noix, il peut venir en personne et voter lui-même.

Elle quitta la pièce en trombe. Vox suivit ses mouvements d'une rafale de vent pour empêcher son feu de l'Enfer de brûler à nouveau les décorations.

Exos soupira.

— Je vais la rattraper.

Cyrus me poussa à contrecœur dans les bras de son frère.

— Non, c'était à moi d'obtenir le vote des Faë de l'Enfer, et j'ai tout gâché. Je vais réparer ça.

Il posa sa main sur mon ventre et sourit lorsque le faëling donna un nouveau coup de pied.

— Tu te débrouilles très bien, Claire. Ne pleure pas et

ne stresse pas. Je vais m'assurer que les Faë de l'Enfer soutiennent le projet.

J'acquiesçai d'un signe de tête en reniflant. Cyrus me donna un baiser rapide et se mit à la poursuite de l'odeur de sapin de Noël brûlé.

TITUS

— Quelque chose ne va pas, dis-je à voix basse, car je ne voulais pas réveiller Claire qui dormait dans la pièce d'à côté.

Sol était resté avec elle, car il était le plus bruyant de nous tous. Ce qui voulait dire que nous les entendrions arriver si elle décidait de se réveiller.

Il savait ce que nous avions prévu de discuter.

Cela nous pesait tous : Claire qui refusait de manger et sa relation étrange avec les éléments.

— C'était quand, la dernière fois que quelqu'un l'a vue utiliser un élément ? demanda Exos les bras croisés sur sa large poitrine.

Nous étions tous d'accord que ses réactions dans son bureau face à la faë de l'Enfer n'étaient pas normales. Elle avait réagi comme une faëling sans défense, pas comme une reine. Et, bien que nous puissions lui lâcher un peu de lest parce qu'elle était enceinte et qu'elle ne voulait pas mettre l'enfant en danger, nous avions tous senti une certaine déconnexion dans son inaction.

Qu'était-il arrivé à notre faë qui avait détruit une dangereuse abomination dans le plan de l'esprit ? Elle n'aurait pas dû avoir peur d'une faë de l'Enfer. Bon, certes, ils étaient terrifiants de par leur nature, mais celle de son bureau n'avait même pas levé le petit doigt et Claire s'était fanée comme une fleur en pleurs.

Exos pensait que c'étaient les hormones.

Peut-être avait-il raison.

Mais cela n'expliquait pas les autres événements ni pourquoi elle semblait ne rien pouvoir avaler de ce qu'on lui donnait.

— Cela fait un moment, dit doucement Vox. À peu près depuis le moment de la consommation.

J'acquiesçai d'un signe de tête.

— C'est moi qui ai passé le plus de temps avec elle dernièrement, vu que vous étiez occupés à d'autres choses. Et je ne l'ai pas du tout vue utiliser ses éléments. Pas même pour se sécher les cheveux.

— C'est peut-être parce que son côté faë Aquatique prend le dessus, déclara Cyrus avec espoir et sans arrogance. La plupart des individus de mon espèce préfèrent avoir les cheveux mouillés, pour des raisons évidentes.

— Très bien, dis-je, lui concédant ce point. Mais elle

évite les flammes. Elle dit que c'est pour des raisons de sécurité, mais depuis quand a-t-elle peur des flammes ?

— Aussi, je ne l'ai pas vue utiliser son air pour se stabiliser lorsqu'elle grimpe à l'échelle, ajouta Vox.

— Elle ne devrait pas grimper aux échelles, lui rappela Cyrus avec une note d'agacement.

— Oui, oui, répliqua Exos, coupant court à la dispute. Mais le point sur lequel il faut s'attarder, c'est qu'elle n'utilise pas ses éléments.

— Et qu'elle ne mange pas, murmura Vox. J'ai essayé de lui donner du porridge aujourd'hui, mais, même ça, cela ne passait pas.

Il se frotta la nuque et poussa un gros soupir.

— Sol a suggéré qu'on lui donne de la fausse nourriture humaine, mais je pense qu'on devrait essayer de la vraie nourriture humaine. On a déjà raté la Journée des Remerciements, vu que c'était cette semaine. Je n'ai pas pu trouver d'oiseau, et River a dit que j'avais attendu trop longtemps pour qu'il puisse trouver les autres ingrédients. De plus, je n'étais même pas sûr qu'elle aurait réussi à en manger.

— Une dinde, corrigea Exos. Ce qui est un genre d'oiseau, mais à Thanksgiving (c'est ça, le vrai nom), il faut une dinde, c'est très important. Et on devrait probablement lui en préparer une.

— Peut-être qu'on devrait l'emmener chez elle, intervint Cyrus. Pour Noël.

Je grimaçai.

— Euh, elle est déjà chez elle.

À moins qu'il ne parle du Royaume Aquatique ?

— Est-ce qu'elle mange, au palais ? repris-je.

— Non, je ne parle pas d'un chez elle élémentaire, répondit-il. *Sa* maison à *elle*. Le Monde des Humains, je veux dire.

— Dans l'Ohio, murmura Exos avec une expression pensive. Cela prendrait un peu de temps à organiser, mais c'est peut-être bien ce dont elle a besoin. Après tout, même si son côté faë reste dominant, elle est à moitié humaine.

— Est-ce que tu peux arranger ça ? demanda Cyrus.

Exos hocha la tête.

— Oui. La plupart des faë figurant sur ma liste ont déjà donné leur accord pour l'Académie. Le seul royaume qui reste à convaincre est celui des Faë de l'Enfer.

Cyrus grogna.

— Ne me le rappelle pas. Ces bâtards vont causer ma perte.

— Avons-nous vraiment besoin de leur accord ? demanda Vox d'une voix fatiguée.

— En théorie, non, répondit Exos. Mais Claire veut vraiment qu'ils en fassent partie. Tu sais à quel point elle désire qu'ils se sentent les bienvenus.

Oui, nous le savions tous. Elle pensait, à tort, que les Faë de l'Enfer devaient être impliqués pour tenter de surmonter le passé. Puisqu'ils consistaient en un royaume d'abominations, ils étaient exactement le genre de faë qu'elle voulait aider avec cette initiative.

Ce qu'elle ne réalisait pas, c'était que les Faë de l'Enfer ne pouvaient pas être aidés. Ils avaient établi leur propre système d'existence il y a des siècles, et aucun polissage extérieur ne les ferait remonter le temps. Mais pas avec l'aide d'un faë du Paradoxe.

Je laissai échapper un soupir.

— Bon, très bien. Donc on va arranger une visite dans le Monde des Humains. Est-ce que c'est là que l'on veut être pour la phase trois ?

Cyrus jeta un œil à Exos.

— Il va nous falloir un plus grand lit si nous prévoyons de faire ça.

— Cela a fonctionné en Islande, fit-il remarquer. Je suis sûr qu'on peut arranger quelque chose dans l'Ohio.

— On va aussi avoir besoin d'espace, lança Vox sur un ton d'avertissement. Elle est connectée aux cinq éléments. Nous n'avons aucune idée de ce qui va se passer lorsqu'elle atteindra la phase finale.

— Elle devrait surtout être imprégnée de l'eau, étant donné que l'enfant est connecté à notre élément commun, dit Cyrus. Mais je suis aussi à moitié faë de l'Esprit. Et, comme tu dis, elle maîtrise les cinq éléments.

— En supposant qu'elle y ait accès, marmonnai-je.

— Si ce n'est pas le cas maintenant, cela ne durera plus longtemps, répondit Exos. Il n'est pas rare pour le faëling en gestation d'absorber la source lorsqu'il se trouve dans le ventre de sa mère. Même s'il est vrai qu'elle n'a rien dit à ce sujet…

— Tu connais Claire aussi bien que moi. Elle veut tout faire elle-même.

D'ailleurs, cela me rendait dingue.

— Il faut que nous gardions un œil sur elle.

Exos se contenta de sourire.

— Comme si ce n'était pas déjà ce que nous faisions.

— Tu vois ce que je veux dire, marmonnai-je en passant mes doigts dans mes cheveux auburn.

Ils étaient tout hérissés aujourd'hui grâce à cette réunion avec les Faë de l'Enfer. Garce de faë infernale et pyromane. Pour qui se prenait-elle, à incendier comme ça un sapin de Noël ? Tss.

— Oui, je vois, dit doucement Cyrus. Il faut que nous soyons encore plus attentifs. Si elle ne peut pas accéder à ses éléments, elle ne peut pas se protéger correctement.

— Est-ce que cela ne serait pas un problème dans le Monde des Humains ? demanda Vox. L'emmener dans un nouvel endroit où elle ne peut se protéger semble être une mauvaise idée.

— Oui, mais elle est familière de cet endroit, nous rappela Exos. Elle s'y sentira en sécurité. Et, avec un peu de chance, elle mangera.

— Il nous faudra décorer.

Claire était complètement obsédée par les couleurs de Noël et tous ces trucs saisonniers.

— Est-ce que ça peut être fait avant que nous y allions ? repris-je.

— Elle va sûrement vouloir participer, fit remarquer Cyrus. Peut-être que nous devrions nous contenter d'attendre et avoir tout de prêt pour elle ?

Exos hocha la tête.

— Voyons d'abord ce que je peux organiser, puis on avisera ensuite. Toi, concentre-toi sur les Faë de l'Enfer. Titus, continue de prendre soin de Claire. Vox, vois si River n'a pas un quelconque remède humain à suggérer. Et fais passer le message à Sol de faire plus de recherches au sujet d'autres arbres fruitiers. Quant à moi, je vais organiser notre visite autour du solstice.

Cela nous aiderait à ne pas trop manquer le travail. J'avais déjà délégué plusieurs de mes cours à Lance, car il m'avait fallu faire de Claire ma priorité. Mais Vox n'avait personne avec qui partager sa charge de travail, et Sol non plus. Cyrus et Exos avaient la chance d'être leurs propres patrons, et donc ils pouvaient faire comme bon leur semblait.

— Très bien, je pense qu'on a un plan, dit Cyrus. Je vais devoir organiser une visite du monde souterrain puisque l'on dirait bien que c'est la seule manière d'entrer en contact avec Lucifer.

Exos lui lança un regard inquiet.

— Tu es sûr de vouloir faire ça ?

— Je n'en ai absolument aucune envie, mais, pour Claire, je vais devoir essayer, répondit-il. Oh, y a-t-il des faë Métamorphes que nous devons toujours convaincre ?

Exos secoua la tête.

— La majorité a donné son accord, donc c'est réglé. Kalt s'est occupé des Faë de l'Hiver. Aflora a déjà fait sa part auprès des Faë de Minuit. Pareil pour Gina et les Faë du Destin. Et la plupart des autres espèces ont aussi donné leur accord. Donc, vraiment, il ne reste que les Faë de l'Enfer.

Cyrus grimaça.

— Super. Eh bien, souhaitez-moi bonne chance. Je vais en avoir besoin.

— Essaye de ne pas te faire cramer, dis-je, ma version personnalisée de « bonne chance ».

Le faë Aquatique renifla avec dédain.

— Merci, Luciole.

Je levai les yeux au ciel.

— Putain, je déteste ce surnom.

— Et c'est pour ça que je ne cesserai jamais de t'appeler comme ça.

— Et je ne cesserai jamais de t'appeler Enfoiré Royal, répliquai-je.

— Un de ces jours, tu crieras ce nom pendant que je te sauterai.

— Dans tes rêves, rétorquai-je.

— Chaque nuit, déclara-t-il avec un sourire en coin.

Puis il s'évapora et disparut de la pièce sans un mot de plus. Cyrus tout craché.

— Est-ce que tu peux me trouver River, demanda Vox ?

— Je fis un signe de tête.

— Ouais, je vais aller voir s'il traîne du côté du Quartier Aquatique.

Il était désormais professeur d'Histoire du Monde des Humains, mais passait la plupart de son temps avec ceux de son espèce.

— Je serai vite de retour, dis-je.

— Merci, Titus, dit Vox d'une voix teintée d'épuisement.

Il dormait presque aussi mal que Claire dernièrement.

— On va réussir à arranger tout ça, le rassurai-je.

— Je l'espère, répondit-il doucement. Je l'espère vraiment.

CLAIRE

Une semaine plus tard

J e les interrogeai tous les jours au sujet des Faë de l'Enfer.

Et tous les jours, Cyrus m'assurait que je n'avais pas à m'inquiéter.

Je n'en croyais rien, mais je ne *voulais* pas non plus m'inquiéter. Même si ce vote était important pour moi, la vie qui grandissait en moi était prioritaire. Je n'arrivais pas à me débarrasser de ce sentiment d'urgence qu'il fallait que je me prépare et me détende. Très bientôt, nous serions tous très occupés à prendre soin d'un petit faëling en demande d'amour et d'attention.

— Qu'est-ce que vous manigancez tous ? demandai-je.

Mes compagnons m'avaient détournée du chemin de mon bureau pour me guider vers les terrains neutres au centre du campus.

— Tu verras, répondit Cyrus de manière énigmatique.

Je fronçai les sourcils. Nous ne venions normalement ici que pour nous entraîner dans la salle de gym ou pour emprunter le portail vers le Monde des Humains. Ma condition physique actuelle faisait que la première hypothèse était hors de question, tandis que la seconde ne serait logique que si nous nous rendions au lieu de réunion du Conseil Faë Interroyaumes pour le vote, vote qui n'était pas prévu avant plusieurs semaines.

Un émissaire nous attendait. Exos le salua de son nom, puis lui donna de l'argent en échange d'un magnifique manteau doublé de fourrure.

— Tu vas en avoir besoin, me dit-il en me tendant le cadeau. Essaye-le, si tu veux bien ?

— Je ne vais pas avoir trop chaud ? demandai-je en lui jetant un regard sévère.

Ses yeux pétillèrent.

— Tu ne nous fais pas confiance, princesse ?

— Je pourrais peut-être vous faire confiance si vous me disiez où nous allons, dis-je tout en le laissant me passer le manteau incroyablement doux autour des épaules.

Cela avait dû lui coûter une fortune. Parce que l'émissaire venait du Monde des Humains. C'était le même gars qui livrait à Exos et Cyrus leurs tailleurs faits main. Cependant, lorsque le manteau me donna l'impression d'étouffer de chaleur, je commençai à me demander s'il n'essayait pas de faire transpirer hors de moi quelque vérité.

— Patience, murmura Exos.

C'était vraiment sa réplique préférée.

— Tu vas adorer, Claire, promit Vox en agrippant mes doigts avec les siens pour y déposer un baiser.

— Ne gâche pas la surprise, l'avertit Sol avant de grimacer devant mon rythme tranquille. Est-ce que tu vas bien, Claire ? Tu veux que je te porte ?

Je baissai les yeux vers mes bottes, consciente qu'elles cachaient mes pieds gonflés.

J'avais l'impression que mon corps avait doublé de volume au cours de la semaine dernière. Je n'étais pas exactement énorme, non, juste beaucoup plus grosse que d'habitude. Et…

— Je suis fatiguée, admis-je à voix haute. Et j'ai faim. Et maintenant, j'ai aussi chaud.

Ce dernier commentaire était adressé à Exos.

Je ne pus réprimer un cri aigu lorsque Sol me souleva dans ses bras sans me prévenir, et je gloussai tout en passant mes bras autour de son cou. Il me sourit et je vis que ses yeux terreux pétillaient de malice.

Sérieusement, qu'est-ce que mes compagnons manigançaient ?

— Tu es *plus* que fatiguée, dit Exos en ouvrant la porte de la chambre de voyage interroyaumes. Tu es épuisée, et c'est pourquoi nous t'obligeons à partir en congé maternité. Avec effet immédiat.

Cyrus et Vox dissimulèrent leurs oreilles pointues sous leurs cheveux, tandis que Sol, Titus et Exos s'affublèrent de chapeaux. Cyrus me donna un baiser et couvrit mes propres oreilles de mes cheveux.

Bon, d'accord, ma curiosité est éveillée.

Mes yeux se mirent à briller lorsque Sol me guida dans

la pièce et que Sol alluma le portail, activant toute une série de boutons qui déclenchèrent une musique de Noël dans l'air alors qu'il se connectait à sa destination.

Je reconnus immédiatement la mélodie, car il s'agissait de chants de Noël de mon enfance.

Chez moi. Cela me rappelle chez moi.

Je haussai les sourcils.

— Est-ce qu'on… ?

Je ne pus finir ma phrase, car mon cœur plein d'espoir battait à un rythme chaotique dans ma poitrine, qui me rappelait la célèbre chanson sur les cloches.

— Nous pensons savoir pourquoi tu ne te sens pas très bien, petite reine, dit Cyrus d'une voix douce alors que la musique de Noël résonnait toujours dans l'air.

L'atmosphère se mit à bourdonner alors que le monde autour de nous se déformait, signe que la transition entre royaumes se déroulait comme prévu dans l'un des appareils de transport les plus sécurisés construits par les Faë du Destin.

— Quelle est votre théorie ? demandai-je avec l'esquisse d'un sourire alors que j'attendais que le voyage entre royaumes soit terminé pour voir exactement où nous allions.

Je n'étais pas retournée dans ma ville natale depuis des lustres. Je devinai presque le goût du chocolat chaud de mon enfance. Même si mon enfance avait souvent été solitaire.

Sol me réajusta dans ses bras pour que mon ventre repose confortablement contre sa poitrine tandis que Cyrus se penchait pour déposer un baiser sur mes lèvres. Sa magie aquatique m'entoura, preuve rassurante que je ne serai pas seule cette année.

— Tu es à moitié faë, dit Cyrus avec des yeux bleus pétillants de magie, mais tu es aussi à moitié humaine. Et nous pensons que tu as besoin de quelques gâteries humaines. Et c'est donc exactement ce que l'on va te donner.

Je souris.

— Je pense que vous avez sûrement raison. Dernièrement, j'ai eu des envies de nourriture humaine…

— Pourquoi n'as-tu rien dit ? m'interrogea Vox alors que ses iris cerclés d'argent brillaient d'un mélange d'émotions. J'aurais essayé, Claire.

— Je sais. Mais vous en avez tous tellement fait… Je ne voulais pas demander… Ça… Ça allait pour moi.

Sol grogna.

— Ça *allait* n'est pas le terme adéquat, Claire.

— Tu aurais dû nous le dire, ajouta Vox.

— Elle nous le dit maintenant, intervint Exos. C'est tout ce qui compte.

Il se pencha pour effleurer mon front d'un baiser.

Mon cœur se mit à palpiter en réponse. *Merci*, lui dis-je.

Il me sourit. *Je ferais tout pour toi, bébé.*

C'est exactement ce dont j'ai besoin, promis-je. *De rentrer chez moi.*

J'adorais mes faë. J'adorais tout de leur monde, mais avec un enfant en route, une sorte de nostalgie s'était emparée de mon cœur et ne voulait plus le lâcher.

Je voulais que mon enfant connaisse tout du monde. Pas seulement le Royaume des Faë, mais aussi d'où je venais. Les humains avaient un bon côté, côté que j'avais aimé chez mes amis avant que mon univers n'implose. Mon enfant allait être un quart humain, et c'était une partie de notre lien que je voulais partager avec lui.

La pièce se mit à trembler lorsque nous arrivâmes dans le Monde des Humains et les portes s'ouvrirent sur une rue animée à quelques pâtés de maisons de l'endroit où j'avais grandi. *Oh !* m'exclamai-je intérieurement en souriant. *Tout est exactement comme dans mes souvenirs.*

Je poussai un petit cri de joie lorsque Sol m'entraîna dehors et qu'un flocon de neige atterrit sur mes lèvres.

L'hiver.

Pas le faux que je voulais recréer à grand renfort de coton éparpillé dans mon bureau en guise de neige. De *vrais* gros flocons tombaient autour de moi, me donnant l'impression que je venais de débarquer au centre d'une boule à neige.

C'était *ça* qui m'avait marqué.

Une vague de froid m'entoura en signe de bienvenue et le manteau que m'avait donné Exos réussit à me garder bien au chaud. J'enfonçai mon menton dans la doublure en fourrure et souris.

Des petits chanteurs de Noël parcouraient la rue et leurs chansons renforçaient l'ambiance festive. Cela me donnait envie de danser et de chanter avec eux.

— Oh Sol, pose-moi à terre, le suppliai-je.

Il obéit, non sans une grimace d'avertissement.

— Si tu chancelles, je te porterai à nouveau.

Je lui promis que tout irait bien et me frayai un chemin dans la neige, soudain reconnaissante pour les bottes que Cyrus m'avait forcée à porter plus tôt. Elles n'étaient pas pratiques dans le Monde des Faë Élémentaires, mais je comprenais maintenant pourquoi il avait voulu que je les mette.

— Ta surprise est par là, dit Cyrus avec un sourire en coin.

— Ce n'est pas ça, la surprise ? demandai-je avec de grands yeux.

Le simple fait d'être là valait tout l'or du monde pour moi.

Titus leva les yeux au ciel, comme insulté par ma question.

— Je t'en prie. Tu crois vraiment qu'un saut entre royaumes, c'est tout ce que nous avions en tête ?

Il s'empara de ma main et me guida dans la rue, ignorant les humains qui nous dévisageaient. Mes faë pouvaient techniquement se fondre dans la masse, mais il leur était impossible de cacher leur beauté ou leur allure surnaturelle.

— Ils te dévisagent toi, pas nous, me corrigea Cyrus qui avait entendu mes pensées.

J'esquissai un sourire.

— Parce que je commence à ressembler à une boule de neige avec ce ventre énorme ? hasardai-je. Je commence à prendre douloureusement conscience de mon embonpoint. Vous avez tous été très gentils de ne pas faire de réflexions.

Cyrus posa une main sur mon ventre et je sentis son amour et sa magie m'imprégner.

— Tout le monde te regarde parce que tu es radieuse, Claire.

Une vague d'approbation me parvint à travers les liens, me rassurant sur le fait que je n'étais pas vraiment le chamallow géant que je m'imaginais. D'après mes compagnons, j'étais l'image même de la beauté et de la fertilité. Cela me fit relever le menton avec fierté.

Alors que nous passions des rues principales du centre-ville vers une zone plus rurale, je remarquai que des flaques s'étaient formées là où les agents municipaux avaient trop salé. J'avais oublié ce détail de ma ville natale.

Sol tendit la main pour m'empêcher de marcher dans l'une d'entre elles par accident. Puis il repéra une voiture qui bloquait l'accès au trottoir surélevé et se précipita vers elle pour s'en emparer par le dessous et la soulever au-dessus de sa tête.

— Sol, m'écriai-je alors que Cyrus se frottait les tempes.

Mon compagnon terrestre me regarda d'un air perplexe.

— Quoi ?

Vox s'assura que personne ne nous observait avant d'envoyer une bourrasque magique pour faire descendre la voiture des épaules de Sol. J'eus l'impression qu'elle allait s'écraser au sol, mais Cyrus fit apparaître un lit de neige pour amortir le choc.

Exos tapota l'épaule de Sol, mon compagnon terrestre encore confus de ce qui venait de se passer.

— Il y a des règles dans le Monde des Humains, expliqua Exos avec une patience que je n'avais pas en cet instant.

La dernière chose dont j'avais besoin, c'était que les lois interroyaumes soient enfreintes alors que j'étais sur le point de donner naissance.

Les conséquences étaient sévères, ce qui était nécessaire pour que les faë ne se révèlent pas aux espèces non-faë.

Le Monde des Humains était l'une des dernières zones neutres. Par conséquent, les faë appréciaient les humains pour de nombreuses raisons, et nombre de ces avantages seraient menacés si les non-faë découvraient comment ils étaient utilisés.

C'était un peu étrange d'envisager les choses de cette façon étant donné qu'autrefois, j'avais été humaine. Enfin, pas vraiment. Plutôt demi-humaine et inconsciente de mon patrimoine.

Quoi qu'il en soit, cette façon de penser m'était parfaitement naturelle maintenant, alors qu'elle m'était étrangère auparavant.

Mais peut-être que les humains ne devraient pas être exploités de cette…

Détends-toi, m'ordonna Cyrus dans mes pensées. *Tu es ici pour te reposer, pas pour élaborer d'autres plans politiques.*

Je le fusillai du regard.

— Je suis détendue, dis-je à voix haute en fonçant droit sur une flaque.

Je pouvais à la fois me reposer et élaborer des plans.

Cyrus chuchota en direction de la flaque qui s'écarta de mes pieds, se retirant comme un mini raz-de-marée qui gela en de magnifiques arches.

Je levai les yeux au ciel.

— Eh bien, maintenant c'est toi qui prends le risque d'enfreindre les lois interroyaumes !

— Il n'y a personne dans le coin, dit-il d'une voix joyeuse alors qu'il guidait notre groupe au coin de la rue. C'est pour ça que nous avons choisi ce lieu. Nous te voulons pour nous tout seuls.

Je ne pus réprimer un petit cri de surprise lorsque j'aperçus l'endroit dont il parlait. Un adorable cottage se trouvait au bout d'un chemin enneigé, et derrière lui un champ de maïs où les épis brunis se tenaient en rangs serrés.

— Est-ce que cela te plaît ? demanda Cyrus.

Des larmes embuèrent mes yeux et se mirent à couler le long de mes jours. Je reniflai et les essuyai du dos de ma main, mais elles ne tarissaient pas et trempaient la fourrure qui doublait mon manteau.

— Oh Cyrus ! Vous tous ! Oui ! Oui, bien sûr que cela me plaît.

— Elle pleure encore, dit Sol avec une note d'angoisse dans la voix. Je n'aime pas quand tu pleures, petite fleur.

— Je vais bien, promis-je en glissant ma main dans la sienne pour la serrer. Vraiment. Ce sont des larmes de joie.

Mes compagnons m'encerclaient telle une barrière protectrice, bloquant le vent vif qui soufflait dans l'espace ouvert. Cyrus n'avait pas l'air convaincu que j'allais bien ; lui non plus n'aimait pas mes larmes, mais il ne fit pas de commentaire et nous nous dirigeâmes tous vers le cottage.

Cela me paraissait juste, naturel.

Un coup dans mon ventre donna son approbation et je redoublai de larmes quand je réalisai que les premières choses que mon faëling allait découvrir seraient toutes les choses que j'aimais le plus dans mon monde natal.

SOL

Quelques jours plus tard

Je brandis l'étrange cône feuillu que Claire m'avait donné. Elle avait déclaré qu'elle allait apprendre à Vox comment le cuisiner, mais ça n'avait même pas l'air comestible.

— Comment ça s'appelle déjà ? demandai-je tout en prenant une grosse bouchée pour y goûter.

L'ingrédient craqua bruyamment sous mes dents.

— Sol! cria Claire en m'attrapant le bras et en m'arrachant le cône feuillu.

Elle se rassit vivement sur le tabouret que nous lui avions apporté pour qu'elle puisse se reposer pendant qu'elle nous montrait de quoi se nourrissaient les humains.

— Il faut d'abord le peler, expliqua-t-elle en enlevant les feuilles d'un côté pour révéler une texture étrange, jaunâtre et bosselée.

— Cela avait meilleure allure avec le cône feuillu, dis-je d'un air sceptique.

Claire gloussa en me regardant.

— C'est du maïs, gros bêta, dit-elle en allant chercher une substance blanche et graisseuse dans le réfrigérateur qu'elle se mit à frotter sur le *maïs*.

Je haussai un sourcil et jetai un œil à Vox, qui se contenta de hausser les épaules.

— Donc, c'est ça, le papa corn? demandai-je en regardant par-dessus son épaule. Tu n'as pas dit que c'était un encas?

J'aimais bien les encas.

Elle pointa une boîte de conserve sur le comptoir.

— Non. Le *popcorn* est là, dans cette boîte, fit-elle avant de se mordre la lèvre. J'espère que celui-ci est encore bon. Je sais que vous êtes allés le chercher au magasin, mais est-ce que tu peux vérifier la date sur le fond de la boîte, Vox?

Il obéit et souleva la boîte pour jeter un œil dessous.

— Il y a des numéros bizarres.

Claire lui demanda quels étaient les deux derniers, qui indiquaient l'année selon elle, et décida que nous pouvions en manger.

Curieux du goût que pouvait bien avoir ce papa corn, je laissai Claire barbouiller son cône jaune et bosselé avec son bâton blanc, ouvris la boîte et avalai une poignée de ce qu'il contenait. Cette fois, cela craqua encore plus fort sous mes dents, mais au moins, le goût était satisfaisant.

— Non, Sol, s'esclaffa Claire en éclatant de rire et en manquant de tomber de son tabouret alors qu'elle essayait de bondir sur ses pieds.

Instinctivement, elle porta les mains à son ventre pour protéger le bébé du comptoir.

— Il faut d'abord le faire éclater, reprit-elle.

— Je vais m'assurer qu'il arrête de manger tes ingrédients, promit Vox en la raccompagnant à son siège avant de me fusiller du regard.

— Comment étais-je censé savoir ? Je ne comprends même pas comme ces machins peuvent éclater ? rétorquai-je.

— Arrête de la stresser, espèce de montagne ambulante, grommela-t-il. Tu es en train de tout gâcher.

— Pas du tout, marmonnai-je en retour.

Claire me jeta un regard curieux.

— Bien sûr que tu ne gâches rien, dit-elle en souriant joyeusement. Est-ce que tu peux remplir cette casserole, Vox ? Les épis de maïs sont prêts à bouillir.

Vox me jeta un dernier regard noir avant de mettre une casserole sous le robinet et de la remplir.

— Donc ça, c'est pour faire bouillir les épis de maïs ? Et ensuite, il nous faudra une autre casserole pour faire éclater les autres ?

Elle gloussa, même si je ne comprenais pas bien ce qu'elle trouvait drôle.

— Ouaip.

Je croisai les mains et me tins dans le coin pour résister à l'envie de manger plus de papa corn cru. Je trouvais qu'il avait bon goût comme ça et ne comprenais pas pourquoi il fallait le faire éclater.

Je me mis en retrait pendant que Vox et Claire vaquaient à leurs occupations et choisis d'écouter Cyrus et Exos qui se disputaient en arrière-plan à propos des Faë de l'Enfer tandis que Titus intervenait bruyamment pour faire valoir ses opinions, que je partageais.

Ils avaient beau avoir suffisamment de faë de leur côté pour soutenir le vote en faveur de l'Académie Faë Interroyaumes, Cyrus tenait à ce que nous obtenions celui des Faë de l'Enfer. Je comprenais son point de vue : pour faire plaisir à Claire. Mais elle ne saisissait pas à quel point ces faë pouvaient être horribles. Ils kidnappaient leurs compagnons et compagnes potentiels et les forçaient à s'affronter dans des compétitions meurtrières. Comment Claire pouvait-elle avoir envie de s'impliquer avec des êtres pareils ?

Je ne comprenais peut-être pas les tenants et les aboutissants de la politique interroyaumes au même niveau que Cyrus et Exos, mais même moi, je savais qu'ils n'avaient rien de bon à apporter. Je n'avais aucun intérêt à travailler avec des créatures comme les Faë de l'Enfer et aurais préféré leur casser la figure pour avoir fait pleurer notre compagne.

Mais Claire avait un cœur d'or.

Et c'était ce qu'elle voulait.

D'où le débat qui se tenait dans la pièce adjacente.

Mes narines s'agitèrent lorsque je sentis quelque chose en train de brûler. Je me retournai et vis que les cônes débarrassés de leurs feuilles avaient été posés trop près des brûleurs et étaient maintenant en feu. Ma compagne était du genre maladroit, mais douée avec ses éléments, et je ne me précipitai pas à son secours.

Sauf qu'elle ne se servit pas de sa magie du feu, et se contenta de pousser un cri de douleur.

Je me précipitai à ses côtes, renversant les meubles de la salle à manger au passage.

— Claire ! hurla Vox en envoyant sa magie du vent pour repousser les flammes jusqu'à ce qu'elles soient suffisamment éteintes.

Claire siffla et trébucha vers moi en se tenant le bras. Je vis que de vilaines taches rouges zébraient sa peau.

Je clignai des yeux, perplexe. Ça l'avait brûlée ?

Comment cela était-ce possible ? Elle ne faisait qu'un avec les éléments. Les flammes lui couraient sur la peau tout le temps.

Ma poitrine se mit à me brûler, mes poumons refusant de fonctionner. *C'est de la panique,* reconnus-je. *Je suis en train de… paniquer.*

Merde !

Le reste de notre cercle de compagnons arriva en trombe dans la cuisine après avoir entendu le remue-ménage.

— Qu'est-ce qui ne va pas ? demanda Cyrus d'un ton autoritaire qui exigeait des réponses.

Il se précipita aux côtés de Claire et constata les dégâts par lui-même. Il me jeta un regard noir, comme si j'étais à blâmer.

— Comment c'est arrivé ?

J'ouvris la bouche pour parler, mais rien n'en sortit. Je n'avais pas réagi, en conséquence de quoi Claire avait été blessée.

— C'est… c'est ma faute, finis-je par bredouiller alors que mon cœur se brisait dans ma poitrine.

J'ai failli à ma compagne.

— Ce n'est la faute de personne, m'interrompit Claire. Enfin, la faute de personne à part la mienne.

Elle siffla lorsque Cyrus envoya de l'eau tiède sur la

brûlure, mais se détendit quand sa peau se mit magiquement à guérir grâce au vaudou royal qu'il avait utilisé.

Titus fronça les sourcils.

— Tu as besoin d'une guérisseuse, Claire.

Elle secoua la tête alors que de nouvelles larmes lui montaient aux yeux. Mes entrailles se nouèrent douloureusement.

— Claire…

— Je ne veux pas rentrer si tôt, m'interrompit-elle. Cela ne fait que quelques jours que nous sommes là et…

— Pourquoi est-ce que tu n'as pas utilisé ta magie ? demanda Titus d'une voix plus sévère que d'habitude.

Il n'interrompait normalement jamais Claire, mais la colère dans son regard brûlait comme des braises chaudes. Cependant, sa rage semblait plutôt dirigée envers lui-même qu'elle. C'était son élément qui l'avait blessée, et il n'avait pas été là pour la surveiller quand c'était arrivé.

Je comprenais sa position.

Elle se mordit la lèvre et baissa le regard.

— Qu'y a-t-il, petite fleur ? la pressai-je en prenant son menton dans ma main pour lui relever le visage.

Sa résignation me fit face.

— Mes pouvoirs… commença-t-elle avant que les larmes ne resurgissent.

Elle renifla et se redressa, comme si elle était déterminée à ne pas pleurer.

— Tout va bien. Je le saurais, si quelque chose n'allait pas. Je ne voulais pas vous inquiéter, juste…

— On ne comprend rien à ce que tu racontes, dit Exos en croissant les bras. Commence par le début, Claire. Qu'est-ce qu'il ne va pas avec tes pouvoirs ? Ils ne fonctionnent plus, c'est ça ?

— Ils ne fonctionnent plus ? répétai-je.

— On a évoqué cette possibilité quelques jours avant de partir pour le Monde des Humains, expliqua Titus. Mais je pense que cet événement est une preuve suffisante pour confirmer nos soupçons.

— Vous soupçonniez que ses éléments ne fonctionnaient pas et vous ne m'avez rien dit ? m'exclamai-je en écarquillant les yeux. Sérieusement, Titus ?

— Tu te trouvais avec Claire lorsque nous en avons discuté, murmura Vox. Et ensuite, j'ai oublié de te le dire. Nous étions si absorbés par ce voyage…

Il s'interrompit et ses iris noirs cerclés d'argent croisèrent les miens.

—Je suis désolé, Sol. J'ai été distrait dernièrement.

— Nous avons tous été distraits, murmura Exos en posant son regard sur une Claire tremblante. Quand as-tu perdu accès à tes éléments ?

—Je n'ai pas pu accéder à la source depuis que je suis tombée enceinte… Je pense… je pense que parfois, le pouvoir sort de moi sans ma permission. Comme pour le gâteau de feu.

Elle posa sa main sur son ventre et lui prodigua de longues caresses circulaires. Le geste semblait naturel et protecteur.

— Je pense que le faëling bloque plus ou moins mes pouvoirs, mais vous avez dit que des choses étranges peuvent parfois se produire, n'est-ce pas ? Je suis une Halfeline, et personne ne sait à quoi s'attendre durant une grossesse mi-faë mi-humaine.

Titus fronça les sourcils. Tout cela lui plaisait autant à lui qu'à moi.

— Tu aurais dû nous le dire.

Sa lèvre inférieure se mit à trembler et je passai un bras autour d'elle, voulant à la fois la consoler et l'étrangler.

C'était typique de notre compagne de ne pas se confier à nous à propos de quelque chose qu'elle considérait comme trivial. Ou à propos de quelque chose dont elle pensait devoir nous protéger.

— C'est notre rôle de te protéger, petite fleur, lui dis-je en la serrant un peu dans mes bras. On ne peut pas remplir notre tâche si tu ne nous parles pas des choses qui peuvent être *des questions de vie ou de mort*.

Je fusillai les autres du regard.

— Et vous êtes tous aussi à blâmer. Si j'avais été au courant de vos soupçons, j'aurais éteint ce fichu incendie.

— Vox s'est déjà excusé, dit Exos, diplomate comme toujours. Nous aurions dû te le dire. Moi aussi, je suis désolé. Mais à présent nous savons tout, n'est-ce pas ? Ou y a-t-il d'autres choses que tu dois nous dire, Claire ?

— Je ne voulais simplement pas que vous vous inquiétiez, marmonna-t-elle avant de lever son regard vers moi. Et je ne voulais pas que vous me regardiez comme… comme *ça*. Comme s'il y avait quelque chose qui n'allait pas chez moi.

Je souris et lui repris le menton.

— Nous t'aimons, Claire. Nous voulons juste faire en sorte que tout se passe bien pour toi et le faëling. C'est tout.

Elle hocha la tête en se mordant la lèvre.

— Peut-être… peut-être que je pourrais aller voir un docteur humain ?

Titus soupira.

— Je pense qu'une guérisseuse serait plus adaptée.

Le regard de Cyrus oscilla entre Titus et Claire.

— En fait, je pense que ce ne serait pas une si mauvaise idée. Cela contribuera à apaiser le côté humain de Claire, et on est tous d'accord que cela fonctionne. Cela ne peut pas faire de mal.

Il s'empara de la main de notre compagne pour

l'attirer dans ses bras. Je la relâchai, sachant que Cyrus saurait exactement quoi lui dire pour qu'elle se sente mieux.

Il plaça ses cheveux par-dessus ses oreilles pour dissimuler les extrémités pointues qui révélaient sa descendance faë.

— Et si tu veux utiliser la technologie humaine pour pouvoir nous dire le sexe du bébé, je pense que ce serait un formidable cadeau de Noël.

Cyrus avait dû lire cette pensée dans sa tête, car ses yeux se mirent à pétiller d'excitation et de complicité. Il l'embrassa sur le front et je me relaxai quand je vis ses traits se détendre en un sourire.

— On peut savoir le sexe du bébé ? demanda Vox avec une note d'espoir dans la voix.

— Oui, murmura Claire.

— Est-ce que c'est ça que tu veux, bébé ? dit Exos en lui prenant la joue. Tu veux savoir le sexe de l'enfant ?

Elle se mordit la lèvre et hocha la tête.

— Oui.

— Dans ce cas, nous aussi, dit Titus en parcourant du regard le groupe pour voir si quelqu'un allait s'y opposer.

Moi, j'étais carrément d'accord.

Une vague d'excitation avait remplacé la discorde dans le cercle de compagnons.

Et cela changeait tout.

Est-ce que c'est un garçon ou une fille ? me demandai-je en regardant son ventre. Je préférerais que ce soit une fille. De préférence, une petite pousse faë toute mignonne qui un jour s'épanouirait en une femme aussi belle que sa mère.

Ou peut-être que c'était ce que je voulais pour nous.

Un jour, me promis-je. *Un jour, nous aurons une petite fille.*

J'en ressentis la certitude au plus profond de moi et me mis à sourire béatement.

Claire croisa mon regard, sa bouche rivalisant avec la mienne. *Cela me plairait beaucoup,* me dit-elle doucement.

Moi aussi, petite fleur. Moi aussi.

CLAIRE

yrus m'aida à sortir de la voiture de location, qu'il avait récupérée hier au cas où nous en aurions besoin, et m'escorta dans l'hôpital. Il m'avait prévenue que si le médecin trouvait quelque chose d'anormal, il m'évaporerait immédiatement dans le royaume des Faë Élémentaires, et qu'il se moquait des lois interroyaumes.

J'espérais ne pas en arriver là et choisis plutôt de voir les choses d'un œil positif et avec optimisme alors que nous traversions l'immense réception de l'hôpital.

La plupart des gens n'aimaient pas les hôpitaux, mais moi je trouvais incroyable qu'il existe un endroit où je pouvais me rendre et trouver immédiatement des gens prêts à m'aider. Cela en disait long sur la compassion humaine.

Titus prit la tête de notre expédition tout en redressant le bonnet de père Noël que je lui avais acheté plus tôt au magasin.

Je tirai sur le pompon blanc et le gratifiai d'un sourire.

— Tu fais vraiment un bel elfe de feu.

Il me jeta un regard noir.

— Ne pousse pas le bouchon trop loin, Claire. Ce bonnet est déjà assez humiliant, avec cette boule qui me pend devant le nez.

Il souffla sur le pompon tout en regardant Cyrus qui ne pouvait se retenir de sourire.

Les gars avaient décidé que Titus devait porter le bonnet pour entretenir la joie de Noël. Mon compagnon du feu n'approuvait clairement pas, ce qui semblait seulement m'amuser au lieu de me contrarier.

Oui, les hormones de grossesse me rendaient dingue.

Et j'aimais plutôt ça.

Une réceptionniste nous accueillit et pointa du doigt le couloir.

Prendre rendez-vous n'avait pas été facile, mais il y avait des avantages à avoir des compagnons puissants. Exos avait déjà établi des contacts dans l'Ohio avant notre arrivée, sachant que cette visite pourrait être nécessaire. Il s'était également préparé à une éventuelle naissance, que je voulais donner à l'hôpital, pas à la maison. J'adorais le fait qu'il prévoit tout en amont et qu'il fasse tout ce qui était en son pouvoir pour que mes souhaits soient exaucés.

Nous entrâmes dans le bureau qui nous avait été

indiqué. Une fois à l'intérieur, une autre réceptionniste dévisagea d'un air méfiant mon groupe de compagnons.

— Euh, puis-je vous aider ?

— J'ai rendez-vous, dis-je avec un sourire.

La femme contempla mes compagnons en clignant des yeux, et plus particulièrement Sol, qui s'était dirigé vers l'un des sièges et essayait de s'asseoir, *sans succès*.

— Et, euh, qui est le père ? demanda-t-elle en gardant la tête baissée, comme si c'était une question naturelle à poser. Nous préférons ne pas autoriser, euh, les visiteurs.

Je fronçai les sourcils. Biologiquement, Cyrus était le père, mais tous mes compagnons avaient une place dans mon cœur et dans la vie de mon faëling.

— Ils sont tous le père, dis-je sans hésiter. Cela pose-t-il un problème ?

Quelques femmes dans la pièce toussèrent.

Exos se pencha et je vis qu'il arborait le sourire de charmeur qu'il réservait aux négociations. Il l'utilisait sur moi bien trop souvent… et bien trop souvent aussi, il parvenait à ses fins.

— J'ai déjà tout arrangé avec le Dr Renalds. Si vous voulez bien vérifier avec elle, je pense qu'elle vous dira que tout est en ordre.

La réceptionniste fronça le nez et eut l'air de vouloir argumenter, mais Exos arborait toujours son sourire parfait. Elle finit par soupirer et se lever de sa chaise.

— Pourquoi est-ce que tout le monde nous regarde ? demanda Vox en chuchotant, posant sa main dans le creux de mon dos.

Oui, il y avait quelques détails de la culture humaine qui ne m'avaient pas manqué.

— La polygamie est très peu courante ici, expliqua Cyrus. Dans certains pays, c'est même illégal.

Vox fronça les sourcils comme s'il ne comprenait pas.

— Pourquoi un gouvernement contrôlerait-il le nombre de compagnons qu'une personne peut avoir ? Les humains n'ont-ils pas parfois plusieurs âmes sœurs comme les faë ?

Exos se racla la gorge alors que la porte latérale s'ouvrait et que quelqu'un appelait mon nom.

— Réservons les leçons sur les humains pour plus tard, suggéra-t-il à voix basse avant de faire un signe de tête à l'infirmière.

Nous nous faufilâmes tous dans le couloir alors que le personnel jetait des regards curieux à mes compagnons.

Titus abaissa son bonnet jusqu'aux yeux.

— Il te plaît maintenant le bonnet, hein ? ironisa Cyrus, ce qui fit sourire mon faë du Feu.

Après une courte attente dans une autre pièce et m'être glissée avec peine dans l'espèce de drap pathétique que les hôpitaux aimaient appeler une blouse, le médecin fit enfin son entrée.

Une grande femme aux cheveux roux flamboyant attachés en chignon entra et me gratifia d'un sourire éclatant.

— Claire Summers, n'est-ce pas ? Et oh, il y a tellement de pères ici avec nous ! J'ai été intriguée quand Exos m'a parlé de votre situation. Vous venez d'un autre pays. Il n'a pas mentionné lequel, cependant.

Exos s'éclaircit la gorge.

— Nous sommes très reconnaissants que vous puissiez nous recevoir dans un délai aussi court. J'espère que la subvention de l'hôpital est toujours utilisée à bon escient ?

Son sourire se crispa un peu et je compris soudain pourquoi Exos avait pu m'obtenir un rendez-vous dans un délai aussi court, ainsi que le droit d'entrée pour tous mes compagnons.

— Oui, absolument. D'ailleurs, nous avons pu acheter

deux nouveaux appareils d'échographie haut de gamme, dont l'un sera utilisé aujourd'hui, déclara-t-elle avant de poser son regard sur moi. Exos m'a expliqué que vous souhaiteriez connaître le sexe de votre bébé ?

Je rayonnai et parcourus du regard mes compagnons pour confirmer qu'ils mouraient d'envie de savoir autant que moi.

— Oui, nous aimerions beaucoup savoir, dis-je en m'asseyant sur le bord de la chaise d'examen. Mais d'abord, je veux m'assurer qu'il ou elle est en bonne santé. C'est tout ce qui compte vraiment pour moi.

Elle hocha la tête et nota quelque chose sur son dossier.

— Oui, bien sûr. Nous allons voir ça tout de suite.

Elle me fit m'allonger et mes compagnons parvinrent à se placer tout autour de moi sans se trouver dans le chemin. Je savais que rien de tout cela ne ferait mal, mais je me sentais tout de même un peu nerveuse.

Vox et Sol observèrent la machine qu'elle fit rouler jusqu'à moi, visiblement fascinés par la technologie. Cyrus et Exos avaient plus d'expérience avec les appareillages humains, tandis que Titus était plus difficilement impressionnable.

La doctoresse appliqua un appareil sur mon ventre après l'avoir enduit de gel froid. Nous tressaillîmes tous lorsqu'un bruit sourd et rapide retentit dans toute la pièce.

— Ah ! s'exclama-t-elle en immobilisant l'appareil sur mon flanc gauche. Là. Quel fort battement de cœur !

Mon propre cœur sembla s'accélérer pour se calquer sur le rythme rapide.

— Est-ce que c'est censé être aussi rapide ? demandai-je.

Elle sourit et son attitude détendue me rassura quelque peu.

— Oui. Le rythme cardiaque d'un fœtus doit être

compris entre cent dix et cent soixante battements par minute. Votre bébé se trouve plutôt dans la fourchette basse, mais il est tout à fait dans les normes.

Mes épaules se détachèrent de mes oreilles.

— D'accord, super.

— Et le sexe ? demanda Cyrus d'un ton plein d'espoir.

Il connaissait probablement déjà le rythme cardiaque et avait sûrement dû évaluer le fœtus grâce à son élément esprit, contrairement à moi qui n'avais pas pu. Mais je soupçonnais Cyrus d'avoir résisté à l'envie de découvrir le sexe en utilisant ses dons faë. Son regard plein d'anticipation croisa le mien et je vis que tous mes compagnons avaient également le même air. Je savais que c'était un moment dont nous nous souviendrions pour le reste de notre vie.

Elle sortit un appareil différent et une image floue apparut sur l'écran. Elle se mit à déplacer le scanner sur mon ventre, ce qui fit bouger le bébé, mais je savais qu'il ne ressentait aucun stress, c'était simplement sa réaction à la pression appliquée. Le médecin sourit et appuya sur un bouton, et une image fixe semblable à une tache d'encre apparut.

Elle pointa l'écran du doigt.

— Vous voyez ça ? On dirait bien que vous allez avoir un garçon.

Titus bondit sur ses pieds en rugissant de joie.

— Oui ! J'en étais sûr !

Mes compagnons se mirent tous à rire, ravis de la nouvelle. Quant à moi, je faisais de nouveau face à ces fichues larmes qui semblaient vouloir inonder ma vision, peu importe si j'étais heureuse ou triste. J'aurais adoré les nouvelles, quelles qu'elles soient, mais un garçon ?

Un garçon.

Un petit roi faë.

Cette simple idée fit tripler mon cœur de volume et je crus que j'allais mourir sur place.

Je pris les mains de Cyrus dans les miennes tandis que les larmes coulaient librement sur mes joues.

— Un garçon, répétai-je à voix haute.

Dans mon esprit, Cyrus fit écho à mon bonheur.

Notre petit héritier des fêtes.

EXOS

23 décembre

Le cercle de compagnons bourdonnait d'excitation et d'envie de faire la fête.

Claire et le bébé allaient bien, plus que bien même, et ils iraient encore mieux après avoir été nourris et rassasiés.

Mais nous avions prévu de surprendre notre compagne à plus d'un titre à cet égard. Nous voulions tous prouver à notre Claire que porter un enfant ne faisait que la rendre plus belle et plus désirable, pas moins.

Je jetai un coup d'œil à la liste d'aliments humains qu'elle m'avait donnée. Quand je lui avais dit que je sortais pour faire quelques courses, elle n'avait pas réalisé que cela incluait un énième détour par le royaume de l'Enfer. Cyrus s'y était aventuré hier, et aujourd'hui, c'était mon tour.

Ces ordures de démons nous donnaient vraiment du fil à retordre. Et j'étais plus ou moins convaincu que c'était par pur sadisme.

Cependant, je sentais que nous faisions malgré tout, des progrès notables.

Plutôt que de parler à Claire de ma petite excursion, car il n'y avait aucun intérêt à l'inquiéter, j'avais accepté de faire ses emplettes, et voilà pourquoi je me retrouvais dans un supermarché humain après avoir passé littéralement quelques heures en enfer.

Je parcourus les allées et trouvai tous les articles de sa liste, et y ajoutai même ce que j'estimais intéressant. Je pris aussi quelques décorations de Noël pour le cottage, car j'étais sûr que Claire ne verrait pas d'inconvénient à en rajouter.

La plupart des aliments ne me semblaient pas très sains, mais elle pouvait se faire plaisir. Non, elle *devait* se faire plaisir. Faire grandir un faëling demandait beaucoup d'énergie, et Claire avait besoin de toutes les calories qu'elle pouvait ingérer.

Une fois la question de la nourriture réglée, il allait falloir qu'elle se détende et qu'elle se repose, et je savais exactement ce qu'il fallait pour la distraire et l'empêcher de penser aux questions politiques ou à l'arrivée imminente de notre faëling.

Chaque naissance était unique et difficile, ce qui, malheureusement, était similaire chez les Faë et les humains. J'avais fait mes recherches avant de me lancer dans cette aventure avec mon cercle de compagnons afin d'être aussi bien préparé que possible.

Cependant, aucune de mes planifications n'aurait pu me préparer à cet instinct protecteur qui rayonnait en moi ni à cette nouvelle couche d'amour qui tapissait mon lien avec Claire et avec notre cercle de compagnons. Cela nous avait rapprochés, avait renforcé notre amour et avait mis en valeur son caractère permanent d'une manière inattendue.

Si un seul enfant pouvait avoir cet effet-là, alors j'espérais en avoir beaucoup d'autres.

Après avoir survécu à celui-ci.

Et une fois que Claire aurait décidé qu'elle était prête, bien sûr.

Pour l'instant, je voulais juste m'assurer qu'elle était aussi à l'aise que possible et qu'elle n'avait à s'inquiéter de rien.

Je finis mes achats et empilai les sacs dans la voiture, puis me remis en route vers le cottage. Lorsque j'arrivai, je tombai sur Claire en train de rire, une vraie mélodie pour mes oreilles. Je ne pus m'empêcher de sourire.

Vox et Sol l'avaient installée sur un canapé moelleux et ses pieds reposaient sur une causeuse. On aurait dit l'image d'une déesse de la fertilité saupoudrée de magie du Pôle Nord, qui était d'ailleurs l'un des seuls royaumes faë que les humains avaient plus ou moins compris, même s'ils considéraient le père Noël comme un mythe.

Je ne pouvais m'empêcher de me sentir moi-même d'humeur festive et souriais bêtement en observant les flocons de neige que Cyrus avait fait venir de dehors. Il les avait congelés de façon permanente et Vox utilisait sa magie de l'air pour les faire tourbillonner dans la pièce, créant ainsi un air de fête pour notre plus grand plaisir à tous. Titus avait également placé plusieurs bougies devant les fenêtres, et toutes étaient ornées de vraies flammes, ce qui pourrait être considéré comme dangereux pour la plupart des humains, mais pas pour un faë du Feu.

En plus de notre magie décorative à nous, nous avions trouvé des guirlandes humaines, du houx et des rubans rouges que nous avions répartis un peu partout. Un sapin de Noël géant resplendissait près de la fenêtre et ajoutait la touche finale à l'ambiance.

Claire sourit lorsqu'elle me vit arriver et Cyrus me rejoignit pour m'aider à porter les provisions. Vox et Sol quant à eux se disputaient pour savoir qui allait masser les pieds élégants de Claire qui dépassaient de la couverture dans laquelle elle s'était blottie.

— Je suis un bien meilleur masseur, insista Vox en faisant une démonstration sur le pied gauche de Claire.

Elle gémit alors qu'il passait son pouce de manière experte pour apaiser sa cheville enflée.

Sol fronça les sourcils.

— C'est ce qu'on va voir. Est-ce que c'est le début d'un nouveau défi pour le faëling numéro deux ? Parce que je suis partant.

— Ne vends pas la peau de l'ours avant de l'avoir tué, répliqua Claire.

L'air perplexe de Sol s'accentua.

— Tu ne vas vendre la peau de personne, Claire, fit-il en écarquillant les yeux. N'est-ce pas ? Je veux dire, les humains sont bizarres, mais quand même ?

Elle gloussa en s'enfonçant davantage dans le canapé.

— Pas de peau, promit-elle. C'est juste une expression.

— Les humains ont des expressions étranges, se plaignit Sol.

Après toutes ces années, il était encore dérouté par

certains des propos de notre compagne, mais il aimait apprendre.

— On pourrait faire une épreuve de massage, juste pour s'entraîner, dit doucement Vox en passant de nouveau ses doigts sur un point près de son talon, ce qui lui fit se mordre la lèvre.

Oh, elle savait bien où tout cela nous mènerait. Je le voyais dans ses joues rougies et sa manière de mettre subtilement sa poitrine en avant. *Magnifique*, pensai-je, momentanément distrait dans mon activité de ranger les courses. Puis Cyrus me donna un léger coup de pied et je pris les deux sacs qu'il me tendait pour qu'il puisse aller en chercher d'autres dans la voiture.

— Tant qu'on ne refait pas les épreuves d'orgasmes, dit Claire en caressant son ventre arrondi. Je me remets encore de la dernière séance.

Malgré ses protestations, ses yeux pétillaient à la simple évocation du souvenir et un murmure de désir parcourut notre lien.

Oui, ma Claire était prête pour ce que nous avions prévu ce soir. Je n'étais pas le seul à réagir à son besoin croissant d'être rassasiée physiquement.

Je m'étais préparé à ça. La libido accrue était une caractéristique commune aux grossesses faë et humaines. Mais les faë l'expérimentaient à un tout autre niveau, ce que Claire allait très bientôt découvrir.

C'était une faë avec un état sexuel déjà accéléré, ce qui suggérait que la phase trois pourrait la rendre folle une fois déchaînée. J'espérais juste qu'elle n'essayerait pas de la réprimer.

Les faë étaient des créatures sexuelles, pleines de passion. Nous possédions la force et l'endurance nécessaires pour relier les sources élémentaires entre elles afin de produire la vie. Ce n'était pas un simple acte physique comme cela pouvait l'être pour les êtres humains. Pour les faë, les enfants étaient tout autant une création spirituelle que physique.

Sol sourit à la déclaration de Vox.

— Va pour l'épreuve de massage, décida-t-il. Je vais commencer par ce pied, puis nous te masserons plus en profondeur, après avoir mangé.

Il tourna son regard vers moi et je lui fis un petit signe de tête pour lui faire part de mon approbation.

Titus passa devant moi et entreprit de m'aider à ranger la nourriture pendant que Cyrus apportait le dernier des sacs. Il avait le sourire aux lèvres et sentait la tension monter. Nous savions tous ce qui allait se passer ce soir.

Enfin, tous, sauf Claire.

— Je vais gagner cette fois-ci, jura Titus en faisant référence aux événements à venir de ce soir.

La phase trois était consacrée au partage élémentaire… via le sexe.

—Je suis confiant, reprit-il en plaçant un jambon sur le comptoir à côté de certains des articles que j'avais déjà mis de côté pour notre repas.

J'esquissai un sourire, mais ne répondis pas.

Parce qu'il n'y avait aucune chance que ce soit lui qui dure le plus longtemps ce soir. Je misais sur moi ou sur Cyrus. Nous avions tous les deux déjà dansé avec la source de pouvoir. Nous savions comment la maintenir en équilibre.

Bien sûr, la troisième phase ferait passer à la trappe tout ce que nous savions. Donc, à ce stade-là, n'importe qui pouvait l'emporter. Et franchement, nous serions tous gagnants finalement, car cela signifiait jouir en Claire.

Le regard de Vox oscilla entre notre compagne et la cuisine.

— Est-ce qu'il y a quelque chose à cuisiner ?

interrogea-t-il d'une voix qui laissait entendre qu'il ne voulait clairement pas abandonner sa compétition de massage avec Sol.

Je gloussai.

— La plupart des aliments sont précuits ou déjà préparés. Nous pouvons nous en occuper, Vox. Tu n'as pas besoin de toujours nous faire à manger.

Claire exprima son accord :

— Oui, tu ferais mieux de ne pas arrêter ce que tu es en train de faire. Je t'ordonne d'être mon compagnon officiel masseur de pieds.

Sol prit cela comme un défi. Il avait appris à contrôler sa force au fil des ans et fit une démonstration de ses compétences en malaxant avec soin et avec juste ce qu'il fallait de pression l'autre voûte plantaire de Claire. Celle-ci roula les yeux de plaisir.

— Correction, dit-elle. Vous pouvez tous les deux être mes compagnons masseurs de pieds.

J'esquissai un sourire.

— On te dira quand il sera temps de passer à table.

EXOS

Claire écarquilla les yeux à la vue des plateaux de nourriture que nous apportâmes, les disposant tout autour d'elle pour qu'elle n'ait pas à bouger de sa chaise. J'avais trouvé un plateau de petit-déjeuner qui fonctionnait parfaitement pour mettre la nourriture à la hauteur de ses yeux sans gêner son ventre rebondi.

Elle balaya les offrandes du regard en se léchant les lèvres, et ce geste fit tressauter ma queue.

Oui. C'était exactement ça qu'il lui fallait ce soir : du sexe.

Ainsi que de la nourriture humaine.

Elle avait déjà l'air plus en forme et plus heureuse, et bien partie pour la phase trois.

Nous la sentions tous arriver.

Ce soir.

Elle détacha un petit morceau d'un gâteau miniature fourré d'une crème blanche et gémit en en prenant une bouchée. Soudain, mon pantalon fut trop serré.

— Claire, avertit Cyrus avec un sourire diabolique. Si tu continues à faire des bruits comme ça, tu vas nous donner envie de manger quelque chose, nous aussi. Et ce ne sera pas de la nourriture.

Un rougissement adorable teinta ses joues tandis qu'elle mâchait.

— Je ne peux pas m'en empêcher, dit-elle la bouche pleine tout en s'emparant d'un autre aliment. Je suis affamée, et c'est bon comme le péché.

Mmmh, j'aime ce mot dans ta bouche, lui dis-je. *Dis « péché » encore une fois.*

Son regard pétilla dans ma direction. *Péché.*

Je souris. *Bonne fille, Claire. Je te récompenserai plus tard.*

Ne fais pas de promesses que tu n'as pas l'intention de tenir.

Ai-je jamais failli à une promesse sexuelle ? demandai-je en arquant un sourcil.

Mon commentaire fit descendre son rougissement dans son cou pour venir disparaître sous la montagne de couvertures.

Je laissai passer son absence de réponse, principalement à cause du gémissement qu'elle poussa en mordant à nouveau dans son cupcake et, car je n'arrivais pas à penser à autre chose qu'à ce petit son sexy.

Nous l'observions tous manger et nos propres appétits

augmentaient chaque minute. Elle semblait complètement inconsciente de l'intensité qui planait, trop perdue dans son repas. Ce qui était une bonne chose. Elle avait besoin d'énergie pour la phase trois.

Mais une nouvelle connexion palpitait entre nous tous, la vie en elle appelant nos sources avec une urgence qui ne pouvait plus être ignorée. La source élémentaire faisait appel à mon affinité pour l'esprit, me poussant à faire fructifier la vie dans son ventre en partageant ma magie à travers nos liens à un niveau intime.

Normalement, j'observais.

Normalement, j'attendais.

Cette fois-ci… je n'étais pas sûr de pouvoir le faire.

Une fois Claire rassasiée, elle se laissa aller dans son siège avec un soupir de contentement.

— Je me sens beaucoup mieux, admit-elle.

Ses paupières se fermèrent et elle passa ses mains sur son ventre. Je la vis sourire lorsque ses doigts tressaillirent.

— Le faëling donne des coups de pied. Il est heureux, lui aussi.

Et probablement en train de grandir, pensai-je.

Elle glisserait bientôt dans un sommeil préparatoire. Je la sentais se rapprocher de la fin de l'étape finale, celle où un autre accouplement serait nécessaire. C'était une sensation indescriptible d'anticipation dans nos liens de compagnons, qui me poussait à apaiser cette exigence persistante qui tourmentait ma compagne.

Bien que son appétit pour la nourriture ait été assouvi, je ne pus m'empêcher de noter un air fugace de frustration lorsqu'elle ouvrit les yeux pour nous regarder. Il lui restait encore un besoin à satisfaire.

Ou plutôt, cinq besoins, à en juger par la façon dont son regard passa en revue le cercle de compagnons.

Je débarrassai Claire du plateau du petit-déjeuner et de la couverture, puis lui pris la main.

— Je crois que nous avons une épreuve de massage à explorer, dis-je avec un sourire malicieux.

Ses yeux se mirent à briller avant qu'elle n'attrape le col de mon costume pour le renifler.

— Tu as fumé ?

Oups. Problèmes des mondes souterrains.

— Non, mais je suis passé à côté de personnes qui fumaient quand je suis allé chercher toute cette nourriture humaine que tu m'as demandée, dis-je, lui rappelant négligemment que j'avais trouvé tout ce qu'elle avait demandé sur sa liste.

Et ce n'était pas un mensonge. J'étais passé devant des humains qui fumaient, même s'ils se trouvaient de l'autre côté du parking. Je lui embrassai la joue.

— Es-tu prête pour un massage, Claire ?

Elle serra les poings en baissant les yeux sur son ventre.

— Je ne pense pas pouvoir…

Elle savait où je voulais en venir, et cela la terrifiait. Je sentis sa peur surgir à travers les liens, et cela me fit si mal au cœur que je crus étouffer.

Cyrus vint se placer à côté de moi et lui prit son autre main pour la remettre debout.

— Tu n'as rien à faire, petite reine.

Son assurance s'infiltra dans mon esprit, me rassurant sur le fait que Claire pouvait être convaincue. Nous n'avions jamais échoué jusqu'ici.

— Laisse-nous te vénérer, dit-il d'un ton doux et royal. C'est tout ce que nous voulons.

Elle se mordit la lèvre avant de nous faire un signe de tête, et c'était la permission dont j'avais besoin. Son esprit appelait le mien avec une telle clarté qu'une mélodie se mit à résonner dans ma tête, mélodie sur laquelle nos âmes dansaient pour se lancer dans une nouvelle cour nuptiale.

Magnifique.

Cyrus et moi l'escortâmes jusqu'au lit gigantesque. Je l'arrêtai alors.

— Est-ce que je peux te déshabiller, Claire ? demandai-je. Les massages sont meilleurs quand on est nu.

Elle se lécha les lèvres, puis hocha lentement la tête.

— Des mots, bébé, murmurai-je. Il me faut des mots.

— Oui, chuchota-t-elle. Tu peux me déshabiller.

Je souris et la récompensai d'un doux baiser, mes doigts taquinant le bord de sa chemise de nuit.

— Merci, Claire.

J'adorais l'acte de retirer ses vêtements. Comme tous les autres d'ailleurs, mais je voulais lui rappeler avec mes mots et mes caresses afin de m'assurer qu'elle n'ait pas de doutes sur sa beauté. Parce que pour nous, elle était parfaite. Splendide. Une déesse des éléments, même s'ils étaient bloqués en ce moment.

La chair de poule envahit ses bras lorsque je fis lentement glisser les bretelles de sa chemise de nuit. Puis elle se figea lorsque le tissu dévoila ses seins.

Mmmh, non, ça n'allait pas le faire.

Je la voulais fluide. Chaude. Avide de nos caresses. Pas frigorifiée et effrayée de ce que nous pourrions penser de sa silhouette magnifique. Je sentais cette incertitude dans notre lien et l'avais entendue dans sa voix lorsqu'elle avait affirmé qu'elle ne serait peut-être pas capable d'accepter un massage.

Il fallait que notre compagne entre dans la phase trois en se sentant chérie et aimée.

Pas en manquant d'assurance et se sentant esseulée.

Ne pouvait-elle pas sentir l'attraction de la source ? La mélodie bien réelle qui fredonnait dans mes oreilles, dans mon cœur et dans mon âme et qui me suppliait de la prendre ? D'accomplir la prochaine étape ? De lui donner ce que son corps réclamait et désirait le plus ?

Oh, Claire.

Je fis glisser mes lèvres le long de son épaule pour l'inciter à se détendre et effleurai son esprit avec le mien, l'amadouant et l'amenant plus près de la source aveuglante de notre pouvoir. Une nouvelle vie y avait été créée, une vie que nous chéririons ensemble en tant que famille.

Mais d'abord, elle devait savoir à quel point elle était aimée de nous tous et à quel point nous la désirerions toujours. Un enfant n'allait pas changer cette facette de notre vie. Au contraire, il n'avait fait que nous rapprocher les uns des autres.

— Allonge-toi, ordonnai-je d'une voix autoritaire qui fit naître une étincelle de rébellion dans ses yeux.

Elle n'aimait pas qu'on lui donne des ordres, mais en cet instant, elle se devait de m'écouter. Elle était bien trop absorbée par ses propres doutes et peurs. J'avais besoin qu'elle lâche prise et qu'elle me laisse prendre le contrôle.

Elle remit sa chemise de nuit en place, nous dissimulant sa peau lumineuse, mais s'allongea sur le lit comme je l'avais demandé. Je m'agenouillai à côté d'elle et fis courir mes doigts sur sa joue.

— J'ai besoin de t'aimer, Claire.

Je la suppliais rarement et n'irais pas plus loin dans mes prières. Elle se mordit la lèvre avant de répondre.

— Pour tout te dire, ce n'est pas très confortable pour moi, d'être allongée sur le dos, admit-elle.

J'esquissai un sourire. Oh, eh bien, pas de souci, j'avais une autre position en tête qui conviendrait encore mieux à mon humeur.

— Est-ce que tu peux te mettre à genoux ? suggérai-je en arquant un sourcil alors que mon plan se déroulait dans mon esprit. J'allais te masser les seins, mais je peux travailler avec une autre zone.

Elle déglutit et jeta un coup d'œil au reste du cercle de compagnons, prenant note de la façon dont Sol et Vox se tenaient près du mur, impatients d'avoir une bonne vue de ce qui allait suivre. Cyrus et Titus s'étaient placés de part et d'autre de nous et glissés sur le lit avec une détermination sensuelle qui transpirait abondamment dans nos liens.

J'envoyai une vague de ma magie d'esprit au travers d'elle, et elle reporta son regard sur moi.

— Mais je suis tellement… *enceinte,* protesta-t-elle, doutant encore de sa beauté.

Comme si la voir pouvait amoindrir notre amour ou décourager notre désir.

C'était précisément la raison pour laquelle ceci devait se produire ici et maintenant.

— À genoux, Claire, lui dis-je avec autorité.

Elle déglutit, mais obtempéra. Son pouls battait si fort que je le voyais palpiter dans son cou.

Les mots n'allaient pas résoudre notre problème.

Nous allions devoir agir.

Je fis appel à mon affinité secondaire pour le feu et en étalai prudemment une couche sur sa chemise de nuit, qui se désintégra et la laissa nue. La chaleur luisait agréablement contre sa peau tandis qu'elle serrait les poings, toujours nerveuse et incertaine.

Déterminé à la rassurer, je fis suivre ma magie de mes mains puis mes lèvres, embrassant ses seins gonflés jusqu'à son ventre arrondi. Puis je la poussai lentement en avant pour qu'elle se retrouve à quatre pattes.

Cyrus et Titus attendaient patiemment, leur excitation évidente. Je ne doutais pas qu'ils entendaient la même mélodie que moi, car l'appel de nos éléments était trop fort pour être ignoré.

Notre compagne frissonna lorsque j'effleurai son sexe trempé.

— Exos, lâcha-t-elle.

Mon nom ressemblait dorénavant plus à une supplique. Je souris. Nous avancions dans la bonne direction, mais j'avais besoin de plus venant d'elle.

— Quel genre de massage aimerais-tu ? demandai-je en attrapant ses fesses à deux mains pour les écarter.

Nom d'une faë, qu'elle était magnifique. Mon sexe se mit à tressaillir en la voyant si mouillée pour moi, et ma langue était impatiente de goûter à son nectar.

Vox et Sol émirent tous deux des sons étranglés derrière moi, également touchés par cette vue magnifique, mais pas seulement. Claire envoya une vague de désir à travers nos liens qui nous frappa tous comme un éclair.

Ça y est, songeai-je. *La troisième phase arrive.*

Exos...

Ne t'y oppose pas, bébé. Profite. Oublie tes peurs et laisse-toi simplement aller.

J'embrassai la base de sa colonne vertébrale, mes mains semblables à des marques au fer rouge contre ses hanches alors que je la caressais pour apaiser ses insécurités, l'encourageant à venir jouer.

Tu es notre déesse, Claire. Notre reine. Laisse-nous te vénérer. Je mordillai l'os de sa hanche, puis léchai sa colonne vertébrale une fois de plus. *S'il te plaît, bébé. Tout ce que nous voulons, c'est te faire du bien.*

Elle gémit, ses soucis s'envolant alors qu'elle se concentrait sur le désir palpitant et bien réel entre ses jambes. Je ressentais son désir qui s'infiltrait dans son esprit et palpitait dans le mien. Elle avait besoin de ça. Et nous aussi.

Est-ce que tu ressens notre désir ? lui demandai-je. *Est-ce qu'il te brûle autant que le tien me brûle ?*

Un autre gémissement, suivi cette fois de ses poings qui s'agrippèrent aux draps.

Cyrus augmenta l'intensité qui régnait dans la pièce en ouvrant son pantalon et en libérant son érection. Il caressait son membre à un rythme lent, tout en l'observant avec des yeux lourds de désir.

Titus copia le mouvement, laissant voir à notre Claire l'effet qu'elle lui faisait. Qu'elle *nous* faisait.

— Tu vois comme ils sont durs, bébé ? demandai-je contre son oreille.

Mes mains parcouraient toujours son corps, légères et caressantes plutôt que minutieuses et savantes. Je voulais qu'elle cède d'abord. Ensuite, je lui donnerais ce dont elle avait besoin, ce dont nous avions *tous* besoin.

— Est-ce que c'est du liquide séminal, Titus ? Je pense que tu devrais faire goûter à notre Claire. Histoire de lui rappeler à quel point nous avons envie d'elle.

Titus passa son pouce sur son gland et porta l'humidité à ses lèvres. Elle gémit bruyamment, son corps convulsant sous mes mains.

— Mmmh, ça me donne envie de te goûter, bébé, dis-je en écartant ses genoux pour me glisser sous elle sur le lit, mes pieds toujours sur le sol. Assieds-toi sur mon visage, ordonnai-je. Laisse-moi te goûter.

Elle frissonna, ses jambes flageolant sous l'intensité de mon ordre et de son envie irrésistible d'obéir. Cyrus se rapprocha et ses doigts trouvèrent son téton avant de le pincer légèrement.

— Mon frère t'a donné un ordre, petite reine. Est-ce que tu vas lui désobéir ?

—Je…

Elle trembla tout en abaissant son sexe vers ma bouche, où je lui donnai un grand coup de langue.

— Oh, *par tous les faë*, lâcha-t-elle dans un souffle en tombant presque en avant.

Mais Cyrus la rattrapa d'une main contre son sternum.

Je suçai son clitoris, la faisant crier mon nom de ce ton que j'adorais. Je recommençai, et elle me gratifia d'un spasme qui lui parcourut tout le corps.

— Oh, répéta-t-elle alors que ses jambes convulsaient. J'ai besoin de… *J'ai besoin*…

— Dis-nous ce dont tu as besoin, petite reine, murmura Cyrus.

— Oui, ma belle. Dis-nous ce que tu veux, ajouta Titus d'une voix basse et fiévreuse alors qu'il portait à nouveau son pouce à ses lèvres.

Sans le voir, je sentais son plaisir monter à travers le lien jusqu'à une frénésie cataclysmique.

— J'ai besoin de vous en moi, dit-elle. Oh, tout de suite. J'en ai besoin *tout de suite*.

Je lui mordillai le clitoris, puis me retirai de sous elle tandis que les autres commençaient à se déshabiller.

Cyrus et Titus la prirent en premier, leurs membres déjà à l'air libre et avides de la satisfaire. Elle prit Titus dans sa bouche et l'emmena au fond de sa gorge avant d'attraper Cyrus et de lui réserver le même traitement.

Et merde alors, que je sois maudit si n'était pas le plus beau spectacle que j'avais jamais vu.

J'avais beau aimer regarder, je voulais prendre ma compagne en premier cette fois.

— Mon massage n'était pas terminé, l'avertis-je. Je ne faisais que commencer.

Elle me regarda par-dessus son épaule alors que j'ouvrais ma braguette. Puis elle se lécha les lèvres en inclinant ses fesses pour m'offrir une meilleure vue.

Oui, c'était ainsi que je préférais ma compagne. Volontaire. Désireuse. Exigeante. Et *dévergondée*.

Lorsque je m'élançai en avant et recouvris mon sexe de sa moiteur, sans pour autant lui donner la satisfaction de m'enfoncer en elle, elle gémit de frustration et prit à nouveau Titus en bouche, cette fois si fort qu'il en tressaillit.

Il laissa échapper un grognement.

— Attention, ma belle, ou je vais jouir au fond de ta jolie petite gorge.

Cela ne fit que l'encourager à le sucer encore plus fort, prenant probablement sa déclaration comme un défi.

Je fis glisser mon membre sur son clitoris, l'incitant à remuer ses hanches et à se frotter contre ma peau sensible. Je la ferais d'abord jouir comme ça, puis je la sauterais comme il se devait.

Elle relâcha le sexe de Titus lorsque je vins m'enfoncer entre ses plis, son dos se cambrant magnifiquement.

— Je veux voir Vox et Sol, gémit-elle.

Les deux faë avaient commencé à se masturber l'un l'autre, car ils savaient que cela plairait à Claire, mais ils se réserveraient pour elle lorsque leur tour viendrait. Je la positionnai de manière à ce qu'elle puisse les voir et ses paupières se firent lourdes de désir. Elle aimait regarder ses compagnons jouer, chose à laquelle je ne m'étais personnellement jamais adonné, mais je comprenais parfaitement la tendance voyeuriste, car j'aimais moi-même observer.

Sol faisait face à Vox, un poing appuyé contre le mur. Leurs corps nus nous offraient une vue de profil. Vox saisit son membre de sa main avant de faire glisser cette même main le long de celui de Sol. Face à ce spectacle érotique, les palpitations entre les jambes de Claire s'intensifièrent, m'encourageant à rediriger à nouveau ma tête vers son clitoris.

Elle cria en tombant la tête la première dans un

orgasme qu'elle retenait visiblement depuis un certain temps.

Vilaine fille, Claire, pensai-je à son attention. *Nous allons devoir te faire jouir toute la nuit maintenant, juste pour nous assurer que tous ces orgasmes que tu t'es refusés sont assouvis.*

Pour toute réponse, son corps fut pris de spasmes, ce qui déclencha une vague sensuelle au travers des liens.

La mélodie s'intensifia, grondant à travers nos connexions avec force, exigeant que nous relâchions le contrôle sur nos éléments, chose que nous avions pourtant tous appris à *ne pas* faire.

La troisième phase avait officiellement commencé, et elle nécessitait les cinq éléments, pas seulement un ou deux.

Il y a un faë très puissant qui grandit en toi, bébé, murmurai-je. *Il veut tous nos éléments.*

Tous ? répondit-elle. Elle semblait déjà épuisée. Puis elle reprit soudain vie avec un jet de puissance inattendu, son esprit bourdonnant à travers notre lien alors que la dernière étape s'enclenchait.

— Oh, *merde*, lâcha Claire.

Ce mot paraissait beau dans sa bouche si sexy.

— Oui, Claire.

Elle ne parut pas m'entendre, ses instincts prenant le dessus pour implanter son exigence auprès de nous tous, nous déchirant jusqu'à ce qu'il ne reste plus rien.

Nous n'avions pas d'autre choix que d'obtempérer et d'enfreindre la règle qui nous avait tous ancrés depuis que nous étions nous-mêmes de jeunes faëlings.

Libérer les éléments.

Ouvrir la source.

Se noyer dans l'extase.

Claire prit Titus profondément dans sa bouche, annihilant sa seule chance de lutter contre sa libération élémentaire. Puis elle remua ses hanches contre moi, amadouant mon sexe pour qu'il vienne jouer.

J'étais un faë puissant et fort.

Mais pas suffisamment fort pour me refuser à ma compagne.

Je m'enfonçai dans son corps qui frémissait, cédant à ses besoins et jurant alors qu'elle drainait la vie hors de mon manche. Chaque balancement de ses hanches mettait à l'épreuve ma résolution de ne pas craquer avant même que nous eussions commencé.

Titus s'abandonna à elle, ne parvenant pas à se retenir ni à contenir son pouvoir, et grogna en jouissant. Cyrus sourit contre la gorge exposée du faë, puis déposa un doux baiser contre son pouls. Ce n'était pas tant une raillerie qu'un tendre geste de complicité, et la tête de Titus retombant contre celle de Cyrus prouvait bien que le geste était apprécié.

Je ralentis mon rythme, faisant durer mon plaisir alors que Claire redescendait de son nuage et que l'exigence sévère de sa mélodie se calmait, rassasiée par l'offrande de Titus. Le faë du Feu s'affala sur le lit, rejetant sa tête en arrière avec un juron.

Il avait perdu au jeu de celui qui tiendrait le plus longtemps, mais je n'étais pas loin derrière.

Cyrus prit ensuite son tour. Claire s'agrippa à lui comme si sa vie en dépendait, le suçant avec un désir renouvelé alors que la mélodie reprenait de plus belle, avide de nous dévorer tous.

J'accompagnai ses mouvements de mes hanches, la récompensant lorsqu'elle prit mon frère plus profondément en bouche. Je me fichais que cet accouplement me détruise. C'était la chose la plus belle que j'avais jamais vécue.

Sol et Vox continuaient à se caresser l'un l'autre en nous regardant, les yeux rivés sur Claire. Celle-ci menaçait d'ailleurs d'atteindre un orgasme qui nous entraînerait tous avec elle.

Tout ceci était nouveau, *brut*, différent de tout ce à quoi j'avais pu m'attendre en ce qui concernait les effets secondaires sexuels des grossesses faë.

Mais j'en comprenais la raison désormais. Le lien de nos magies faisait ressortir nos pouvoirs et l'alimentait tout autant que n'importe quelle nourriture physique. Au lieu de satisfaire son corps, nous remplissions les puits de son pouvoir élémentaire, qui était nécessaire pour que la vie qu'elle porte arrive à terme.

J'étais prêt à me dépouiller de toute la magie qu'il fallait pour donner à Claire et au bébé ce dont ils avaient besoin, et je la sautai donc avec abandon, relâchant mon contrôle et déversant mon pouvoir en elle.

Elle ne put retenir un petit cri sous l'assaut de cette magie offerte sans réserve, et les éléments éclatèrent partout dans la pièce tandis que tous les faë de notre cercle de compagnons faisaient de même.

Des braises scintillèrent dans ses cheveux.

Des mottes de terre tournoyèrent autour de nous.

Une brise chaude caressa ma poitrine.

Puis de la brume envahit l'air et nous l'inspirâmes à pleins poumons, relâchant notre force vitale dans notre compagne et basculant par-dessus bord sans prendre le temps de regarder en arrière.

Prends tout de moi, Claire, lui dis-je. *Prends tout, jusqu'à la dernière goutte.*

CYRUS

Merde.

Je pouvais à peine respirer et mon cœur martelait si fort ma poitrine que je crus qu'il allait exploser.

J'étais plus ou moins convaincu que Claire venait d'essayer de nous tuer par le sexe. Et honnêtement, je n'étais pas le moins du monde contrarié. Parce que waouh.

Cela avait été l'un des échanges sexuels les plus intenses de mon existence. Une fois que j'eus regagné ma mobilité, j'avais voulu tout recommencer. Mais elle avait drainé l'élément eau de mon corps, me laissant à sec et affaibli.

Heureusement que nous avions fait ça dans le Monde des Humains. Je n'imaginais même pas les répercussions d'un tel acte dans le Monde des Faë, où nous étions tous beaucoup plus connectés à nos sources.

C'était peut-être pour cela qu'elle avait réagi si négativement à la nourriture faë. De manière plus ou moins inconsciente, elle avait su où elle devait se trouver pour la phase trois.

Ou peut-être que tout cela n'était qu'un coup du sort.

Quoi qu'il en soit, cela semblait juste. Et nous avions survécu. *De justesse.*

Bon réveillon, petite reine, lui murmurai-je. Techniquement, on était déjà au matin du réveillon de Noël. Mais comme elle ne pouvait pas m'entendre, cela n'avait pas vraiment d'importance.

Je pris une grande inspiration apaisante.

Puis la rejoignis au pays du sommeil.

— Enfin, bon sang !

Exos m'avait enlevé les mots de la bouche.

Notre troisième visite dans ce maudit monde souterrain avait finalement porté ses fruits et la preuve était dans ma main. Lucifer n'assisterait peut-être pas au vote, mais j'avais sa lettre de procuration, et c'était tout ce qui comptait.

Il avait fallu négocier un peu, surtout quand il avait exigé des femmes Faë Élémentaires en échange de sa coopération. Quand je lui avais expliqué que cela n'arriverait jamais, il avait entrepris de demander des choses plus pratiques. Comme de l'aide pour faire pousser certaines plantes comestibles. Et d'autres pour se défoncer.

— Je suis simplement content que ce soit terminé, dis-je en pliant la lettre avant de la mettre dans la poche de ma veste. J'ai hâte de retourner auprès de Claire et de revivre la nuit dernière.

— Ça m'a tout l'air d'être une excellente manière de passer le réveillon de Noël, convint Exos en appuyant sur les boutons du portail.

Il se tourna ensuite vers moi avec un sourire alors que le système s'enclenchait pour opérer sa magie.

— Titus veut une revanche.

— Il va quand même perdre, répliquai-je.

— Je sais, dit Exos. Mais moi, non.

Je haussai les sourcils.

— Tu as pourtant bien perdu hier soir.

— Je n'étais pas préparé.

J'eus un grognement sarcastique.

— Arrête ton char. Tu es toujours préparé.

— C'est vrai, fit-il avant d'esquisser un sourire. Et j'ai peut-être cédé hier soir, mais toi aussi.

— On a tous cédé, répondis-je. Elle était magnifique, putain.

— Oh que oui, murmura-t-il. Et c'est pourquoi nous devons recommencer.

— Est-ce que c'est à mon tour de la séduire pour la convaincre ? Parce que je pourrais probablement y arriver plus rapidement.

— Ce serait seulement grâce à mon aide d'hier soir, rétorqua Exos.

Je haussai les épaules.

— Ce n'est pas ma faute si tu t'es porté volontaire pour passer en premier.

— Ouais, ouais, fit-il avec désinvolture alors que nous

arrivions dans le Monde des Humains. Nous devons réfléchir à d'autres…

Il s'interrompit et fronça les sourcils.

Je ressentais exactement la cause de cette expression.

Quelque chose ne va pas.

Je ne demandai pas la permission et Exos n'eut aucune hésitation. Il savait ce que je devais faire. Je lui saisis le poignet et puisai dans les réserves de ma magie pour nous évaporer directement dans le cottage.

Malgré une courte distance à parcourir, le fait de m'évaporer en dehors du royaume des Faë Élémentaires m'avait considérablement épuisé et ma vision s'obscurcit pour laisser place à des étoiles noires alors que je cherchais notre compagne.

— Est-ce qu'elle va bien ? demandai-je en aveugle.

Si je m'évanouissais alors qu'elle avait besoin de moi, je…

— *Cyrus !* cria Claire d'une voix paniquée en s'agrippant à moi avec force.

Ma vision s'éclaircit suffisamment pour que je voie la source de sa détresse. Elle se tenait le ventre en serrant les dents alors qu'une vague de douleur envahissait les liens. *Le travail a commencé,* réalisai-je. *Elle est en train d'accoucher.*

Claire tenta immédiatement de refermer les liens pour nous épargner la douleur, mais je la pris dans mes bras.

— Ne fais pas ça, dis-je en lui caressant les cheveux. Donne-nous ta douleur, petite reine. Nous pouvons la supporter.

Nous sommes là, ajoutai-je dans son esprit. *Tu n'es pas toute seule. Nous sommes tous là.*

CLAIRE

— *J*e ne vais pas y arriver, lâchai-je alors que mes compagnons m'emmenaient en urgence à l'hôpital.

Je n'avais pas du tout perdu les eaux comme dans les films. Cela avait plutôt été un filet d'eau. Honnêtement, j'avais cru avoir perdu le contrôle de ma vessie, ce qui avait été gênant. Mais non. Il s'était avéré que l'accouchement était lancé.

— Mais si, tu vas y arriver, me rassura Cyrus en m'embrassant avant de guider vers un fauteuil roulant.

Mon compagnon était encore tout pâle de s'être évaporé de je-ne-sais-où. J'avais envie de les gifler, lui et Exos, pour m'avoir laissée, même s'il était vrai qu'il n'était pas prévu que l'accouchement se déclenche aussi tôt. Qu'est-ce qui pouvait bien être si important pour prendre un tel risque ?

Et le soir de Noël en plus ?

La dernière contraction se calma, et je soufflai enfin, réalisant alors que j'avais retenu ma respiration jusque-là. Sans la vague de douleur pour prendre le pas sur mon cerveau, j'arrivai enfin à penser clairement.

Oh, c'est vrai.

— Est-ce que le vote était d'aujourd'hui ? demandai-je d'une voix enrouée.

Cyrus et Exos échangèrent un sourire.

— Pas tout à fait, petite reine. Mais tu chauffes.

— Eh bien, dites-moi.

J'étais impatiente de savoir ce qui s'était passé. Ils avaient quitté le royaume pour une bonne raison.

— Est-ce qu'on ne devrait pas se concentrer sur le faëling ? demanda Vox.

Je lui jetai un regard noir.

— J'ai du mal à me concentrer sur autre chose.

Il tressaillit.

— Désolé.

Titus me poussa dans l'ascenseur et regarda les boutons avec des yeux vides.

— Merde, c'était quel étage déjà ?

— Troisième, dit Vox avec certitude en passant un bras et en appuyant sur le bon numéro. On va au triage, où ils vont l'évaluer.

— Elle est clairement en train d'accoucher, dit Exos d'un ton irrité. Quel genre d'évaluation doivent-ils faire ?

— *Exos*, dis-je. Dis-moi ce qui s'est passé.

— Enceinte et qui donne des ordres, ironisa Cyrus en se penchant pour effleurer mes lèvres des siennes. Nous étions dans le monde souterrain, petite reine. Lucifer a accepté de soutenir ton initiative, et j'ai son vote signé dans ma poche.

J'ouvris de grands yeux.

— Tu as réussi à ce que les Faë de l'Enfer…

Je m'interrompis soudain alors que la douleur me traversait à nouveau, chassant l'air de mes poumons et faisant se contracter tous mes muscles jusqu'à l'agonie.

Je fermai les yeux avec force et tentai d'empêcher la douleur de s'infiltrer dans les liens.

— Je t'ai dit de ne pas faire ça, me gronda Cyrus en me prenant la main. Si tu peux le supporter, alors nous le pouvons aussi.

Lorsque je rouvris les yeux, tous mes compagnons avaient leurs mains sur moi, exigeant que je partage mon fardeau.

Je savais qu'aucune naissance humaine ne pourrait être comparée à celle-ci. Combien de femmes pouvaient partager leur douleur avec des hommes qui voulaient sincèrement les aider ?

Je détestais avoir à le faire, mais je savais qu'aucun d'entre eux ne me pardonnerait si j'essayais d'endosser la responsabilité toute seule.

Nous étions un cercle de compagnons pour une raison.

Pour toujours et à jamais.

Et c'était exactement la raison pour laquelle nos liens existaient : *pour s'aider et se soutenir mutuellement.*

Je relâchai mes entraves, permettant aux liens de

s'infiltrer en moi et à la douleur de se disperser dans le cercle.

Tous mes compagnons tressaillirent, Sol en particulier fit trembler l'ascenseur lorsqu'il se cogna contre l'un des murs.

— Par tous les Faë ! s'exclama-t-il. C'est comme se prendre une montagne en pleine figure.

Vox gémit et se frotta la nuque.

— *Merde*, Claire. Tu essayais de faire face à ça toute seule ? Je suis d'accord avec Cyrus. Ne fais pas ça sans nous.

Je souris faiblement, soulagée de voir la douleur diminuer, bien plus gérable maintenant qu'elle était partagée entre les liens.

L'ascenseur sonna et Titus me poussa dans le bureau. Je m'accaparai à nouveau une partie de ma gêne pour laisser mes compagnons se concentrer sur mon inscription. Puis, dès que j'eus passé le triage et que je fus autorisée à entrer dans la salle d'accouchement, je partageai à nouveau ma douleur avec mes compagnons.

Le travail prit beaucoup plus de temps que ce à quoi je m'attendais. Je passai par des cycles douloureux, avec des hauts et des bas, pendant des heures. À chaque visite du médecin, je n'étais pas assez dilatée pour accoucher.

Lorsque nous fûmes laissés seuls pour la énième fois, je me tournai vers Cyrus. Ses yeux bleu argenté m'observaient avec inquiétude.

— Les faë sont-elles censées se dilater avant d'accoucher ? demandai-je, regrettant de ne pas avoir passé plus de temps à discuter avec les guérisseuses.

Il eut un petit sourire.

— Oui. Sois patiente, Claire. Ton corps est encore à moitié humain. Tu as vécu une grossesse incroyablement accélérée pour ta génétique. Tu vas y arriver, mais il ne faut pas que tu précipites les choses.

— Patiente ? répétai-je. Tu veux que je sois *patiente* ?

C'était l'expression préférée d'Exos. Pas celle de Cyrus. Et j'avais été sacrément patiente toute la nuit.

— Pourquoi mon corps ne coopère-t-il pas ?

— Parce que tu n'es pas prête, Claire, répondit Cyrus de son ton légèrement houspilleur.

— Mais j'étais plus que prête à Halloween quand tu m'as *fécondée*, répondis-je sèchement.

Il soupira.

— Claire. Je sais que ça fait mal, mais tu es plus forte que ça.

Je haussai les sourcils avec furie.

— Plus forte ? Est-ce que tu…

Je m'interrompis dans un sifflement alors qu'une autre contraction m'assaillait. Celle-là, je la fis exploser sans ménagement à travers les liens, et je vis Cyrus se plier en deux de douleur, le souffle coupé.

— Est-ce que… je suis… assez patiente… à ton goût ? demandai-je entre mes dents alors qu'une autre contraction me frappait presque immédiatement.

Merde ! Le cri surgit de tous mes camarades. Ou peut-être de l'un d'entre eux. Je n'aurais pas vraiment su dire, car le chaos avait éclaté autour de nous alors que les médecins refaisaient leur entrée.

Sol et Vox se disputaient à propos de quelque chose.

Exos parlait de manière urgente à Cyrus.

Et Titus me regardait comme si j'étais en train de mourir.

Est-ce que je suis en train de mourir ? lui demandai-je, paniquée.

Tu vas bien, ma belle. Je déteste juste te voir comme ça.

— Claire, dit Cyrus pour attirer de nouveau mon attention sur lui. Il est temps de commencer à pousser.

— Quoi ?

— Pousse, petite reine, insista-t-il.

J'avais complètement zappé le moment où les médecins avaient dit que le moment était venu, mais lus l'urgence dans leurs expressions.

— C'est le moment ? demandai-je d'une voix aiguë avant qu'une autre douleur ne s'abatte sur mon abdomen, manquant de faire me bondir hors du lit. Cyrus !

Il me tendit la main et je la serrai avec force, mes entrailles se déchaînant alors que mes instincts prenaient le dessus.

Pousse.

Très bien.

Pousse.

Ouaip.

Je peux le faire.

Mais peu importe le nombre de fois où je poussais, ce n'était jamais fini, et tout ce que cela faisait, c'était irradier des douleurs dans mes hanches et ma colonne vertébrale. J'avais l'impression d'être déchirée en deux, et pas dans le bon sens.

— Ça ne marche pas ! criai-je avec colère et tristesse devant l'échec alors qu'un bourdonnement naissait dans mes oreilles. Pourquoi ça ne marche pas ?

Cyrus et Exos se mirent à chanter dans mes pensées.

Titus se joignit à eux.

Puis Vox et Sol.

Je pouvais à peine entendre le médecin, sa voix paraissait si lointaine derrière le nuage apaisant évoqué par mes compagnons.

— Je vois la tête, m'informa le médecin. Une grande

poussée maintenant, lors de la prochaine contraction. Vous pouvez y arriver !

J'attendis que la pression augmente, puis la douleur frappa de nouveau. C'était à moi de jouer.

Je hurlai alors qu'une nouvelle brûlure me traversait, celle-ci magique plutôt qu'un tourment physique. Tous mes éléments jusqu'ici bloqués se déchaînèrent en même temps, me brûlant de leur puissance brute, un peu comme si j'avais touché les sources elles-mêmes.

Le Feu incendia ma peau.

L'Eau s'écrasa contre les murs.

L'Air tourbillonna dans une violente spirale, envoyant voler les chaises et les fournitures médicales.

Le sol se fendit, faisant fleurir la vie tout autour de nous.

Des papillons roses scintillants apparurent et se mirent à voltiger parmi les éléments déchaînés dans la salle d'accouchement.

Ce n'était pas moi, mais mon *enfant.*

Je n'eus pas le temps de comprendre ce que tout cela signifiait. Tout ce que je savais, c'était que mon fils avait besoin de moi pour le mettre au monde, et peu importe si je devais mourir dans le processus, je réussirais.

Tous mes compagnons posèrent leurs mains sur moi, calmant le brasier des éléments alors qu'une dernière poussée m'apportait le plus doux des soulagements. Je retins mon souffle et fixai le plafond alors que le tourbillon des couleurs se mélangeait, libérant des éclats d'étincelles semblables à des étoiles.

Puis un cri retentit.

Mon fils…

Il était enfin là.

EXOS

— Félicitations, chuchota une voix sombre depuis les recoins de la chambre de Claire. Les perceptions du personnel médical ont toutes été modifiées.

Je ne connaissais pas bien Shade, mais il m'avait été chaudement recommandé par Aflora et Zeph. Ils m'avaient dit que si quelqu'un pouvait nous aider à rétablir un peu d'ordre dans ce bazar, c'était bien ce faë de Minuit mystérieux, car il avait un penchant pour jouer avec le temps et les souvenirs.

— Est-ce que Kyros t'a aidé ? lui demandai-je, car je savais qu'il était très proche des Faë du Paradoxe.

— Même si c'était le cas, je ne te le dirais pas, répondit-il en souriant alors qu'il sortait de la pénombre. Mais tout est rentré dans l'ordre.

Je hochai la tête. Nous avions déjà géré le désordre élémentaire laissé par l'accouchement de Claire. Elle reposait maintenant paisiblement dans son lit avec son fils blotti contre sa poitrine. Cyrus était assis à côté d'elle et lui caressait les cheveux tout en observant Shade attentivement. Titus, Vox et Sol arboraient tous des expressions gardées similaires.

Shade n'était pas seulement un faë de Minuit. Je sentais une énergie d'un autre monde émaner de lui, similaire à d'épaisses volutes de fumée qui étoufferaient tous ceux qui se trouveraient sur son passage.

— Est-ce que vous avez besoin d'autre chose ? demanda-t-il en arquant un sourcil sombre et avec un regard glacial intense.

— Nous avions juste besoin que les souvenirs soient modifiés, répondis-je.

Il hocha la tête et se tourna vers le mur. On aurait dit qu'il s'apprêtait à marcher droit dedans.

— Fais-nous savoir ce que tu veux en retour, ajoutai-je, ne sachant pas trop quoi lui dire d'autre.

Nous nous connaissions à peine, et il n'assistait jamais aux réunions avec Aflora.

Shade jeta un regard par-dessus son épaule.

— Je n'ai besoin de rien, dit-il. Ma compagne m'a demandé une faveur. Et je ne dis jamais non à ma compagne.

Ses iris glacés pétillèrent à nouveau, laissant imaginer

une multitude de secrets qui se dissimulaient dans leurs profondeurs.

— Je suis sûr que tu vois ce que je veux dire, reprit-il.

— Absolument, admis-je.

— Super, fit-il avec un sourire. Encore une fois, félicitations.

Et sur ce, il disparut dans l'ombre. Littéralement.

Je frissonnai, sa magie noire laissant une empreinte dans l'air qui allait à l'encontre de mon essence spirituelle. Je n'avais aucune idée de comment ou pourquoi il s'était accouplé avec Aflora, mais il était clair qu'il vénérait le sol qu'elle foulait, et cela me suffisait.

Sol, cependant, ne semblait pas d'accord, et il ne quittait pas sa mine renfrognée.

— Tronc-de-saule, marmonna-t-il.

Je fronçai les sourcils.

— Quoi ?

— Rien, grommela-t-il.

— Mmmh ? fit Claire qui émergeait de sa somnolence, réveillant le bébé contre sa poitrine.

Plutôt que de pleurer, celui-ci leva de grands yeux bleus vers sa mère avant de fixer Cyrus.

J'esquissai un sourire.

— Ouais, il va être sacrément intrépide.

— C'est évident, roucoula Cyrus en souriant au petit être. C'est un futur roi.

— Roi ? répéta Claire en bâillant et en ouvrant ses longs cils. Oh. Oui. Roi. Salut, petit roi. Oh, quel beau petit garçon tu es !

Elle rayonnait et toute son attention était portée sur le petit faëling.

Il cligna des yeux avant de tourner à nouveau la tête vers elle, et on lisait déjà dans son regard intelligent l'amour et l'adoration qu'il lui portait.

Elle inclina la tête sur le côté.

— On dirait presque qu'il me comprend.

— C'est le cas, répondit Cyrus. Les faëlings sont un peu différents des enfants humains.

Elle tourna lentement son regard vers Cyrus.

— Un peu différents, dans le genre « des grossesses de neuf semaines au lieu de neuf mois » ?

Je me mordis la lèvre pour m'empêcher de sourire.

Cyrus, cependant, ne prit la peine de cacher son sourire.

— Oui, quelque chose comme ça.

Elle lui jeta un regard noir.

— Il va me falloir une meilleure explication que ça.

— Et si nous lui trouvions d'abord un nom ? proposa-t-il. On pourra discuter après des différences.

Je fis un pas en avant, désormais très intéressé par la conversation. Non pas que je n'étais pas amusé par ce qui se passait avant, mais ceci était prioritaire.

— Un nom ? répéta-t-elle en déglutissant. Oh, je… Dans toute notre préparation… Je…

— Chut, murmura-t-il. Je n'y ai pas réfléchi non plus. Je voulais d'abord faire sa connaissance avant de me décider.

— Et maintenant, est-ce que tu as quelque chose en tête ? demanda-t-elle.

— En quelque sorte.

Il étudia le faëling d'un regard intense.

— Il est notre bébé de Noël, né dans le Monde des Humains sous une vague déferlante des cinq éléments. Il a donc besoin d'un nom fort, un nom qui représente sa naissance et son statut élémentaire. Que penses-tu de Storm, la tempête ?

— Ce n'est pas très « esprit de Noël », dit-elle

lentement. Mais c'est vrai qu'il a déclenché une sacrée catastrophe en faisant son entrée.

— Il est arrivé comme une tempête violente, oui, convint mon frère en se mordant la lèvre. Sinon, j'ai aussi pensé à Frost, le givre, parce qu'il a réussi à faire apparaître de la glace au plafond que même Titus n'a pas pu réussi à faire fondre.

— Il va nous donner du fil à retordre, dit le faë du Feu d'une voix pleine d'adoration. J'aime bien Storm. Ça lui va bien.

— J'aime bien aussi, admis-je. Mais je veux que ça plaise à Claire.

Elle baissa les yeux vers le bébé.

— Et Blizzard ? tenta-t-elle avant de se pincer les lèvres. Non. C'est trop. Mmmh.

Son expression se fit pensive.

— Jack est trop banal. Winter, l'hiver, ne conviendrait pas et Noël, ça ne va pas.

— Et pourquoi pas Ciro ? suggérai-je. C'est une variante de Cyrus, mais qui signifie « du soleil ».

Claire me regarda en clignant des yeux, puis baissa à nouveau la tête vers le bébé.

— Ciro, répéta-t-elle. Roi Ciro.

— Prince Ciro, rectifia Cyrus. C'est toujours moi, le Roi Cyrus.

Elle rayonnait maintenant.

— Oui, Prince Ciro. Oh, c'est parfait. J'adore.

Le bébé semblait d'accord, car un petit rire lui échappa, et Claire écarquilla les yeux.

— Ils peuvent faire ça quand ils sont si jeunes ?

— Faëling, lui rappela Cyrus.

Mais plutôt que d'exiger qu'il commence à lui énumérer toutes les différences, elle se contenta d'acquiescer et continua de répéter « Prince Ciro » au nourrisson dans ses bras.

Tout le monde souriait, ravis du choix du nom.

Cyrus tourna alors ses yeux bleu glacé vers moi et je vis un soupçon d'émotion clignoter dans leurs profondeurs.

Il savait pourquoi j'avais suggéré ce nom.

Ce n'était pas seulement à cause de la ressemblance avec son nom à lui, mais plutôt avec Cira, notre mère.

Nous parlions rarement d'elle, car elle était décédée lorsque nous étions beaucoup plus jeunes, mais elle vivait éternellement dans nos cœurs. Tout comme notre compagne. Et dorénavant, bébé Ciro.

— Joyeux Noël, Prince Ciro, murmura notre compagne en posant sur nous un regard brillant de larmes. Joyeux Noël, les gars.

— Joyeux Noël, Claire, nous lui répondîmes tous en nous approchant pour l'embrasser sur la joue et la bouche.

— Et bienvenue dans le monde, Ciro, ajoutai-je en lui donnant une petite pichenette sur le nez. Et maintenant, sois un bon garçon et laisse ta mère dormir un peu. Elle l'a plus que mérité.

CLAIRE

— *J*e pense que nous devrions opter pour l'arbre de Noël multicolore, dit Vox en souriant à un Sol tout en sueur qui venait de passer les dernières minutes à faire pousser une sélection d'arbres dans notre salon.

Il avait imité le sapin standard, puis en avait créé un avec des branches d'un blanc pur, un peu comme les fougères de notre jardin, et enfin un troisième, qui était sa dernière invention : un arbre dont les multiples pigments de couleur s'enroulaient le long des branches. C'était vraiment impressionnant.

— Le bébé préfère le sapin multicolore, n'est-ce pas, Claire ? demanda Vox en me regardant de ses iris cerclés d'argent qui pétillaient.

Bon, nous n'avions pas vraiment besoin d'un sapin de Noël pour le réveillon du Nouvel An, mais le solstice d'Hiver battait son plein dans le royaume des Faë Élémentaires, et j'avais été plutôt occupée lors de notre Noël passé dans le Monde des Humains.

Non pas que je me plaignais.

Nous étions désormais de retour dans notre maison à l'Académie et mon fils me tétait le sein en laissant échapper des petits bruits de plaisir, satisfait, tandis que j'observais le processus de sélection des arbres.

— J'ai bien peur que Vox ait raison, dis-je à Sol.

Celui-ci avait toujours un lange sur son épaule, un ornement permanent qu'il refusait d'enlever. Il adorait tenir le bébé dans ses bras, et je n'étais pas du genre à l'en priver. Chaque fois que mes bras fatiguaient, mon roc était là pour tenir notre fils à ma place.

Sol me gratifia d'un doux sourire.

— Tu as de la chance d'être jolie, dit-il en se penchant pour tapoter la terre nue que l'on distinguait à travers notre sol en ruine.

Il porta son regard sur le bébé accroché à mon sein.

— Et tu as de la chance d'être mignon, Ciro, ajouta-t-il avant de soupirer. C'est parti pour d'autres arbres.

Le sol se mit à trembler alors que Sol travaillait et je gloussai, ravie du déploiement de rouges, verts, jaunes et violets qui ornaient les branches. J'avais bien l'intention d'apprendre ce nouveau tour.

Cyrus et Exos entrèrent dans la pièce. Mon compagnon aquatique se frottait les tempes.

— Qui a encore laissé libre cours au faë Terrestre ? Je viens de faire réparer le sol.

Titus sortit de la cuisine en secouant un biberon. Il donna un coup de coude à Cyrus en le dépassant.

— À t'entendre, on dirait que tu n'as pas les fonds nécessaires, le taquina-t-il avant de me tendre le lait maternisé infusé de suppléments.

Je me pinçai le sein pour détacher la bouche de mon fils, puis préparai le biberon dans lequel des braises étincelantes se mêlaient au lait. Je souris à Titus, reconnaissante que mes compagnons continuent de m'aider à fournir les suppléments magiques pour notre fils.

Le bébé pleurnicha jusqu'à ce que je lui propose la tétine du biberon. Il se jeta dessus avec voracité, ce qui me fit glousser.

— Tu es un vrai gourmand, n'est-ce pas ?

— Il est insatiable, convint Cyrus en s'approchant de moi pour embrasser le haut de mon crâne. Je me demande bien d'où il tient ça.

Amusée, j'esquissai un sourire.

— Aucune idée.

Il vint poser ses lèvres contre mon oreille.

— Tu ne vas pas nous demander où nous sommes allés ?

Je pris un air perplexe.

— Pourquoi est-ce que je… ? dis-je avant de m'interrompre la bouche ouverte. Oh, par tous les Faë ! C'était aujourd'hui, le vote ?

Cyrus sourit.

— En effet.

— Pourquoi ne me l'as-tu pas rappelé ?

— Ciro et toi faisiez la sieste et nous ne voulions pas vous déranger, répondit Exos. On a donc assisté à la supervision du vote.

J'attendis, mais ni l'un ni l'autre ne poursuivirent.

— *Et ?*

Ciro fronça le nez en m'entendant, avant de retourner à son biberon une demi-seconde plus tard. Le petit bonhomme savait quelles étaient ses priorités, tout comme mes compagnons. C'était d'ailleurs pourquoi je n'étais pas fâchée qu'ils ne m'aient pas réveillée. Parce que je n'aurais probablement pas voulu quitter Ciro de toute façon. C'était trop tôt.

— La motion est passée, dit finalement Cyrus en souriant. Personne n'a voté contre. Le projet de l'Académie Faë Interroyaumes peut officiellement débuter.

Je bondis d'excitation, mais m'arrêtai immédiatement lorsque j'entendis Ciro faire un son bizarre. Il me fallut une seconde pour réaliser qu'il gloussait autour de son biberon.

Vox s'approcha en roucoulant et me le prit des bras pour que je puisse donner libre cours à mes émotions, ce qui incluait de serrer Exos et Cyrus très fort dans mes bras. Puis de les embrasser comme s'il n'y avait pas de lendemain. Et aussi de leur promettre mentalement tout un tas de choses cochonnes.

— Ce n'est pas tombé dans l'oreille d'un sourd, dit Cyrus.

— J'espère bien, répondis-je en souriant comme jamais. Oh, je n'arrive pas à croire que la motion est passée !

Je savais qu'ils avaient fini par obtenir l'accord des Faë de l'Enfer, mais je n'avais pas encore entendu les détails. Surtout parce qu'ils m'avaient annoncé la nouvelle alors que l'accouchement se déclenchait. Quand bien même, j'étais extrêmement heureuse qu'ils aient réussi ce tour de force pour moi. J'avais vraiment les meilleurs compagnons du monde.

— Je t'avais dit de nous faire confiance, murmura Cyrus. Nous sommes plutôt doués pour la négociation.

— Je sais, dis-je d'un ton pince-sans-rire. Vous êtes très doués.

— Les meilleurs, en fait, dit Exos avec assurance.

Titus lâcha un grognement de dédain, puis enleva Ciro des bras de Vox et entreprit de lui fredonner une petite ballade faë. Son regard était empli d'amour et d'adoration pour le faëling qui lui souriait.

Je souris, mon cœur éclatant de joie. Tous mes compagnons m'aidaient pour chaque tâche, même pour changer les couches. Et je n'avais même pas à demander.

Sérieusement, j'étais probablement la femme la plus chanceuse du monde. Et j'étais si incroyablement pleine de gratitude pour eux, pour leur système de soutien et leur amour.

Tout comme j'étais reconnaissante pour mes multiples célébrations de Noël alors que Sol terminait sa forêt d'arbres multicolores. Cyrus prit notre fils tandis que Vox et Titus se mettaient au travail pour ajouter des ornements magiques qui scintillaient au soleil couchant, ce que Ciro trouvait tout aussi fascinant que moi.

C'était vraiment un joyeux Noël. Mon préféré jusqu'à présent.

— Vous êtes vraiment dans la panade, réalisai-je à voix haute en riant. Il n'y a aucune chance qu'aucun autre Noël ne soit jamais à la hauteur de celui-ci.

Les yeux de Titus pétillèrent de braises et Exos me lança un regard charbonneux.

— N'en sois pas si sûre, petite reine, murmura Cyrus. Ce cercle de compagnons ne fait que commencer.

ÉPILOGUE
CYRUS

Dix mois plus tard

— *A*lors, quand est-ce qu'on fait ça ? demanda Titus, les yeux brillants de curiosité. Parce qu'il faut absolument qu'on commence par les épreuves d'orgasmes. Je mérite une revanche.

Je souris, amusé par l'assurance de Titus, si sûr de lui de gagner cette fois. Et peut-être que ce serait le cas, mais un regard jeté au reste de notre cercle de compagnons me dit qu'il allait avoir du pain sur la planche.

Sol arborait son indétrônable lange, ainsi que le nombre record de biberons donnés. Apparemment, les battements tonitruants de son cœur apaisaient notre fils.

Vox détenait le record du nombre de couches changées, et nous en étions tous immensément reconnaissants.

Titus arrivait toujours à faire rire le faëling, même quand il n'essayait pas. Mon fils, tout comme moi, trouvait son air agressif amusant.

Exos savait toujours de quoi mon fils avait besoin, peu importe de quoi il s'agissait. Son esprit s'était entrelacé avec l'enfant, leur donnant un lien spécial au travers de sa mère que j'adorais.

Et puis il y avait moi. J'étais toujours capable de calmer Ciro, quelle que soit la cause de son chagrin, et pouvais le rendormir d'une berceuse infusée de tranquillité et de paix. C'était comme un don qui me venait lorsque je pensais à Claire.

Si c'était ça d'avoir un enfant faë, alors j'étais impatient d'en avoir d'autres.

Nous étions tous prêts pour le deuxième round. Sauf peut-être Claire. Et c'était pourquoi nous avions imaginé des épreuves plus longues cette fois-ci.

— Nous sommes arrivés ex aequo à l'épreuve d'orgasmes, Luciole, lui rappelai-je.

Une bouffée d'agressivité lui monta au visage, ce qui me fit sourire. Car oui, je l'appellerais comme ça jusqu'à la fin des temps.

J'adorais le mettre en rogne, et ce, de toutes les manières possibles.

— Tu es disqualifié cette fois-ci, m'informa Titus.

Ses yeux verts brûlaient de défi. Il enfonça son doigt dans ma poitrine, et je lui souris.

— Je pense que tu ne devrais même pas participer, ajouta-t-il.

Oh, évidemment que j'allais participer, même si ce n'était pas pour les points. Je n'avais pas besoin d'excuse pour sauter Claire.

Énerver Titus n'était qu'un bonus.

— Je pensais que tu voulais une revanche ? le narguai-je.

Sa mâchoire se contracta.

— Tu vas mordre la poussière, Enfoiré Royal.

J'esquissai un sourire.

— Je ne m'agenouille que pour Claire.

— C'est ce que tu dis, répliqua-t-il. Mais je vais changer ça. Un jour.

— Dans tes rêves, convint-il. Bien sûr.

— Jamais…

— Il nous faut d'autres épreuves, intervint Sol en se tapotant la lèvre. Pourquoi pas une épreuve de jardinage ?

— Oh oui, parce que tu n'aurais pas du tout l'avantage, dit Vox en levant les yeux au ciel.

— Une épreuve Élémentaire, suggéra Exos. Une où chacun de nous serait testé sur la base de son affinité.

Il croisa les bras et s'appuya contre le mur de la nurserie vide, envoyant s'envoler une flopée de papillons violets qui vinrent danser avec les braises flottantes de Titus.

— Après l'accouplement de la phase trois que l'on a eu, je pense qu'une épreuve d'endurance magique serait tout à fait appropriée.

Nous nous balançâmes tous sur nos pieds en nous remémorant l'expérience. Oui, c'était quelque chose que j'avais très envie de revivre.

Claire s'éclaircit la gorge. Elle nous fusillait du regard tout en dégoulinant d'eau sur le pas de la porte.

— J'espère que vous n'êtes pas en train de parler de ce que je pense. Ce n'est pas bien de conspirer dans mon dos quand je suis partie déposer notre fils pour une visite chez sa grand-mère.

Elle fit un geste du poignet, envoyant d'autres gouttes s'éparpiller.

— Il a toujours de gros problèmes de séparation. Que les Faë aident ma mère, mais cette femme est une sainte de le garder.

Titus passa son bras autour de sa taille, envoyant un lasso de flammes s'enrouler autour de sa poitrine.

— Qui peut le blâmer, franchement ? Je n'aime pas non plus être séparé de toi, murmura-t-il. Quoique, maintenant que tu es libre, je te propose de te sécher, et de commencer par retirer des vêtements.

— Je ne crois pas, dit-elle en se mettant le feu à elle-même pour sécher ses vêtements.

Cela nous servait de rappel que ses éléments étaient à nouveau fonctionnels.

— Vous ne pouvez pas me distraire, reprit-elle. Je sais ce que vous manigancez.

Eh bien, cela sonnait comme un défi à mes oreilles.

Titus eut l'air d'être d'accord avec moi, car il répliqua aussi sec.

— Notre faëling a besoin d'un petit frère ou d'une petite sœur. Peut-être qu'il ou elle l'aiderait à garder son affinité élémentaire sous contrôle ? suggéra-t-il, faisant évidemment référence au fait que j'étais arrivée trempée.

Mon fils avait appris à éclabousser avec sa magie, et il aimait particulièrement nous arroser de vagues magiques.

J'adorais ça. Claire, pas tant que ça.

— Je ne suis pas prête, dit-elle d'un ton plat tout en accédant à sa magie du feu pour se sécher les cheveux.

Je la pris dans mes bras, devinant que ses réserves provenaient du nombre de surprises qu'elle avait dû endurer la dernière fois. Nous aurions certainement pu mieux la préparer à une naissance faë, mais je ne ferais pas la même erreur deux fois.

— Nous savons à quoi nous attendre cette fois, la réassurai-je en faisant courir mon pouce sur sa lèvre inférieure. Je ne dis pas que cela sera facile, mais nous avons prouvé que tu n'as pas à faire ça toute seule, petite reine.

Elle soupira.

— Oui, c'est vrai. Là n'est pas le problème, déclara-t-elle en appuyant sa joue contre mon épaule alors que son regard se faisait distant. J'ai juste peur de le négliger lorsqu'un nouveau faëling prendra la place d'honneur, tu sais ? Je veux que mon fils reçoive tout l'amour dont il a besoin.

Vox gloussa.

— Claire. Tu as cinq compagnons qui t'adorent, et tu es inquiète de devoir partager ton amour ?

Elle se pinça les lèvres.

— C'est vrai que, dit comme ça, ça paraît un peu bête.

Elle tendit la main pour attraper les doigts de Sol tout en parcourant du regard notre cercle de compagnons. Elle n'avait jamais mis personne sur la touche, et je savais qu'elle serait capable de partager son amour avec cinq faëlings sans aucun problème.

Peut-être même plus.

— Est-ce que tu veux qu'on te parle des nouvelles épreuves ? demandai-je alors que mes doigts glissaient plus au sud. Je pense qu'elles te plairont.

— Des épreuves prolongées, dit-elle immédiatement en

se retournant dans mes bras pour faire face à tout le monde.

Je haussai les sourcils et croisai le regard d'Exos. Son expression me laissait entendre qu'il avait eu exactement la même pensée que moi.

Elle y a déjà pensé. Ce qui voulait dire qu'elle avait déjà accepté l'inévitable, du moins à un certain niveau.

Parfait.

Cela allait rendre les choses beaucoup plus faciles.

— Je ne suis toujours pas prête pour un autre faëling, ajouta-t-elle. Ça craint grave, la grossesse et la naissance. Vous allez devoir me convaincre de recommencer.

— Tu n'as pas aimé la phase trois ? lui demandai-je à l'oreille en posant mes mains sur ses hanches.

Elle eut un frisson.

— Bon, d'accord... mais ça ne compte pas.

— Ah bon ? fit Titus en se mettant face à elle et en faisant courir un doigt sur sa poitrine qui traça une ligne de feu, consumant sa chemise. Est-ce qu'on peut commencer à te convaincre maintenant ? ajouta-t-il.

— Je...

Elle resta bouche bée lorsque Vox et Sol vinrent se placer de chaque côté d'elle pour faire courir leurs mains sur sa peau exposée.

— Peut-être, continua-t-elle.

— Peut-être ? répéta Sol en lui attrapant un sein. Et comment voudrais-tu que l'on te convainque, petite fleur ?

— Des orgasmes, lâcha-t-elle dans un souffle et en se cambrant lorsqu'il lui pinça le mamelon au travers du tissu. Beaucoup d'orgasmes.

Je pressai mon excitation contre son derrière, m'ajustant contre elle, impatient de répondre à tous ses désirs.

— Ça pourrait s'arranger.

Titus émit un grognement tout en lui mordillant la gorge.

— Et cette fois-ci, j'ai l'intention de gagner.

J'eus un sourire en coin.

— Dans ce cas, que les épreuves commencent.

Claire laissa échapper un soupir alors que mes mains repartaient plus au sud pour écarter sa culotte sur le côté, donnant à Titus l'accès qu'il souhaitait. Peut-être que j'allais lui donner une longueur d'avance.

Ses jambes tremblèrent et un délicieux gémissement franchit ses lèvres.

— Eh bien, bonnes fêtes à moi… dit-elle. *Encore une fois.*

FIN

Vous voulez en savoir plus à propos de Kalt et de sa triade de faë de l'Hiver ? Découvrez *La Reine Faë de l'Hiver.*

Note de J.R. Thorn

Je tiens à vous remercier d'avoir lu *La Reine des Éléments : Livre Quatre* et d'avoir suivi Claire dans son épopée qui est devenue pour moi de plus en plus personnelle au fil des ans.

Après avoir donné naissance à ma fille le JOUR où Lexi et moi avons fini d'écrire le livre trois de *La Reine des Éléments*, ce livre m'a trotté dans la tête pendant toute une année et j'avais hâte de l'écrire.

Donner naissance n'est pas une promenade de santé. La première année de vie de votre enfant non plus. Je voulais écrire une histoire d'évasion où les difficultés de la naissance pouvaient être partagées par cinq compagnons aimants et attentifs, qui comprenaient ce que Claire traversait et qui voulaient être là pour elle, contre vents et marées. Je ne dis pas que mon propre mari n'était pas là pour moi, mais la vie réelle a tendance à être une pâle comparaison de ce que l'on peut imaginer.

J'espère donc que vous avez trouvé une échappatoire comme je l'ai fait avec Claire et ses compagnons. Je vous souhaite de passer de bonnes vacances Faë Festivus, quelle que soit l'époque de l'année à laquelle vous lisez ces lignes. À bientôt !

De l'amour et des pêches,
Jen

Le faë royal aquatique dont je suis amoureuse vient de m'engager comme stagiaire.

Oh. Mes. Faë.

Je n'avais postulé qu'à cause d'un défi qu'on m'avait lancé, et voilà que je me retrouve maintenant à faire mes valises pour le pôle Nord.

Bon, pas de panique. Je peux tout à fait être professionnelle. Je ne l'ai pas revu depuis l'Académie de toute façon. Peut-être qu'il a grossi à cause de toutes les friandises dont les Faë de l'Hiver raffolent ?

Sauf que… non. Kalt n'a pas du tout grossi. Il est toujours parfaitement ciselé et encore plus beau que dans mes souvenirs. Et pire encore ? Il a deux amis tout aussi sexy.

Un elfe royal nommé Lark.

Et un selkie plus-sexy-que-ça-tu-meurs qui s'appelle Norden.

Je suis vraiment foutue. Et plus encore, l'elfe et le selkie ont l'air de penser que je suis leur compagne. Seul Kalt ne semble absolument pas de cet avis.

Oh, et non seulement je dois faire face à ces trois beaux gosses, mais ma magie aquatique est aussi complètement détraquée. J'ai accidentellement déclenché une bataille de boules de neige au milieu de l'atelier du père Noël, puis des guirlandes de glace ont commencé à jaillir du bout de mes doigts tels des confettis.

C'est un problème.
Un que je ne suis pas sûre de savoir comment résoudre. Alors oui, souhaitez-moi bonne chance ! Et envoyez des vibrations pleines de chaleur. J'ai vraiment besoin d'aide pour faire fondre toute cette neige…

La Reine des Faë de l'Hiver est une romance paranormale excentrique mettant en scène une Faë aquatique de l'univers des Faë élémentaires et ses trois compagnons potentiels.

LEXI FOSS

L'auteure à succès d'*USA Today* Lexi C. Foss est une
écrivaine perdue dans le monde de l'informatique. Elle vit
à North Carolina, avec son mari et leurs enfants à fourrure.
Quand elle n'écrit pas, elle est occupée à cocher des cases
sur sa liste de voyages à faire. On peut retrouver beaucoup
des endroits qu'elle a visités dans ses écrits, notamment le
monde mythique d'Hydria, inspiré d'Hydra, dans les îles
grecques. Elle est excentrique, boit beaucoup trop de café
et adore nager. Tchao !

https://www.lexicfoss.com/Français

Pour être au courant des dernières nouvelles et connaître
les dates de publication, abonnez-vous à ma newsletter:
https://www.lexicfoss.com/la-newsletter-de-lexi

J.R. Thorn

L'auteure à succès d'USA Today J.R. Thorn est l'auteure de livres de romance paranormale de type harem inversé.

J. R. Thorn fait actuellement traduire ses titres de l'anglais au français, alors préparez-vous à d'autres parutions ! L'un des univers préférés des fans est celui de l'Académie des Faës Élémentaires. Ne ratez pas cette romance torride entièrement terminée !

www.AuthorJRThorn.com

www.ingramcontent.com/pod-product-compliance
Lightning Source LLC
Chambersburg PA
CBHW020733250626
47155CB00003B/738